밥만 먹고 레벨업

WISHBOOKS GAME FANTASY STORY

박민규 게임 판타지 장편소설

밥만 먹고 레벨업 12

박민규 게임 판타지 장편소설

초판 1쇄 찍은 날 | 2020년 10월 13일
초판 1쇄 펴낸 날 | 2020년 10월 20일

지은이 | 박민규
펴낸이 | 권태완 우천제

기획 | 위시북스
편집책임 | 한준만
편집 | 위시북스

펴낸곳 | ㈜케이더블유북스
등록번호 | 제25100-2015-43호
등록일자 | 2015. 5. 4
KFN | 제2-55호

주소 | 서울시 구로구 디지털로31길 38-9, 401호
전화 | 070-8892-7937 팩스 | 02-866-4627
E-mail | fantasy@kwbooks.co.kr

ISBN 979-11-293-6498-2 04810
979-11-293-4001-6(set)

※ 이 도서의 국립중앙도서관 출판시도서목록(CIP)은 서지정보유통지원시스템 홈페이지(http://seoji.go.kr)와 국가자료공동목록시스템(http://www.nl.go.kr/kolisnet)에서 이용하실 수 있습니다.

밥만 먹고 레벨업
12
Wish Books

밥만 먹고 레벨업

CONTENTS

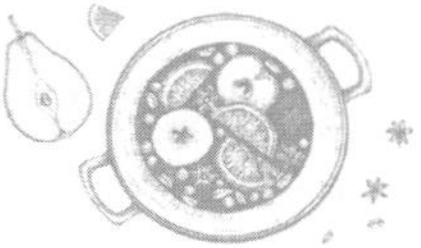

1장
좋은 놈, 나쁜 놈, 이상한 놈(2)

민혁은 마계의 탑 제작자 로벤과 함께 탑 1층에 입장했다.

입장하는 동시에 알림이 울려 퍼졌다.

[마계의 탑 1층에 입장하셨습니다.]

[마계의 탑은 '시련형'과 '일반형'으로 나눠집니다. 시련형의 경우 층마다 시련이 존재합니다. 그리고 일반형의 경우 마계의 한 구역으로써 일반적인 마계의 주민들이 어우러지는 마을과 같은 곳이 나타날 수도 있습니다.]

마계의 탑은 두 가지로 나눠진다.

마족들이 사는 세상이 나올 수도, 혹은 이러한 시련형이 나올 수도 있다.

시련형의 경우 다음 층으로 향하기 위해서는 시련을 진행해서 클리어해야 하는 것으로 알려져 있으며 일반형의 경우는 일종의 '휴식'을 가질 수 있는 곳이기도 하다.

그리고 마계의 탑에 존재하는 신기록.

켄라우헬이 신기록 달성자이지만 처음 최초에 탑을 오르는 자가 신기록이라는 이름을 갖추기 위해선 단 한 가지가 있다. 운영자들이 측정해 놓은 범위를 넘어서면 신기록자가 되는 것이다.

설계자 로벤은 기고만장했다.

"이제 네 녀석의 그 오만했던 콧대가 꺾일 수 있겠군."

그는 자신 있었다.

애초에 마계의 탑을 설계할 때에 수많은 지식 있는 마족들이 모이고 모여 설계가 완성되었다. 그러한 마계의 탑의 1층을 단 몇 분 만에 간단히 깰 수 있을 거라는 민혁은 자만심에 찌든 미친 인간으로밖에 보이지 않았다.

민혁은 1층의 시련이 완전히 시작되는 입구 위에 적혀 있는 것을 볼 수 있었다.

[1층 신기록자 25,824 점수 달성.]

옆에서 신기록자에 대한 정보를 본 로벤은 그 기록을 보고 상당히 놀랄 수밖에 없었다.

'이, 이럴 수가…… 1층을 2만 5천 점으로 달성한 자가 나타날 줄이야……!'

믿을 수 없는 일이었다. 마계의 탑에 최초로 오르는 유저가 신기록을 달성하기 위한 충족 조건은 약 1만 점. 그런데, 2.5배나 되는 수치였다.

'그때, 그 사내.'

로벤의 미간이 좁혀졌다.

얼마 전 마계 쉼터에 와서 묵묵히 찻잔을 기울이던 사내가 있었다. 그리고 그가 마계 쉼터를 나가기 전 함께 온 동료들에게 말했다.

'처리해라.'

그 짤막한 말이 가지는 파장은 컸다.

그의 부하로 추정되는 자들은 마계 쉼터를 점령하였고 오는 유저 중, 강력한 자들을 무참히 살해했다. 척 보기에도 범상치 않다고 느꼈건만.

그런 생각을 하던 때, 민혁과 아르벨이 걸음을 옮겼다.

"크흐흐흐흐, 네놈은 1층에서 죽을 것이다."

로벤이 저주를 퍼부었다.

로벤은 민혁과 함께 1층의 시련 안으로 들어가지 못한다. 하지만 시련이 끝난다면 다시 만날 수 있었다.

곧이어 민혁이 아르벨과 함께 걸음을 옮겨 들어갔다.

[마계의 탑 1층 시련이 시작됩니다.]
[클리어 시 보상이 주어집니다.]
[신기록 달성 시 경험치 두 배의 특혜를 비롯한 보상을 획득합니다.]

안으로 들어온 민혁의 입가에 웃음이 감돌았다.
그와 함께 민혁은 촬영을 시작했다.

[영상 촬영을 시작합니다.]

TTBC 방송사와 협의하였던 부분에 관련한 촬영을 하는 것이다. 민혁은 올라가는 동안 층마다 계속해서 영상을 촬영할 계획이었다.
그와 함께, 또 다른 알림이 울려 퍼졌다.

[마족 귀신 분대가 소환됩니다.]
[마족 귀신 분대]
[과거 천마 대전 당시에 작은 분대 하나로 천족 중대 하나를 격파한 뛰어난 마족들이 축을 이루고 있으며 살육에 타고난 마족 중에서도 상위에 꼽히는 전투족들입니다.]

숫자는 총 여섯이었고 그들이 어떠한 존재들인지는 시스템 알림이 친히 설명했다.

민혁은 이 시련에 대해 이미 아르벨을 통해 알고 있었다.

"이 1층은 다른 위층의 시련들보다도 훨씬 더 어렵지."

아르벨은 혹시 아까 전에 말해줬던 정보들을 민혁이 까먹었을까 싶어 다시 친절하게 설명해 줬다.

"가장 첫 번째의 시련인 1층이 상당히 어려운 이유는 간단하지, 처음 이 1층에서 도전할 자격을 갖춘 자들을 확인하는 거일세."

마계의 탑은 성스러운 곳이다. 기본적으로 마왕과 사대천왕의 힘이 깃들어 있는 곳. 그 때문에 아무나 발을 들이게 할 수 없다 이거였다. 1층을 클리어해야 비로소 마계의 탑에 오르는 스타트를 끊는 것이라 할 수 있었다.

알림이 울렸다.

[앞에 있는 마족 귀신 분대원들이 마물을 사냥할 시 사냥 포인트를 획득합니다.]

[마족 귀신 분대원들이 획득하는 포인트 양의 20%를 획득하시면 클리어하실 수 있습니다.]

[더 높은 양의 포인트를 얻을수록 추가적인 점수를 획득합니다.]

마족들이 사냥했던 것의 20%만 사냥해도 민혁은 승리한다.

당연하게도 마계의 탑은 여럿이서도 입장 가능했는데, 만약 그랬다면 난이도는 기본적으로 더 올라가는 편이었다.

"인간 따위, 우리들의 발끝도 따라올 수 있을 리가 없지."

"탑에 도전하다니, 머저리 같으니."

마족 귀신 분대원들이 민혁을 낄낄 웃으며 무시했다. 그도 그럴 것이 그들은 과거 천마 대전에서 활약상을 펼쳤던 귀신 분대의 인원들이기 때문이다.

그리고 그만큼 분대장 로콘은 자신 있었다.

그 순간, 공간이 찢어지며 수백 마리의 마물들이 튀어나오기 시작했다.

"키햐야야약!"

"키랴야야야약!"

"크르르르륵!"

"인간아, 너희와 우리의 차이가 어떤 것인지 직접 보고서 돌아가도록 하라."

로콘이 자신만만하게 검을 스르릉 빼며 앞으로 나섰다.

그때.

푹-

소름 끼치는 소리가 퍼져 나갔다.

순간 고개를 천천히 내린 로콘은 자신의 복부를 비집고 튀어나온 창을 볼 수 있었다.

"쿨럭!"

그의 입에서 붉은 피가 흘러나왔다.

"이, 이런……!"

그에 아르벨이 말했다.

"탑은 완전하지 않고 허점이 존재하지."

아주 간단한 방법이 존재한다.

그들이 낸 점수의 단 20%만 내면 된다? 그리고 이를 뛰어넘고 신기록을 달성한다?

그전에 만약에.

'이들 모두를 죽이면…….'

아주 간단하게 해결되는 문제였다.

술에 취해서 민혁에게 용돈을(?) 주었던 아르벨이었지만 그는 현자 아르벨이었다. 그리고 또한, 아르벨은 이 귀신 분대원들이라고 해도 쉬이 대할 수 없는 존재였다.

"주, 죽여라!!"

"이런……!"

마족들이 아르벨을 향해 달려든다.

그리고 그 틈을 향해 민혁이 움직였다.

"식칼의 비."

이미 시전을 준비하고 있던 식칼의 비를 시전. 허공에서 하나의 검은 식칼이 떨어져 한 마물의 몸을 꿰뚫는다.

푸직-

이어서 검은 식칼은 비처럼 내리기 시작했다.

쏴아아아아아아- 푸푸푸푸푸푸푸푸푹-

순식간에 마물들이 초토화될 때에 등 뒤에선 아르벨이 귀신 분대원들을 사냥하는 소리가 들린다.

"크아아아악!"

"커헉!"

그리고 단 40초도 되지 않아 모든 마족이 쓰러졌다. 이는 아르벨이라는 강력한 수를 민혁이 데리고 있기에 가능한 방법이기도 했다. 그와 함께 알림이 울렸다.

[점수를 측정합니다.]

[점수 측정 시도가 실패합니다.]

"응……?"

민혁은 잠시 고개를 갸웃할 수밖에 없었다. 점수 측정 시도에 실패했다니?

잠시 정적이 지나갔다.

이어서 다시 알림이 울렸다.

[점수 측정을 재시도합니다.]

[점수 측정에 성공합니다.]

[운영자들이 측정한 불가능의 점수에 도달합니다.]

[1층 클리어. 100,000점.]

[신기록을 달성하셨습니다.]

[1층 클리어. 100,000점에 따라 신기록 보상에 추가적인 보상이 더해집니다.]

[경험치 2,500,000을 획득합니다.]

[신기록 보상에 따라 추가적인 경험치 2,500,000을 추가 획득합니다.]

[불가능의 점수 도달에 따라 경험치 2,500,000을 추가 획득합니다.]

[10플래티넘을 획득합니다.]

[이탈리아 피자와 까르보나라 스파게티를 획득합니다.]

[측정 불가능의 점수 도달함에 따라 추가로 스테이크 플레이트를 획득합니다.]

"오……!"

민혁은 감탄할 수밖에 없었다.

그의 앞으로 펼쳐진 이탈리아의 포테이토 피자와 까르보나라 스파게티, 그치지 않고 스테이크 플레이트.

"……이 스테이크 플레이트는 분명히!"

민혁은 알 수 있었다. 서가앤콕에서 가장 많은 판매량을 기록하는 스테이크 플레이트가 분명했다.

스테이크 플레이트는 소스가 뿌려진 목살 고기 네 개 정도에 그 옆으로 채소가 한가득 있고 길게 잘린 치즈를 비롯해 파인애플과 반숙의 계란프라이 한 장으로 구성되어 있다.

이 스테이크 플레이트는 함께 나오는 채소와 함께 먹으면 매우 맛이 좋은 편이었다.

민혁은 촬영 모드를 전환했다.

[촬영 모드를 전환합니다.]

[드론 모드로 전환되어 촬영이 시작됩니다.]

드론 모드는 유저가 상당한 값어치를 지불하고 구매해야 하는 편이었다.

드론 모드를 선택하자 민혁에게서 저절로 드론 여러 대가 튀어나와 곳곳에서 그를 촬영하기 시작했다.

"이렇게 하는 거 맞나?"

민혁은 고개를 갸웃했다.

드론들은 다각도로 찍고 있었는데, 하나의 드론은 음식들을 고스란히 찍고 있었다.

"헤헤, 잘 먹겠습니다!"

감탄한 민혁이 먼저 집은 것은 바로 피자터너였다.

피자터너를 피자 밑바닥에 넣고 들어 올렸다. 그러자 치즈가 쭈우우우욱- 늘어나며 김이 모락모락 피어올랐다.

침을 꿀꺽하고 삼키며 접시 앞에 놓았다. 그 상태에서 작은 웃음을 지으며 글라스 잔에 얼음을 넣은 후 탄산음료를 꼴꼴꼴 따라준다. 이러한 음식과 탄산은 찰떡궁합이다.

그리고 항상 구비하고 다니는 파마산 가루를 팍팍 뿌려준 다음 피자를 들어 올린다. 입 가까이에만 가져갔는데도 풍부한 치즈의 향이 느껴졌다.

한 입 베어 물고 쭈우욱 당기자 새하얀 치즈가 늘어난다.

그것을 입으로 날름거리며 치즈를 끊고 우물거린다. 그러다가 다시 한 입 베어 물 때쯤엔 드디어 포테이토 피자의 절정인 감자 부분과 베이컨이 함께 올라간 부분을 베어 물 수 있다.

입안으로 담백하고 짭짤한 포테이토와 베이컨, 치즈, 도우가 함께 어우러진다.

그러다 작은 용기에 포장된 피클을 가져와 입에 쏙 넣는다.

아삭아삭-

그 두 손가락을 쪽쪽 입으로 빨아줘야 맛이다.

피자 몇 조각을 먹어주다가 시원한 콜라를 벌컥벌컥 들이켜 입가심을 해준다.

"크!"

목이 따가운 청량감에 감탄하고 이번엔 까르보나라 스파게티에 젓가락을 집어넣는다. 왼손으로는 수저를 쥐고 오른손으로는 포크를 쥔 채 포크에 면이 딸려오면 숟가락에 붙여 살살살 돌려준다.

둥글게 말리면 숟가락으로 까르보나라를 받친 채 입에 넣는다. 풍부하고 고소한 맛의 까르보나라는 씹을 때마다 웃음이 나게 만든다.

그러다가 이번엔 까르보나라 소스를 수저로 퍼본다. 그리고 그 하얀 소스 위로 함께 들어간 재료인 베이컨, 양송이 등을 얹고 입에 넣는다.

풍부하다. 딱 그 말이 어울리는 게 까르보나라다.

마지막으로 스테이크 플레이트.

목살을 쓱싹쓱싹 썰어준 후에, 그 옆으로 예쁘게 플레이팅된 채소를 포크로 쿡 집는다. 포크로 채소가 한가득 딸려오면 다시 그 포크로 밑에 있는 달콤한 소스가 발라진 목살을 집는다.

그리고 입에 넣으면.

달콤하면서도 육즙을 가득 머금은 고기가 한데 어우러지는데, 채소의 아삭아삭하면서도 상큼한 맛과 고기의 부드럽고 기분 좋은 식감에 포크를 멈출 수가 없다.

그러다 한 번쯤은 채소가 아닌, 둥글게 썰려서 나오는 파인애플 일부를 잘라내어 고기와 함께 포크로 찍어서 먹어본다. 달콤 상큼한 파인애플과 고기의 맛은 절묘했다.

그렇게 민혁은 맛있게 먹어치웠다.

"와, 진짜 맛있었어."

배를 통통거리며 부드럽게 웃은 민혁.

그러다 그는 촬영 중이라는 사실을 깨달았다.

"이렇게 하는 게 맞겠지? 한번 보내볼까?"

확실히 하는 게 좋기에 실험용으로 보내보기로 했다.

민혁은 곧바로 영상을 전송했다.

[닉네임 'TTBC' 님에게 영상 파일명 '마계의 탑 1층 공략'을 전송합니다.]

TTBC는 과거 꽤 영향력 있는 게임 방송 채널로, 당시에 현존하던 네 개의 게임 채널 중에서 독보적인 1위의 시청률을 기록하고는 했다. 하지만 현재, TTBC라는 게임 채널이 만들어진 이후 가장 큰 난관에 봉착했다고 할 수 있었다.

시청자들이 뽑은 게임 채널에서 최하위. 시청자들이 생각하는 유익한 공략 정보 최하위. 그리고 게임 채널 중 독보적인 시청률 최하위까지. 이대로 가다가는 TTBC 게임 채널이 없어질지도 모르는 노릇이었다.

그 때문에 TTBC의 국장은 회의 때마다 목에 핏대를 세울 수밖에 없었다.

"아니, 결국에는 케인을 놓쳤다고?"

케인은 TTBC에서 섭외를 위해서 오랜 시간 동안 공을 들였던 유저였다. 그러한 유저를 결국에는 ATV 방송국에 빼앗겼다고 한다.

"도대체 잘하는 게 뭔가! 섭외도 못 해! 프로그램도 못 짜!"

처음 TTBC는 신선함이라는 콘텐츠로 유저들의 많은 사랑을 받았다. 하지만 시간이 지날수록 유저들은 신선함이 아닌, 자신들에게 실질적으로 필요한 정보를 요구해 왔다. 그 정보를 위해서 TTBC는 부단하게 노력했지만, 항상 상황이 좋지 않았다. 아테네의 1급 정보를 얻어내어 타이밍을 기다리고 숨을 죽이고 있으면 다른 방송사에서 그 타이밍보다 빠르게 그 정보를 터뜨리곤 했다.

"이딴 식으로 할 거면 전부 사직서 써!!"

'저 대머리 독수리, 오늘 또 화가 머리끝까지 났네.'

매일매일 이어지는 TTBC의 국장의 화에 TTBC의 프로그램 PD나, 혹은 기자들도 기분이 좋을 리는 없었다.

그렇게 직원들이 우르르 빠져나오고 고은아는 컴퓨터 앞에 앉았다.

컴퓨터 앞에 앉은 고은아는 와 있는 메일 한 통을 발견할 수 있었다.

'미, 민혁 유저……!'

어쩌면 TTBC 게임 채널의 구세주가 될지도 모르는 사람!

[닉네임 '맛있는 게 최고야' 님으로부터 영상 파일명 '마계의 탑 1층 공략' 메일이 도착했습니다.]

그녀는 황급히 동영상 파일을 확인하려고 했다.

바로 그때였다.

"맛있는 게 최고야? 닉네임하고는."

요새 매일 심술에 가득 차오른 국장의 목소리였다.

"이런 유치한 닉네임을 하는 사람이 도대체 누……."

"민혁 유접니다!"

"구라는 말은 취소일세."

빠른 태세 전환!

국장은 상당히 기대감 어린 표정을 짓고 있었다.

이번 연도에 우리나라에서는 명예의 전당에 오를 만한 영상 자체가 없었다. 그러할 때 단독 계약된 민혁 유저의 영상이 만약 명예의 전당에 오른다면?

하지만 이는 그저 기대감일 뿐이었다. 실제로 아무리 랭커들이라고 할지라도 명예의 전당에 오르는 경우는 손에 꼽을 정도였다. 세상에 랭커들은 많았으며 자신들만의 장기를 가진 이들도 수두룩했으니까.

하지만 최소한 계약한 것만큼에 따른 효율은 얻을 수 있을 거라 국장은 생각했다.

“틀어봐.”

“넵.”

그리고 고은아 기자가 영상을 튼 순간이었다.

“민혁?”

“식신 유저 말이야?”

“오, 기대되는데?”

사람들이 몰려들기 시작했다.

아테네:한국전에서 카르를 꺾으면서 명실공히 우리나라 최고의 유저 중 한 명이 된 그였다. 심지어 베일에 감춰져 활동하고 있었기에 아테네를 하는 이라면 그 누구라고 할지라도 관심을 가지고 볼 수밖에 없을 거였다.

곧이어 영상이 시작되었다. 그리고 시작된 영상을 보며 국장을 비롯한 사원들은 입을 쩍 벌릴 수밖에 없었다.

“츠, 측정 불가능의 점수……?”

“미, 미친……! 말도 안 돼.”

그들은 경악하고 또 경악할 수밖에 없었다.

유저가 촬영을 시작하면 그들한테 들려오는 알림 또한 텍스처로 떠오르게 된다.

"세상에…… 저런 식으로 비틀다니……."

"저것도 아무나 할 수 있는 방법은 아닐 겁니다. 저 정체 모를 마족이 강하기 때문에 할 수 있는 거죠. 조금 전, 그 마족들은 귀신 분대라고 하지 않습니까."

"그, 그렇지……."

그들은 자신들도 모르게 절로 마른침을 꿀꺽 삼켰다.

그리고 이어지는 민혁 유저의 먹방.

그의 먹방이 시작되자 그들은 그 어느 때보다 집중했다.

'와…… 치즈 봐…… 저 뜨끈뜨끈한 치즈와 도우, 포테이토가 입안에서 만나면…….'

고은아는 자신도 모르게 마른침을 꿀꺽 삼켰다.

'그, 그래 그때쯤엔 까르보나라 스파게티도 한번 먹어줘, 그, 그렇지! 그렇지! 거기에 새콤달콤한 피클도……!'

고은아는 그 어떤 먹방 BJ를 볼 때보다도 감탄했다.

그리고 이어서 플레이트 스테이크를 먹다가 시원한 콜라를 벌컥벌컥.

꿀꺽-

누군가 마른침을 삼키는 소리에 고개를 돌리자 대머리 독수리 국장이 보였다. 그는 매일 점심시간엔 '오늘은 파스타가 먹고 싶다!'라는 고은아의 염원에도 불구하고 '역시 점심엔 감자탕이나, 국밥이지?'라고 말하는 양반이었다. 그런데 지금 그가 감탄에 감탄하고 있었다.

영상이 끝나고 침묵이 감돌았다.

그때 한 기자가 말했다.

"하, 한 번 더 볼까요? 먹는 부분만……."

"조, 좋네."

다시 한번 먹는 부분이 리플레이되기 시작했다.

그리고 다시 한번 집중했다.

또 한 번의 영상이 끝나고 고은아가 그 침묵을 깼다.

"너, 너무……."

모두가 그녀의 목소리에 집중했다.

"행복하게 먹어요."

"그, 그래. 맞아, 정말 너무 행복하게 먹는군."

"맞습니다. 와……! 보고 있는데, 저도 모르게 흐뭇한 미소가 감도는 거 있죠?"

모두가 고개를 끄덕였다.

지금 이 순간 국장은 직감했다.

'마계의 탑 공략 영상은…….'

TTBC에 내려온 동아줄이 될 것이다. 그것도 황금 동아줄이!

"예고편을 준비하도록 하지."

모두가 국장의 말에 집중했다.

"예고편에 넣는 장면은 간단하네. 민혁 유저가 먹는 장면. 그 장면을 예고편으로 내보내게!"

획기적이었다. 모든 과정을 생략하고 먹는 장면을 예고편으로 내보낸다? 하지만 마계의 탑 공략 영상도 분명히 뛰어났지만 먹는 영상이 핵심이었다.

그리고 추가적인 국장의 말.

"오늘 점심은 서가앤쿡 어떤가?"

'나이쓰!'

고은아 기자는 자신도 모르게 쾌재를 질렀다.

탑의 설계자인 로벤은 1층의 시련으로 들어가기 전의 입구 앞에서 민혁을 기다리고 있었다.

그리고 그는 짙은 웃음을 지었다.

'크흐흐흐흐, 엄청나게 오래 걸리는군. 아니, 클리어도 못 하는 거 아닌가?'

그는 비릿하게 웃음 지을 수밖에 없었다. 호언장담하며 들어갔던 그가 거의 30분 넘게 나오지 않고 있었기 때문이다.

민혁이 안에서 맛있는 식사를 하고 있음을 모르는 로벤이었다.

그리고 바로 그때였다.

[1층 시련을 완전히 종료합니다.]

"호오? 그래도 공략은 했나 보군."

그와 함께 민혁과 아르벨이 다시 원점으로 워프되어 돌아왔다.

민혁에게 알림이 울렸다.

[2층 도전을 원하시면 언제든 오르실 수 있습니다.]

그와 함께, 로벤은 그를 비웃었다.

"크하하하하하, 언제는 5분이면 끝난다더니, 생각보다 아주 어려웠나 보군? 역시 인간들이란 오만하기만 하다니까."

"예?"

민혁은 그에 고개를 갸웃할 수밖에 없었다.

민혁이 방금 막 돌아옴으로써 이제 입구 위로 신기록자의 기록이 바뀌었다. 입구 위에 표기되는 기록은 오로지 신기록자의 기록.

로벤은 민혁이 신기록을 달성했다는 생각 자체를 못 했기에 확인도 안 한 것이다.

"이제 네 오만함을 깨달았으면 그만 인간계로 꺼지거라!!"

로벤이 당당한 목소리로 소리쳤다. 어딜 네깟 놈이 탑을 오를 것을 넘보냐는 듯.

그때 민혁은 말없이 한 곳을 턱짓했다.

"거기가 왜?"

로벤은 놈의 패배에 기쁘다는 듯 입이 찢어지게 웃으며 고개를 돌렸다가 얼굴이 굳어졌다.

'뭐, 뭐지……?'

그는 순간 자신의 눈이 잘못되었나 싶었다.

얼마 전에 올랐던 그 범상치 않은 사내의 점수가 약 2만 5천이었다. 그런데, 지금 표기된 점수.

"1, 1,1, 1…… 10만?"

아니, 이는 불가능한 점수다. 말도 안 되는 점수란 말이다.

"도, 도대체 무슨 짓을……!"

그에 민혁이 말했다.

"말했잖아요. 얼마 안 걸린다고요! 이제 보상 주세요!"

그는 쾌활하게 말했다.

그리고 로벤으로부터 탑의 나머지 정보들을 얻어낸 후, 다시 2층을 도전하기 위해 걸음을 옮겼다.

아인칼은 주변을 둘러봤다.

황금 지팡이의 길드원 대부분이 전멸해 있었다. 심지어 민첩성이 빠른 궁수들까지도 말이다.

그는 경악한 표정으로 앞에 있는 검은 가면의 사내와 어린 소년을 보았다.

복병은 바로 자신이 '×신'이라고 말했던 소년이었다. 그 소년은 앞에 있는 용을 부리는 사내보다도 훨씬 더 강했으며 민첩했다.

작은 몸집으로 신출귀몰하게 움직이는 속도와 한 번에 길드원들을 로그아웃시키는 소년의 검. 거기에 더해진 용을 부리는 사내의 높은 마법 방어력과 공격력까지.

'브, 블랙스톤의 군주 중 하나인 내가……'

또한, 프랑스의 3대 길드 중 하나가.

'고작 둘에게 무너지다니…….'

그리고 이어서 아인칼에게 흑염룡이 말했다.

"내가 했던 말을 잊지 말길 바라네."

서걱-

다시 한번 훈계를 하고 흑염룡은 자비 없이 그의 목을 베어냈다. 그리고 그들이 남긴 전리품들을 챙겼다.

"후우……."

"끼에에에에에."

독룡이가 몸을 웅크렸다. 자신의 몸에 기대라는 말이었다.

풀썩 주저앉은 흑염룡이 독룡이의 몸에 등을 기댔다.

피곤함이 몰려왔다. 하지만 탑을 더 빠르게 올라야겠다는 생각이 들었다.

'녀석들이 내 아들에게 손끝 하나 대지 못하게 할 것이다……!'

만약 그들이 쫓는 게 민혁인 것을 몰랐다면 흑염룡은 그것으로 끝낼 뻔했다. 하지만 그 사실을 알았기에 단 한 사람도 살려 보낼 수 없었다.

바로 그때.

터벅터벅-

힘없는 발걸음 소리에 독룡이가 반응했다.

"키에엑."

그에 흑염룡이 용의 눈물 검을 다시 한번 들어 올리며 천천히 몸을 일으켰다.

그리고 멀리서 걸어오던 사내. 그를 본 흑염룡이 안도의 미소를 지었다.

"검은 조루사……! 아니, 검은 마법사 자네군……!"

"예? 거, 검은 조루사요?"

"아, 아닐세. 하하."

흑염룡은 사람의 '상처'를 건드리는 게 얼마나 좋지 않은 일인지 알았기에 더 이상 말하지 않았다.

그리고 알리 또한, 힘겹게 아크를 비롯한 길드원들을 모두 사냥하고 오는 길이었다.

그와 관련한 이야기를 두 사람이 나눴다.

"호오, 자네도 로열 클래스 퀘스트를 받았단 말이지."

"예, 하지만 같이 오른다고 해서 문제는 없겠죠."

파티원이 함께 마계의 탑에 입장할 수도 있지만, 개인이 입장할 수도 있었다. 그리고 개인이 입장하면 똑같이 탑의 1층에서 같은 조건의 탑 정복을 할 수도 있었다.

그 때문에 여럿이서 올라가도 겹치지 않는 게 탑이며, 시련형이 아닌 일반형의 경우에는 그러한 시스템이 발동하지 않아 모든 유저들이 만날 수 있었다.

"서둘러 올라야겠군요."

지금 이 순간, 두 사람은 같은 뜻을 품고 있었다.

로열 클래스도, 그리고 민혁을 지키고자 하는 것도 함께한다. 혼자서 하나의 대형 길드의 정예들을 상대로 이겨낸 두 명의 강력한 존재가 오로지 한 사람을 위해 탑으로 터벅터벅 걸어가기 시작했다.

[아인칼: 면목 없습니다.]

[아크: ……죄송합니다.]

켄라우헬은 말문을 잃을 수밖에 없었다.

1층의 신기록을 자신과의 격차를 크게 해서 달성한 자. 그 자는 프라이팬 살인마가 분명했다.

한데, 더 놀라운 것은 그의 동료로 보이는 자들이 두 개의 대형 길드의 정예들을 박살 내고 올라오고 있다는 거였다.

켄라우헬은 생각했다.

'그렇다고 해서 나와의 층수 격차를 좁히는 건 말이 안 된다.'

자신은 벌써 30층을 돌파했다. 1층에서 시작해, 자신을 따라잡는 건 아무리 생각해도 상식적으로 불가능에 가깝다.

'그놈의 주위에는 어째서 그토록 강자들이 넘쳐나는가.'

한 제국의 황제에 이어 단일로 하나의 대형 길드들을 박살 내 버리는 정체 모를 자들까지.

또한, 그들은 자신과는 조금 다른 것 같았다.

켄라우헬과 블랙스톤의 관계가 계약 관계라면 그저 그들은 프라이팬 살인마를 '지키고 싶을 뿐' 같았다.

그랬기에 그의 상식으론 이해가 되지 않았다. 돈만 있으면

뭐든지 할 수 있다고 믿는 켄라우헬은 어쩌면 영원히 알지 못할 답일지도 몰랐다.

바로 그때.

[새롭게 2층 신기록을 갈아치운 유저 '내가'가 탄생합니다.]

[기존 신기록자와의 격차가 상당히 큽니다.]

"……!"

2층까지도?

켄라우헬의 눈이 크게 떠졌다.

그리고 약 5분 정도가 지났을 때였다.

[새롭게 3층 신기록을 갈아치운 유저 '올라간다'가 탄생합니다.]

[기존 신기록자와의 격차가 상당히 큽니다.]

또다시 알림이 들려왔다.

켄라우헬은 신기록자가 설정할 수 있는 닉네임이 계속 변화하는 걸 느꼈다.

2층에선 내가. 3층에선 올라간다.

그리고 마지막.

[새롭게 4층 신기록을 갈아치운 유저 '기다려라'가 탄생합니다.]

[기존 신기록자와의 격차가 상당히 큽니다.]

이 단어들을 조합한다면.

'내가 올라간다, 기다려라.'

뿌드드드득-

켄라우헬의 치아가 갈렸다.

이는 그에게 보내는 '경고'의 메시지였다.

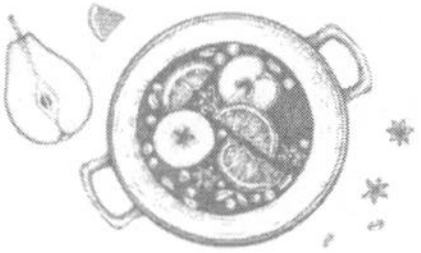

2장
황금 왕관 조각

[민혁: 먹방을 예고편으로 보내는 거여서 사람들은 어디인지는 알 수 없다는 거군요?]

고은아 기자는 민혁의 귓속말에 마치 그가 앞에 있는 것처럼 맹렬하게 고개를 끄덕였다.

그는 이어서 2층과 3층의 영상 또한 보내줬고, TTBC측은 예고편을 그의 '먹방'으로 장식할 거라는 사실을 알렸다.

그런데 민혁은 시간이 흐른 후에 영상이 오픈될 것을 원한다고 했다.

그 이유는 고은아도 쉽게 알 수 있었다. 오르고 있는 도중에 영상이 오픈된다면 세계 곳곳에서 그 영상을 보고 같은 방법을 사용할 테니까. 충분히 납득된다.

하지만…….

'당신의 그 방법은 설령 다른 사람들이 안다고 해도 흉내 낼 수 없어요.'

그의 신기록은 깨지지 않을 것이다. 공략 방법을 안다고 해서 깰 수 없는 것들이 있다. 마계의 탑의 것들은 대부분이 그러하다.

그의 승인을 얻어낸 고은아 기자.

그리고 편집팀의 팀장이 말했다.

"먹방 편집 모두 끝났습니다!!"

모든 준비가 끝났다.

대학교 1학년 미진은 방대한 꿈을 품고 있었다.

1학년이자 스무 살인 그녀는 20년 세월 동안 모쏠의 삶을 살아왔다. 그 이유 중 하나는 키 160㎝에 몸무게 약 75㎏에 달하는 뚱뚱한 몸 때문이었다.

그 때문에 그녀는 요즘 수영과 헬스를 병행하고 있었다. 그리고 벌써 한 달 동안 12㎏이나 감량에 성공했다. 이대로 간다면 겨울 방학이 끝났을 때쯤엔 50㎏대의 몸무게에 진입하리라!

이는 그녀의 '독한 마음가짐' 때문에 가능한 일이었다.

그 어떤 유혹도 그녀의 예뻐져서 연애하고 말겠다는 의지를 뛰어넘지 못한 것이다.

'배고파…….'

그리고 오늘도 운동을 끝내고 온 그녀는 극심한 배고픔을 느꼈다. 하지만.

'지금 먹으면 너 사람이 아니라, 돼지다!!'

강한 마음가짐으로 이겨냈다.

그녀는 평소 즐겨 하는 게임 아테네의 영상이나 보자고 생각했다. 랭커들의 게임 영상에 집중하다 보면 자신도 모르게 배고픔을 잊게 되기 때문이었다.

그러던 중, 가장 높은 조회 수를 기록한 영상이 보였다. 그 영상은 고작 2시간 만에 클릭 수가 약 50만에 이르렀으며 즐투브에서 10위권 안의 조회 수를 기록하고 있었다.

그리고 제목.

'식신의 행복.'

"우, 우리 민혁 오빠!!"

미진은 식신 민혁의 열혈팬이었다. 잘생긴 얼굴뿐만이 아니었다. 그 예의 바른 성격과 실력, 그리고 사랑스러운 먹는 모습까지!!

"어머, 이건 꼭 봐야 해!"

그녀는 동영상을 클릭했다.

곧 문구가 떠올랐다.

[명예의 전당에 도전하는 우리나라 최고의 유저. 식신 민혁.]

[그 방대한 도전의 대서사시!!]

[박스 오피스 1위보다도 더 놀라운 그의 먹방 예고!!]

그와 함께 동영상이 시작되었다.

그녀는 마치 무언가에 홀린 것 같았다. 영상을 보는데, 기분이 좋아진다, 영상을 보는데 침이 넘어간다.

'머, 먹고 싶어……!!'

민혁이 행복해하는 모습을 볼 때마다 자신도 행복해졌다.

예고편을 세 번이나 돌려본 미진. 그녀가 서둘러 지갑을 챙기고 집 밖으로 달려 나갔다.

'아, 안 돼…… 나, 난 살 빼야 한다고!!'

이성은 그렇게 외쳤지만, 몸은 서가앤콕으로 달려가고 있었다.

그리고 맛있게 먹고 나온 후.

'그래, 난 돼지였어…… 꿀꿀…… 꾸울!!'

주르륵 눈물이 흘렀지만, 배만은 불러진 그녀였다.

한편, 동영상의 댓글들이 포화 상태에 빠지기 시작했다.

[서가앤콕 가맹점주입니다. 민혁 님 덕분에 당일 매출 300% 증가했습니다. 찬양해!! 갓식신!!]

[책임져, 내 다이어트 실패했잖아!!]

[와…… 사람이 저렇게 행복하게 먹을 수 있는 거임? 진짜 보기만 하는데 나도 모르게 엄마 미소 짓고 있는 거 실화냐?]

[매일 국밥만 먹자던 우리 부장님이 달라졌어요!!]

[와, 본편 엄청 기대된다…….]

[저기 도대체 어디일까요? 어디인데, 음식이 나오죠? 던전 비슷한 곳 같은데…….]

[와…… 이거 본편 올라오면 본방 사수한다……!]

[이번 연도에 우리나라에 명예의 전당에 도전할 만한 영상 자체가 없었는데, 갓민혁 님이 도전한다고요? 제가 꼭 챙겨 보겠습니다!!]

[와, 먹는 걸로 명예의 전당 노리는 클라쓰 보솔ㅋㅋㅋ]

댓글창들은 본편을 기대하고 있었다.

아르벨은 심각한 표정으로 말했다.

"10층은 다시 한번 말하지만 절대로 무리해서는 안 되네."

그가 심각한 이유는 바로 10층에 있는 존재 때문이었다.

"10층에 있는 포식뱀은 나 또한 어쩌지 못할 정도로 강력한 힘을 가진 뱀이지, 그 10층을 깨는 방법은 아주 간단하네. 잠이 많은 녀석은 입장과 동시에 자고 있지, 소리 소문 없이 빠르게 움직여 11층으로 가야 하네."

아르벨은 이제까지 신기록을 세울 만한 획기적인 방법들을 알려줬다. 하지만 10층은 아니었다. 신기록에 도전하지 말고 곧바로 클리어할 것을 권유했다.

10층에 있는 포식뱀은 아르벨의 말에 따르면 약 레벨 700 정도를 웃도는 강력한 뱀이었다. 마계에는 이처럼 아직 오픈되지 않은 강력한 존재들이 숨어 있는 것이다.

또한, 10층에서 신기록을 세울 방법을 아르벨이나 혹은 탑의 제작자인 로벤조차도 알지 못했고 드문드문 탑의 몇몇 층마다 이처럼 로벤도 모르는 정보들이 존재했다.

로벤은 말했다.

'내가 10층과 21층 등을 모르는 이유는 그 층은 탑의 총설계자인 알리드 님께서 제작하셨기 때문일세. 그곳의 보상 또한 모르지.'

로벤조차도 모르는 탑의 10층!

그리고 한 가지 이야기를 들을 수 있었다.

'정보는 모르지만, 그 안에 있는 포식뱀이 무언가를 지키려 한다는 이야기는 계속해서 들어왔다네.'

무언가를 지키려 하는 뱀.

그에 민혁은 아르벨의 말대로 하기로 했다. 괜히 신기록에 도전했다가 강제 로그아웃 당한다면 마계의 탑은 다시 입장할 수 없다. 애초에 이 마계의 탑 자체는 한 번 죽으면 더 이상 도전할 수 없게 설계되어 있었기 때문이다.

민혁이 10층으로 올라가는 계단에 발을 옮겼다.

[마계의 탑 10층에 입장하셨습니다.]

[잠을 자고 있는 거대한 포식뱀이 깨지 않게 출구에 도착하시기 바랍니다.]

[곳곳에 징검다리가 놓여 있습니다. 그 밑의 잠을 자는 포식뱀을 피해 징검다리를 밟고 빠르게 이동하십시오.]

쿠르르르르르르르르-

그리고 10층에 입장한 순간 민혁은 거대한 진동을 느낄 수 있었다.

그 진동이 무엇인가 하고 의문을 품다가 알 수 있었다.

'배, 뱀의 숨소리……?'

뱀의 숨소리였다.

세상에나, 뱀의 숨소리에 이곳 전체가 진동할 정도라니?

곧 민혁은 앞에 보이는 단단한 벽을 볼 수 있었다.

그리고 놀랐다. 그것은 단단한 벽이 아니라 거대한 뱀의 몸의 일부분이었기 때문이었다.

'와, 엄청 크다…….'

아르벨은 작은 숨소리도 내지 않고 신속히 이동할 것을 권유했다. 때문에 민혁은 숨을 죽이고 뱀의 바로 위에 놓인 징검다리들을 보았다.

민혁은 재빠르게 뛰어올라 징검다리 하나를 밟았다.

징검다리는 발 하나를 겨우 올릴 수 있을 정도로 아주 작은 크기였다. 마법사들이라면 플라이 마법을, 궁수들이라면 민첩함을, 또한 전사들이라면 '체력' 스텟을 올리면 저절로 올라가는 지구력을 통해서 헤쳐 나가야 하는 난관인 것이다.
그렇게 민혁과 아르벨이 빠르게 움직이며 계속해서 징검다리를 밟았다.
그리고 가운데쯤에 도달했을 때, 민혁은 몸을 웅크리고 잠을 자고 있는 뱀의 감긴 눈을 보았다.
'눈이 내 몸 크기와 비슷할 것 같은데?'
그 정도로 포식뱀의 크기는 커다랬다.
그리고 민혁이 힘을 주어 또 한 번 징검다리를 밟으려던 순간이었다.
번쩍!
거대한 포식뱀의 눈이 떠졌다.
"……?"
민혁은 깜짝 놀랐다. 이는 아르벨 역시 마찬가지였다.
'무, 무슨……! 우리는 작은 소리조차도 내지 않았는데……! 심지어 녀석의 몸에 발을 헛디디지도 않았다고……!'
전혀 예측하지 못한 상황이었다.
그르르르르르-
그 순간 거대한 뱀이 움직이기 시작했다.
"뛰, 뛰어어어어어!"
아르벨이 외쳤다. 그를 따라서 민혁이 빠르게 뛰기 시작했고, 아르벨도 뛰기 시작했다.
"키에에에에에에!"
거대한 혀를 날름거리는 뱀이 고개를 움직였다.

그리고 달리면서 아르벨이 창을 움직였다.

[마룡창술 3장]

[용의 포효]

아르벨의 창으로 뜨거운 불길이 치솟아 올랐다. 헬파이어보다도 강력한 모든 것을 소멸시키는 창!

쐐에에에에엑-

입을 벌리고 접근하는 놈에게 던졌지만…….

태엥-

허무하게도 창이 포식뱀의 피부를 뚫지 못했다.

"헉……!"

아르벨과 민혁이 경악했다.

어느덧 놈이 민혁의 앞에 다가와 그 거대한 입을 벌렸다.

민혁이 스킬을 사용하려던 때, 노란 뱀의 눈과 민혁의 시선이 마주쳤다. 그 순간.

주르르르르륵-

'뭐, 뭐야?'

뱀의 눈에서 눈물이 흘렀다. 그리고 민혁의 스킬이 무효화되었다.

[포식뱀의 눈을 보셨습니다.]

[스킬을 사용할 수 없습니다.]

그것보다, 어째서 우는 걸까 하는 생각을 했다. 이어서 거대한 포식뱀이 민혁을 한입에 집어삼켰다.

그 순간 아르벨이 외쳤다.

"아, 안 돼!! 내 식량 조달자!!"

그렇다. 민혁에게 아르벨이 맛있는 정보를 주는 존재인 것처럼, 아르벨 또한 민혁을 식량 조달자로 생각하고 있던 것이다!

그리고 곧 이변이 일어났다. 거대한 뱀이 민혁을 삼키지 않고 입에 머금은 상태로 고개를 왼쪽으로 홱 틀었다.

그와 함께, 입을 벌리자 민혁이 그 방향을 향해 날아갔다.

그리고 벽에 부딪히려는 그 순간.

수우우우웅-

그 벽이 저절로 사라지며 민혁의 몸이 그 안으로 들어갔다.

'뭐지?'

아르벨은 고개를 갸웃하다가 알 수 있었다.

벽이 아니라, 트릭이었다. 안으로 들어가는 무언가가 있는. 그리고 거대한 포식뱀은 아르벨을 바라보기만 할 뿐 공격하지 않았다.

아르벨이 징검다리를 밟고 그 안에 들어가기 위해 점프했다.

쿠웅-

하지만 아르벨은 투명한 벽에 막혀 들어갈 수 없었다.

떨어지는 아르벨을 포식뱀이 꼬리를 이용해 받쳐줬다.

'왜 나를…… 아니, 식량 조달자와 나를 지켜주는 거지?'

아르벨은 확신했다.
포식뱀은 자신들을 해할 마음이 없었다.

[정체 모를 던전에 입장하셨습니다.]
[명성 30을 획득합니다.]

포식뱀에 의해 벽 너머로 던져진 민혁은 바깥을 보았다.
아르벨이 안쪽으로 들어오려고 했지만 투명한 벽에 부딪혀 땅으로 떨어졌다.
"아르벨!!"
민혁이 불렀지만 아르벨은 듣지 못하는 듯했다.
그는 의아해하며 투명한 벽에 손을 뻗었다.

[정체 모를 던전의 마지막에 도달할 때까지 밖으로 나가실 수 없습니다.]

민혁은 일단 이곳에서 나가는 방법이 끝에 도달하는 거임을 알았다.
계속해서 걷자 벽화를 볼 수 있었다.
벽화로 한 마리의 거대한 늑대가 보였다.
그 순간 알림이 울렸다.

[빛의 화신 펜루스. 혈혈단신으로 제국을 구했던 신수.]

'빛의 신수……?'

펜루스. 카이스트라가 부리는 거대한 늑대였다.

그렇게 계속해서 걷던 중이었다. 민혁은 이번에는 또 다른 그림 앞에 멈추어 설 수 있었다. 그 그림에는 거대한 네 마리의 용이 한데 어울려 있었다.

[전설의 4대 용. 모든 존재가 한데 모인다면 이길 자가 없다는 존재들.]

'음……?'

전설의 4대 용도 3대 화신들과 연관성이 있는 걸까?

역시나 계속 걸었다.

그리고 마지막 그림을 볼 수 있었다.

[죽음의 화신 포식뱀. 모든 것을 먹어치우는 세상 모든 뱀의 왕.]

'포식뱀……?'

민혁은 놀란 표정을 지었다. 저 포식뱀 또한 펜루스와 같은 화신이었던 것.

그렇게 걷다 보니 어느덧 빛의 끝에 도달했다.

도달했을 때, 민혁은 볼 수 있었다. 거대한 신전이었다. 그 신전에는 아까 전 보았던 네 개의 그림들이 보였다.

곧이어 그 그림들이 움직이기 시작했다.

움직이는 그림들은 가운데에 그려진 '?'를 향해 움직였다. 그리고 그 앞에 도달한 존재들은 사각형으로 선 채 그 '?'를 향해 절했다.

"크르르르르르!"

"키햐아아아악!"

"키에에에에에!"

"크아아아악!"

물음표가 빛에 휩싸이기 시작했다.

빛에 휩싸인 물음표. 그 물음표가 빛을 뿜으면서 하나의 형상을 만들어가기 시작했다.

곧이어 모습을 드러낸 것. 황금 왕관을 쓰고 검을 하늘 높이 치켜들고 있는 아기 돼지였다.

"코, 콩이잖아?"

콩이가 분명했다. 미묘하게 다른 점이라고 한다면 콩이가 쓰고 있는 황금 왕관과 검이라고 할 수 있을 것이었다.

그리고 그 순간, 또 다른 그림이 그려지기 시작했다.

민혁은 숨을 죽이고 지켜봤다.

검은 기류가 스며들어 각인되어 가는 그림. 그 그림을 본 민혁이 중얼거렸다.

"드래곤……?"

드래곤이 분명해 보였다. 아버지가 데리고 다니는 브레트니나 혹은 데스티니, 암바카와는 분명히 생김새가 달랐다.

지상 최강의 존재인 드래곤! 그러한 드래곤을 황금 왕관을 쓴 콩이는 노려보고 있었다.

그 순간 알림이 울려 퍼졌다.

[식탐의 화신을 펫으로 거느리고 있는 주인이십니다.]

[식탐의 화신의 황금 왕관 조각 퀘스트 열람 조건을 충족하셨습니다.]

[식탐의 화신의 탄생(1)을 영상으로 확인하실 수 있습니다.]

[원치 않을 시 '거절'이라고 말씀해 주시기 바랍니다.]

민혁 또한 궁금했다.

아기 돼지의 모습을 하고 있는 콩이. 그리고 그러한 콩이가 식탐의 화신이라고 민혁은 알고 있었다.

'혹시 몰라…….'

식탐이라는 말이 붙는 만큼 콩이에 대한 비밀에 맛있는 게 숨겨져 있을지도 모른다.

그리고 콩이라는 존재에 대한 것도 무척이나 궁금했다.

"수락."

[영상 시청을 수락하셨습니다.]

[영상을 시청하는 동안 캐릭터가 '무적' 상태가 됩니다.]

민혁의 몸을 빛이 휘감았다. 그리고 육체에서 영혼이 빠져나왔다.

껍데기만 남은 캐릭터가 풀썩 쓰러져 깊은 단잠에 빠져들고 민혁의 영혼이 빛에 휩싸여 사라졌다.

[500여 년 전. 세상은 혼돈으로 물들기 시작했다. 대륙 전쟁이 펼쳐지기 시작한 것이다.]

빛이 되어 나타난 민혁을 가장 먼저 맞이한 것은 다름 아닌, 하얀 바탕 위로 떠오르는 붉은색, 피로 물든 듯한 문구들이었다.

[세계 곳곳에 존재하는 열 개가 넘는 대륙들. 아스간 대륙, 폴리콘 대륙, 카르비아 대륙, 베일 대륙, 비레이 대륙 등등이 전쟁으로 인해 무수히도 많은 자가 죽어나갔다. 이 전쟁의 발발 원인이 되는 것은 바로 '흉포해진 제국의 수호자들'이었다.]

수호자. 현재 민혁이 있는 우리나라 서버인 아스간 대륙의 두 개의 제국에도 수호자가 존재한다.

이필립스 제국의 수호자는 미노타우르스와 피닉스였다. 그리고 콜로디스 제국의 수호자는 와이번이라고 알려져 있다.

[수호자들은 '유토피아'에서 모두가 함께 어울려 살아갔다. 하지만 어느 날 수호자 중 하나인 론트리 제국의 수호자 그리핀이 다른 수호자들을 공격하기 시작했다. 이로 인해 아크든 제국의 수호자 흑표범 에든이 사망하게 된다.]

'흠…….'

민혁은 고개를 주억였다.

수호자들과 일반 몬스터는 엄연히 다르다.

예를 들어서 피닉스가 있다고 가정한다. 피닉스는 대표적인 이필립스 제국의 수호자였다.

하지만 수호자로 분류된 피닉스와 아닌 피닉스는 확연히 달랐다. 수호자로 분류된 피닉스는 일단은 '제국의 수호자'라는 특별함에 의해 일반 피닉스보다 훨씬 더 강력하였다. 즉, 수호자로 분류되는 녀석들은 피닉스들의 황제라고 말할 수 있을 거다.

그런데, 그러한 흑표범 에든이 사망했다? 이는 단순히 수호자들 간의 문제가 아니다. 당연하게도 이로 인해, 제국 간의 마찰이 발발하게 될 터.

그리고 다시 설명이 시작되었다.

[하지만 재앙은 거기서 그치지 않았다. 또 다른 수호자인 아이론 제국의 수호자인 다크베어 또한 흉폭해져 수호자들을 공격하기 시작했다. 그리고 다른 수호자들 또한 흉포해져 갔고 분노한 제국들은 서로가

배를 타고, 마법을 사용하며, 다양한 방법을 이용해 타 대륙을 넘어가 전쟁을 벌이기 시작했다. 이것이 바로 '대륙 전쟁'의 발발 원인이다.]

민혁은 계속해서 설명을 들었다.

제국 간의 전쟁은 대륙 간의 전쟁으로 이어졌다고 한다.

그리고 그러한 와중에, 대마법사 멀더런이 한 가지 사실을 공표했다.

[수호자들은 아주 강력한 세뇌 마법에 걸려 싸움을 시작한 것이 분명하다.]

수호자들은 기본적으로 어마어마하게 높은 마법 방어력을 보유하고 있다. 또한, 유토피아라는 곳은 어지간한 마법들이 그 힘을 발현하지 못한다.

그에 많은 이들이 그러한 마법을 발현한 이가 누구인지 궁금해하였다. 하지만 이미 발발된 전쟁에 의해 대륙 전쟁이 끝날 기미는 보이지 않았다.

이윽고 전쟁은 세상 곳곳에 존재하는 신수들의 싸움으로까지 번져가기 시작했다. 많은 피가 흘렀고 많은 자가 죽었다. 그리고 최후의 전쟁까지 치닫고 있었다.

영상이 변화되었다.

"신수들과 사람들이 죽어가고 있다. 막아야만 한다."

변화된 화면으로 한 사내가 나타났다.

그는 늑대 머리 형상의 투구를 쓰고 있었으며 그 옆으로는 엄청나게 커다란 하얀색 털을 가진 늑대가 함께였다.

곧 그의 머리 위로 정보가 떠올랐다.

[화신의 사자. 베로그.]

'화신의 사자?'

영혼 상태로 그를 보고 있는 민혁은 단번에 짐작할 수 있었다. 그가 바로 과거의 '화신의 사자'였다. 즉, 카이스트라가 가진 직업의 본래 주인.

그리고 그때, 누군가 들어왔다. 그의 몸 곳곳에는 용으로 된 문신이 그려져 있었다.

'아버지하고 비슷한 느낌이잖아?'

민혁은 그의 몸 곳곳에 그려진 용의 문양들을 보며 생각했다.

그 순간, 또다시 그의 정보가 떠올랐다.

[용군주 바로니클.]

'용군주……? 얼마 전에 아버지한테 용군주 클래스에 관련한 직업 퀘스트를 받으셨다고 들었는데…….'

곧이어 용군주가 입을 열었다.

"베로그. 드디어 이 모든 사건의 원흉을 알아냈다. 바로 블랙 드래곤 보르몬이다."

"블랙 드래곤 보르몬?"

"그래, 드래곤들 사이에서도 어렸을 적부터 파괴적인 성향이 강했다더군, 한데 놀라운 것은 고작 어린 헤츨링일 때에 드래곤 로드 또한 이겨내지 못할 정도로 엄청난 마법과 힘을 구사했다고 한다."

"그 녀석이 도대체 왜……."

"이유는 모르겠지만 놈이 수호자들을 조종하고 대륙 간의 전쟁을 발발시킨 원흉이다. 놈을 죽이고 우리가 이 전쟁이 더 이상 피로 물들지 않게 막아내야만 한다."

또다시 문구가 떠올랐다.

[3대 신수의 주인 혹은 신수들은 다른 신수들의 통치자들이었다. 그들은 신수들과 인간들의 전쟁을 원치 않았고 막으려 했다.]

바로니클이 말했다.

"놈이 있는 위치는 내가 알아냈으니, 곧바로 쳐들어가지."

그리고 곧바로 영상이 변화되었다.

결과는 처참했다. 블랙 드래곤 보르몬에 의해 3대 신수의 주인들과 신수들은 도망칠 수밖에 없었다.

세상에 존재하는 서른의 신수들이 합쳐도 이기지 못한다고 알려져 있는 3대 신수들. 그들이 무력하게 블랙 드래곤 보르몬에게 패배하고 목숨을 겨우 부지한 채 도망친 것이다.

"이대로라면 우린 최후의 전쟁을 막지 못한다……."

최후의 전쟁.

승자와 패자로 나뉠 것이다. 전쟁은 끝날 테지만 그 어떤 때보다 큰 피해가 있을 것이다.

그리고 그때, 대마법사 멀더런이 입을 뗐다.

멀더런이 그들과 함께하는 이유는 그가 소환 마법으로 신수 중 하나인 포식뱀을 부릴 수 있었기 때문이다.

"방법이 하나 존재한다."

방법이란 말에 모두가 귀 기울였다.

"절대 신수를 깨우는 것이다."

"……!"

"……!"

[절대 신수. 3대 신수들보다 강력하며 신수들의 사이에서도 두려움과 공포의 대상.]

설명이 지나가고 화신의 사자 베로그가 말했다.

"하지만 절대 신수는 위험하다. 놈은 둘 중 하나이지 않은가."

그에 용군주가 말했다.

"그래, 엄청난 대재앙, 아니면 평화."

둘 중 하나였다. 깨어날 성격에 따라 다를 것이다.

"확실한 건, 이 난관을 해결할 유일한 해결책이지."

그 말에 그들은 부정할 수 없었다.

그리고 그들은 결정했다. 그를 깨우기로.

그들은 어두컴컴한 던전 안으로 들어갔다.

그 안에는 세워져 있는 관이 있었으며 그 주변에는 커다란 쇠사슬들이 칭칭 감겨 있었다.

"아테네 신께선 절대 신수가 세상에 위험할 수도 있다고 생각해서 봉인해 놓으셨다고 전해지지, 때문에 만년한철을 이용해 놈을 깨우지 못하게 하기 위해 막았다고 하네."

만년한철의 앞에 선 신수의 주인들. 그리고 그들이 모이면 이 만년한철을 끊을 수 있는 힘이 생긴다.

그들이 거느리는 신수들이 힘을 발현했다. 펜루스와 포식뱀, 그리고 4대 용들의 입에서 하얀빛이 뻗어 나가며 만년한철을 부식시켰다.

치이이이익- 탱그랑!

요란한 소리를 내며 부식된 만년한철이 스스로 부서져 땅에 뒹굴었다.

멀더린이 강력한 마법들을 캐스팅했다. 화신의 사자도 동물의 뼈로 구축된 창을 소환하였고 펜루스 또한 그와 함께 전투 준비를 했다. 그리고 4대 용과 포식뱀 또한 만약의 상황을 바로 대비했다.

끼이이이이익- 쿠우우우웅!

거대한 소리와 함께 관의 문이 열렸다.

이윽고 그곳에서 모습을 드러낸 존재. 그 존재는 다름 아닌 잠을 자고 있던 아기 돼지였다.

"뭐, 뭐야……!"

"돼지가 절대 신수라고?"

"컥!!"

그들은 당혹할 수밖에 없었다.

"그, 그래도 절대 신수다!!"

"모두 경계를 늦추지 마라."

"만약 놈이 재앙을 원한다면 이 자리에서 기필코 죽여야만 한다!!"

모두가 경계할 때 그 존재가 천천히 눈을 떴다.

꿀꺽-

누군가 마른침을 삼키는 소리였다.

그와 함께, 안에서 나타난 아기 돼지가 활짝 웃음 지었다.

"꾸울!!"

그 웃음은 세상에서 가장 행복해 보이는 미소였다.

그 상태로 모든 화면이 정지했다.

그리고 알림이 들려왔다.

[식탐의 화신의 탄생(1)의 영상이 종료됩니다.]

[식탐의 화신의 일기장(1) '나는 누구일까?'를 확인할 수 있습니다.]

[일기장(1)을 읽으시면 퀘스트가 발동됩니다.]

민혁은 고개를 갸웃하며 앞에서 나타난 찢어진 일기장을 볼 수 있었다.

그 일기장을 읽어 내려가기 시작했다.

[나는 누구일까? 이 세상에 태어나자마자 나는 물음표를 던졌다. 나의 주위로는 단 한 존재만이 있었다. 그는 '아테네'라고 하였다. 아테네는 내게 말했다. 너는 세상의 재앙이 될 수도, 평화가 될 수도 있다고. 그러면서 나를 차갑고 어두운 관 속으로 밀어 넣으셨다. 그때는 그게 맞다고 생각했다.

답답하지는 않았다. 아테네 신께선 이 관 속이 나의 유일한 세상이라고 하셨고 나를 배려해 이 안에 많은 것을 두셨기 때문이다.

1년이 지나고, 3년이 지나고, 5년이 지나고. 나는 이 안에서 맛있는 것을 먹었다.

맛있는 걸 먹는 게 좋았고 행복했다. 시간이 흘러도 이렇게 맛있는 거만 먹을 수 있다면 좋을 거라 여겼다.

그런데, 어느 날 문득 눈물이 났다.

왜 울었는지는 모르겠다. 그저 눈물이 나서 울었다.

나는 누구일까?

나는 왜 이 안에서 혼자 있어야 하는 걸까?

그렇게 수십 년이 흘렀다.

수십 년 동안 나는 매일매일 울었다.

이 안에는 책이란 것도 있었다. 책을 보며 알아갔다.

세상엔 친구라는 것도 있구나.

가족이라는 것도 있구나.

원래 세상은 혼자 존재하는 게 아니라는 걸 깨달았다.

그러자 외로움은 더 커져갔다.

그러던 어느 날. 정체 모를 목소리들이 들려왔다.

그리고 그 정체 모를 목소리들은 커다란 쇠사슬을 끊었다.

그리고 나를 혼자 두게 하였던 그것을 열리게 만들었다.

눈을 떴을 때, 나는 보았다.

팔과 다리가 길쭉하고 두 개의 눈, 털이 거의 없는 정체 모를 자들이 무언가를 들고 있었다.

아, 저게 책으로 보던 인간이구나?

그리고 털이 듬성듬성하고 무섭게 생긴 자와 몸통이 기다랗고 콧수염이 자라난 길쭉한 정체 모를 존재들.

난 그들을 보자마자 너무도 반가웠다.

그들을 보며 나도 모르게 입꼬리가 말려 올라갔다.

이날, 나는 태어나 처음으로 웃는다는 걸 배웠다.]

거기서 '나는 누구일까?'라는 일기장이 끝나 있었다.

곧이어 밝은 빛이 터져 나왔다.

파아앗-

그와 함께 민혁이 빛에 휩싸였다.

그리고 다시 캐릭터 속으로 빨려 들어갔다.

모든 영상과 일기장까지 본 민혁. 그는 말문을 잃은 표정이었다.

그 외로움이 무엇인지 알았다.

나는 원치 않았다. 그러고 싶지 않았다. 폭식 결여증이란 병을 원하지 않았다. 내가 나쁜 짓을 해서도 아니었다. 단지, 내가 태어나 그러한 병에 운이 안 좋아 걸렸을 뿐이다. 그때 세상을 저주했다. 나를 외톨이로 만들고 모든 걸 앗아간 세상에.

그것을 누구보다 잘 아는 민혁이었기에 자신도 모르게 가슴이 뭉클해졌다.

그리고 바로 그때. 콩이가 스스로 소환의 방에서 빠져나와 민혁을 올려다보며 고개를 갸웃했다.

"꾸울?"

콩이가 고개를 갸웃했다.

민혁은 아무 말도 하지 않고 있었다.

콩이를 매일 장난처럼 '비상식량'이라고 하긴 하지만 그는 장난에 가까웠다. 자신을 지켜주려고 하는 이를 먹는 존재가 어딨겠는가? 또한, 함께 지내오면서 콩이는 각별한 존재가 되어 있었다.

콩이는 엉덩이를 씰룩여 춤도 춰보고 코도 파며 기분을 풀어주려 했다. 하지만 민혁은 콩이의 일기장을 보자 마냥 웃을 수만은 없었다.

그러자 콩이는 그의 어깨에 쪼르르 올라왔다. 그리고 볼을 콕 눌렀다.

"……응?"

"꾸울!"

민혁이 고개를 돌리자 콩이가 조금 전에 보았던 그 영상 속의 행복한 미소로 웃어 보였다. 그를 보던 민혁은 자신도 모르게 피식- 하고 웃어버릴 수밖에 없었다.

콩이가 이제 좀 나아졌냐는 듯, '역시 나밖에 없지, 꿀?' 하며 거만하게 어깨를 으쓱였다.

그에 민혁이 장난스레 말했다.

"은근슬쩍 코 판 손으로 내 볼 만지지 마랏!"

흠칫!

콩이가 깜짝 놀란 표정을 지었다.

바로 그때, 알림이 들려왔다.

[펫 각성 연계 퀘스트 '황금 왕관 조각'이 생성됩니다.]

그와 함께 퀘스트창이 민혁의 앞으로 떠올랐다.

[펫 각성 연계 퀘스트: 황금 왕관 조각]

등급: SSS

제한: 화신의 신전에 도달한 식탐의 화신의 주인

보상: 각성한 식탐의 화신, 식탐의 화신의 탄생 영상(2)

실패 시 페널티: 식탐의 화신이 영원히 각성할 수 없음

설명: 식탐의 화신은 영상에서 보았듯이 본래 황금 왕관을 쓰고 있다. 하지만 현재는 황금 왕관을 가지고 있지 않다. 이 왕관이 가진 힘은 과거 식탐의 화신이 가졌던 힘을 깨우는 것이다. 세상 곳곳에 흩어져 있는 황금 왕관 조각을 모아라, 그렇다면 그의 힘을 개방할 수 있을 것이다. 첫 번째 조각의 힌트는 포식뱀에게로부터 들을 수 있다.

모아야 하는 황금 왕관 조각: 0/3

'황금 왕관 조각이라…….'

그림 속의 콩이는 분명히 황금으로 만들어진 왕관을 쓰고 있었다.

그러고 보면 영상 속에선 3대 화신이라고 표현하였다. 하지만 지금에는 4대 화신이라고 표현되고 있었다. 그리고 카이스트라가 말하기를 콩이는 다른 3대 화신들의 왕과 같은 존재라고 들었다. 아마도 황금 왕관 조각을 모은 후에, 추가적인 영상을 본다면 그 힌트에 대해서 알게 될 수 있을 것이었다.

그 순간 알림이 들려왔다.

[화신의 신전에서 본래 있던 10층으로 워프됩니다.]

㈜즐거움의 강태훈 사장을 중심으로 임원진들이 주르륵 앉아 있었다. 그들의 앞에는 한 영상이 틀어지고 있었다.

그 영상에는 화신의 신전에서 빛이 되어 사라지는 민혁이 있었다.

"㈜즐거움 오픈 이후 가장 큰 이벤트가 될 거야."

한참이나 묵묵히 있던 강태훈 사장이 입을 열었다.

그 말에 그 누구도 부정하지 못했다.

"생각보다 '왕관 조각'을 빨리 찾게 되었어, 이제 블랙 드래곤의 수호자 장천이 봉인된 블랙 드래곤 보르몬을 깨우기 위해 녀석의 '아티팩트'들을 모으기 시작하겠지."

그에 모두가 고개를 끄덕였다.

블랙 드래곤 보르몬. 그리고 민혁이 데리고 있는 식탐의 화신 콩이. 이들이 바로 앞으로 있을 아테네에서 이례 없을 대규모 업데이트와 이벤트의 중심에 있다고 할 수 있었다.

그리고 임원들과 사장 강태훈의 표정이 심각한 이유는 하나였다.

"하필이면……."

강태훈 사장이 말끝을 흐렸다.

"대륙 전쟁에서 우리나라가 상대해야 할 국가가 중국이라니."

그렇다. 과거에 이어서 또 한 번의 대륙 전쟁이 유저들을 찾아가게 될 것이었다.

그리고 이는 바로 서버 통합의 시작을 알리는 셈이었다.

㈜즐거움에선 아테네의 모든 대륙을 한꺼번에 통합하는 것은 사실상 무리가 있다고 판단했다. 그에 따라, 대륙 전쟁을 빌미로 몇 개의 나라끼리 묶어서 일단 통합이 된다. 예를 들어 일본 서버 이들과 프랑스 서버 이들이 만나게 된다는 식이라고 할 수 있었다.

그리고 대한민국이 마주해야 할 상대는 다름 아닌, 중국이었다. 중국과 대한민국이 대륙 전쟁을 펼치며 통합될 것이다.

이것이 문제였다.

중국은 아테네 강국 3대국 중 하나였다. 그리고 이를 떠나서 만약 국가 간의 전쟁을 한다고 가정했을 시에 가장 강력한 힘을 발할 국가 1위였다.

그 이유는 간단했다. 모두가 흔히 알고 있듯이 중국이라는 나라는 인구수가 무척이나 많은 편에 속하였다. 그 때문에 히든 클래스, 전설 클래스, 시크릿 클래스나 신 클래스 보유저들이 많았다. 거기에 더해져 애초에 전쟁에서 물량이 많다는 것은 무척 유리하게 작용한다는 사실이었다.

이렇게 대한민국과 중국이 묶이게 된 것은 이유가 존재했다. 이는 식탐의 화신과 블랙 드래곤의 관계 때문이었다.

애초에 식탐의 화신은 여러 나라 곳곳 모든 대륙에 존재한다. 어떤 나라에서도 그를 얻을 수 있었다. 그런데, 그걸 식신 민혁이 얻어낸 거다. 그리고 얻어내면 그때부터 그 나라에서 관련 퀘스트가 진행된다.

블랙 드래곤도 마찬가지라고 할 수 있었다. 어떤 나라에서도 얻을 수 있었고 그걸 중국의 장천이란 유저가 얻은 것이다. 식탐의 화신과 블랙 드래곤은 다시 끝장을 봐야만 하는 존재였다. 한데, 그 과정에서 중국과 싸워야 한다.

'이길 가능성이 거의 없어 보이는군…….'

강태훈 사장의 한숨을 필두로, 사방에서 한숨 섞인 목소리가 들려왔다.

다시 10층으로 돌아온 민혁. 그는 한구석에 털썩 주저앉아 있는 아르벨을 볼 수 있었다.

"돌아왔군!"

아르벨은 누런 눈빛으로 민혁을 바라보고 있는 포식뱀을 턱짓하며 말했다.

"이 녀석, 우릴 해칠 생각이 전혀 없어."

그에 민혁은 고개를 주억였다.

"알아요."

민혁은 포식뱀을 영상을 통해서 보았다. 대마법사 멀더런이 소환할 수 있는 신수. 그러한 신수가 지금 이곳에 있는 것이다.

포식뱀은 민혁의 어깨 위에 올라가 있는 콩이를 하염없이 바라보았다.

그리고 또 한 번.

주르르르륵-

눈물을 흘렸다.

"꾸울?"

콩이는 의아한 표정을 지어 보였다.

포식뱀은 어느덧 민혁을 바라보며 혀를 날름거리고 있었다. 그리고 그 순간 알림이 울려왔다.

[포식뱀이 신기록 보상 중 일부를 층의 지킴이의 권한으로 하사합니다.]

[베트남 쌀국수와 베트남 볶음밥(검찌엔)을 획득합니다.]

민혁은 부들부들 몸을 떨었다. 뜻하지 않은 먹거리 보상이 나타난 것이다.

"너…… 좋은 녀석이구나!!"

민혁은 그 순간 알 수 있었다. 포식뱀. 이 녀석은 무척이나 좋은 녀석이 분명했다.

베트남 쌀국수와 베트남 볶음밥을 획득한 민혁은 흐뭇한 표정으로 앞에 놓여 있는 그것들을 보았다.

베트남 쌀국수는 과거에는 다소 생소할 수 있는 음식이었지만 근래에는 음식 전문점을 흔히 찾아볼 수 있었다.

베트남 쌀국수는 보통 소고기, 혹은 닭고기 중 선택해서 넣는다. 그리고 앞에 놓여 있는 베트남 쌀국수의 경우 닭고기 국물과 잘게 찢은 닭고기들이 가득 올라가 있었다.

새하얀 국물에는 아삭아삭해 보이는 식감의 숙주나물이 한가득 올라가 있었다.

민혁은 개인적으로 베트남 쌀국수를 먹을 때에 숙주나물이 많이 올라가 있는 것을 선호하는 편. 그와 딱 맞게도 지금 이 쌀국수 위로는 숙주나물이 가득 올라가 있었다.

민혁은 먼저는 숟가락을 가져가 뽀얀 그 국물을 떠먹어 보는 것으로 식사를 시작했다.

'와…… 개운해.'

닭고기로 육수를 낸 베트남 쌀국수의 국물 맛은, 간이 잘된 삼계탕을 먹는 것 같은 기분이었다. 그렇다고 느끼한 맛은 전혀 없었고 시원한 맛이 물씬 풍겼다.

그리고 민혁은 베트남 쌀국수 안에 젓가락을 집어넣고 면을 한가득 들어 올렸다. 그가 들어 올린 면에는 닭고기와 숙주나물이 한가득 딸려왔다. 가득 집은 민혁은 지체하지 않고 그 면발을 후루루루룹 들이켰다.

아삭아삭-

숙주의 아삭거리는 식감이 귀를 즐겁게 한다, 그리고 그와 함께 오는 쫄깃하고 담백한 면발과 한 번씩 씹는 맛이 있게 씹혀주는 닭고기의 맛에 감칠맛이 감돈다.

또 한 번 젓가락으로 크게 들어서 후루루룹 먹어주다가, 이번에는 그릇 통째로 집어 든다. 그리고 입술을 그릇에 붙이고 후! 후! 하고 분 후에 그 뜨뜻한 국물을 한껏 들이켠다.

"크으~"

절로 감탄사가 흘러나온다. 그러다가 이번에는 베트남 볶음밥에 수저를 뻗는다.

베트남 볶음밥의 정식 이름은 껌찌엔이었다. 베트남에선 '쌀'을 '껌'이라고 부른다고 한다.

베트남 볶음밥엔 간혹 파인애플도 찾아볼 수 있었다. 그리고 우리나라와 다른 향신료를 사용하여 조금은 다른 맛이 난다.

민혁이 수저를 이용해 베트남 볶음밥을 들어 올렸다. 그 밥 안으로 다진 당근과 양파, 칵테일 새우, 그리고 작게 잘린 파인애플이 들어 있다.

입으로 가져가 씹자 특유의 향신료와 볶음밥 특유의 고슬고슬한 밥의 식감이 느껴진다.

'역시 볶음밥은 언제나 옳지!'

김치볶음밥도, 야채볶음밥도, 그리고 베트남 볶음밥마저도 맛있는 게 볶음밥 아니겠는가?

흐뭇한 미소를 지으며 단무지 하나를 쏙 넣어서 먹어준다.

그렇게 볶음밥을 먹어주다가, 다시 목이 막힐 때쯤엔 쌀국수의 면과 함께 국물을 먹어준다.

그리고 모두 먹어치운 순간, 알림이 울렸다.

[베트남 쌀국수와 베트남 볶음밥에는 뱀의 언어를 구사하고 이해할 수 있는 특별한 힘이 깃들어 있습니다.]

민혁은 이미 확인함으로써 알고 있던 사실이었다.

애초에 이 10층에는 신기록 보상이 없었던 걸지도 모른다. 그저 포식뱀과 식탐의 화신의 주인이 만나는 자리였던 거다.

그리고 포식뱀이 힌트를 말하기 시작했다.

"마계의 탑에서 왕관 조각을 가진 존재는 바로 아낙수라문이다."

"아낙수라문?"

"그렇다. 14층에 위치해 있는 그녀는 그곳에 위치한 에일크리 영토의 주인인 여성이지."

"그렇군, 혹시 말이야 이 녀석에게 과거에 어떤 일이 있었는지 말해줄 수 있어?"

그 질문에 포식뱀은 자리에 앉아 민혁이 먹었던 것과 똑같이 생겨난 볶음밥과 쌀국수를 먹는 콩이를 오랫동안 바라만 보았다.

"나는 말할 수 없다. 내가 말할 수 있는 건……."

포식뱀이 슬픈 눈으로 콩이를 보았다.

"희생."

그리고 또다시.

"후회."

마지막 말.

"탄생이었다."

그 말이 끝이었다. 포식뱀은 더 이상 어떠한 말도 하지 않았다.

그리고 민혁과 아르벨의 몸을 밝은 빛이 휘감았다.

[포식뱀이 다음 층으로 워프시킵니다.]

그들이 빛이 되어 사라졌다.

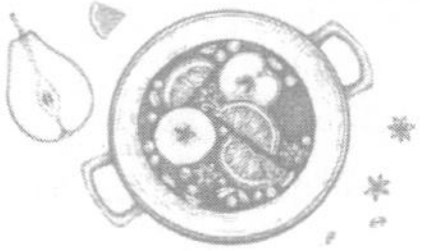

3장
그와 그녀의 이상한 데이트

영토 바할라.

레전드 길드원들 대부분은 엘프의 땅으로 진입하여 마족 소탕 작전을 벌이고 있었다.

그리고 영토 바할라에 있는 영주 밴은 탈모르교의 교주인 성기사 코루를 통해서 막대한 이득을 창출할 수 있는 방법을 갈구하고 있었다. 어느덧, 그의 텅 비어 있던 머리의 가운데는 검은색으로 풍성해져 있었다.

요즘 노인 밴의 가장 큰 취미는 그저 거울을 바라보며 빗질을 하는 것이었다.

"으음, 풍성하군."

빗질을 끝내고 그는 소파에 앉았다. 그의 앞에는 루키라는 자가 있었고 그가 건넨 표를 읽어보기 시작했다.

루키는 오래전부터 바할라 영토의 재정을 담당해 왔고 꽤 뛰어난 상업적 안목을 가진 이로 과거 대규모 상단을 이끌기도 했던 인물이다.

'이 정도라면…… 분명히 더 뛰어난 수익 효과를 창출할 수 있겠지.'

루키가 제안한 보고서에 따르면 코루가 머리카락을 자라나게 할 수 있는 힘은 한정되어 있다고 공표하라고 되어 있다.

그 이유는 간단하다.

한정되어 있는 힘, 하지만 개중 돈 많은 귀족들은 상당한 돈을 들여서라도 희소성을 가진 그것을 구매하려 할 것이다. 그렇다면 지금 버는 돈보다 곱절은 벌 수 있다.

"어떻습니까?"

"훌륭하군."

똑똑.

그때였다. 문이 열리며 한 소녀가 들어왔다.

"부영주님, 차 가져왔습니다."

바로 헤이즈였다.

바할라 영토에 거주하게 된 헤이즈는 일을 하고 싶다고 말했으며 부영주의 수발을 들고 싶다고 말했다. 부영주 밴은 그녀가 똘똘했고 총명했기에 흔쾌히 응했다.

찻잔을 앞에 내려놓던 헤이즈. 그녀의 눈이 엄청난 빠르기로 단 3초 만에 표의 모든 내용을 읽었다. 그리고 분석했다. 그것은 아주 찰나의 순간이었다.

"이 정도라면 지금 나고 있는 수익의 300% 이상을 끌어올릴 수 있겠어."

"만족하신다니, 다행……."

바로 그때, 찻잔을 들며 말하던 루키의 목소리 틈에 한 여성의 차분한 음성이 파고들었다.

"하지만 다른 방법을 사용하면 700% 이상으로 끌어올릴 수도 있겠네요."

"……음?"

"응?"

바로 헤이즈였다.

부영주 밴과 루키는 갑작스러운 그녀의 말에 의아한 표정을 지으며 그녀를 봤다.

곧 그녀가 차분한 표정으로 말했다.

"한정 판매를 한다는 건 매우 좋은 일입니다. 하지만 한정 판매는 결국에 한계에 부딪히게 된다는 겁니다."

그 말을 듣고 부영주 밴은 고개를 갸웃했다. 그리고 루키는 눈을 크게 떴다. 꽤 큰 상단을 운영했던 루키로서는 이 하녀 따위가 무슨 헛소리를 지껄이나 싶었던 것이다.

"부영주님 앞에서 이상한 소리 하지 말고 이만 나가거라."

"아니요. 이상한 소리가 아닙니다. 저는 분명히 700% 이상을 끌어올릴 수 있다고 말씀드렸고 확신합니다."

헤이즈는 당당했다. 그 눈에 보이는 당참에 밴은 호감을 느꼈으나, 루키는 자리에서 벌떡 일어나며 성을 냈다.

"감히 여기가 어디라고……!"

"루키. 앉게, 이야기나 들어보지."

"……!"

루키는 씩씩거리면서도 부영주 밴의 말에 가슴을 진정시키며 자리에 앉았다. 하긴, 이야기를 듣고 저 여자아이의 이상한 헛소리를 추궁하며 혼쭐을 내주면 된다.

"말해보거라."

밴은 너그러이 말했다.

밴이 인자한 미소를 짓는 이유는 하나였다. 자신의 의견이 있을 때, 부끄러워 숨기는 것이 아닌, 내세울 줄 아는 것. 그것은 때로는 아주 큰 무기가 되기 때문이었다.

"한정 판매가 아닌, 오히려 계속해서 알려야 한다고 생각합니다. 바할라 영토 안에 들어가기만 해도 머리카락이 자라난다. 이렇게 알려야 하죠."

"어째서지?"

"그럼 자연스럽게 사람들은 이곳으로 몰리게 될 테니까요."

지금 밴은 루키의 말에 따라서 머리카락을 자라날 수 있게 하는 건 한정되어 있다고 정보를 흘릴 생각이었다. 그에 따라 대부분의 손님은 귀족들이 이루게 될 테니까.

그리고 헤이즈의 말에 루키가 반발했다.

"장사의 '장'도 모르는 아이로구나. 다수의 인원한테 500골드짜리 장난감을 파는 것보다 소수의 인원에게 10플래티넘짜리 장난감 하나를 파는 게 낫다는 걸 모르더냐? 또한, 탈모라는 것은 돈만 있다면 누구든 치료하고 싶은 것이다. 그것들을 귀족한테 적용시킨다면 이는 극적인 창출 효과를 본다."

그에 헤이즈는 묵묵히 고개를 끄덕이며 침착하게 수긍했다.

"맞습니다. 하지만, 제가 생각하는 바는 조금 다릅니다. 일단 코루 경이 사람들의 머리카락을 자라나게 하는 것은 그가 가진 '아테네의 기도'와 리코더이죠. 이 기도와 리코더의 범위는 매우 광범위합니다. 마이크를 통해서도 전달이 되는 말도 안 되는 힘을 가졌죠. 물론 마이크로는 그 효과가 엄청나게 약해지지만요. 그래도 사람들은 바할라 영토에 들어오자마자 머리카락이 자라날 수도 있습니다. 그럼 입소문을 타고 돈 없는 사람들도 이곳에 오게 됩니다."

"……계속하지."

"있든 없든, 많은 사람을 유치할 수 있게 되겠죠. 그리고 이곳에 온 그 사람들은 어디서 자고, 어디서 먹고, 기념품을 어디서 사가나요? 바로 이 바할라 영토입니다."

"호오? 그 말은 결국에 사람들의 출입이 늘면 재정이 늘어난다?"

"맞습니다."

헤이즈의 말에 루키와 밴이 고개를 끄덕였다.

루키는 곧 너털웃음을 흘렸다.

"생각보다는 안목이 있는 아이였구나."

루키 또한, 이러한 싹을 가진 아이는 매우 좋았다. 하지만 루키는 이보다는 역시 자신이 제안한 방법이 낫다고 생각했다.

"하지만 그렇게 한다면 인건비가 증가하게 되지, 내가 말한 방법대로라면 인건비도 최소한으로 적어지고 최대한의 창출을 해낸다. 힘들이지 않고 돈을 벌 수 있는 방법이 있는데, 네 방법은 힘들이고 돈을 버는 방법이란다. 힘들게 300%를 버는 것과 힘들이지 않고 300%를 버는 것은 엄연히 다른 것이니까."

장사란 그런 것이다. 인건비라는 것도 값어치를 매겨야 한다.

하지만 곧 헤이즈가 부드럽게 웃으며 물었다.

"그 말씀은 루키 님께서 말씀하신 방법이 종합적으로 보았을 때 더 낫기 때문이란 거겠지요?"

"그래."

그에 밴 또한 동감한다는 표정이었다.

그리고 헤이즈는 여기에 결정적인 치명타를 먹였다.

"만약 제 말대로 한 다음에, 어마어마한 가격의 영지 특산물이 있다고 한다면요?"

"특산물?"

"일반 사람들과는 다른 혜택을 볼 수 있다. 그것을 먹는다면, 탈모를 치료하는 효과가 몇 배 촉진된다. 말씀드렸듯이 코루 경의 기도와 리코더는 마이크를 통해서도 미미한 효과가 납니다. 그 미미한 효과를 일반 사람들과 귀족들이 효과를 보게 하고, 사람들 숫자를 늘립니다. 그리고 그때 딱 공표하는 겁니다. '탈모 치료가 되는 음식'이 있다고. 그 대표적인 예로 볼토니스 상단을 들어보죠."

볼토니스 상단은 하나의 백화점이었다. 매우 비싸고 값진 것들을 판매하다. 하지만.

"볼토니스 상단은 비싼 것들만 팔지만, 평민들도 출입이 가능한 곳이죠. 그리고 그곳에는 평민들이 눈도 들이지 못할 수백 플래티넘의 희소품들이 존재합니다. 그렇다고 해서 그 희소품들이 안 팔리나요?"

그에 루키는 대답하지 못했다. 팔린다. 아니, 물량이 없어서 못 판다. 그것은 '희소성' 때문이다.

"귀족이란 자고로 '희소성'을 가진 것을 원합니다. 물론, 루키 님의 말도 한정된 희소성의 능력을 판매하는 거지만, 제 방법을 사용하면 관광객 유치도."

헤이즈가 빙그레 웃음 지었다.

"희소성의 판매도 가능해집니다. 그러기에 700% 이상의 효과 창출이 가능한 겁니다."

그 말을 듣고 루키와 밴은 말을 잃었다.

그렇다. 굳이, 귀족들에게 희소성을 강조할 필요 없다. 그들이 직접 오게 해서 며칠에 하나씩만 만들어진다는 특산품을 사게 만들면 된다. 관광객도 늘고, 또한 루키가 말했던 판매도 이루어져 700% 이상 효과 창출은 거뜬하다.

헤이즈는 다시 한번 부드럽게 웃음 지었다.

밴은 흡족한 미소를 지으며 찻잔을 기울였다.

미래에 온 대륙을 손에 거머쥘 '대부호 헤이즈'의 시작이었다.

마계의 탑은 언급한 적이 있듯이 축소형 마계라고 할 수 있었다. '시련형' 층이 아닌 '일반형' 층에는 마계의 곳곳의 구역이 있었으며 영지나 도시, 왕국, 제국도 있다고 할 수 있었다.

14층의 에일크리 영지를 예로 들었을 때, 길만 안다면 곧바로 다른 층의 32층, 바이데느 영지로 이동할 수도 있었다. 이는 일반형끼리만 이동할 수 있다.

그리고 에일크리 영지의 주인인 아낙수라문. 그녀는 여성형 마족으로서 이 영지의 굳건한 주인이었다.

하지만 요즘, 그녀는 크나큰 문제에 빠지고야 말았다.

'바포메트 여왕 녀석이 말을 듣지 않다니……'

바포메트 여왕. 바로 마계의 최상위 마물 중 하나라고 불리는 바포메트 중에서도 여왕에 군림한 존재였다. 그러한 바포메트 여왕이 마물 테이머인 아낙수라문의 통제를 따르지 않고 있었다.

그에 의한 문제는 바로 가뭄이었다.

"영주님. 이대로 가다가는 영지 전체가 말라비틀어질 것입니다."

"……."

끔찍한 가뭄을 해결할 방법 중 하나는 바포메트 여왕뿐이었다.

바포메트는 기본적으로 마물 중 마법을 구사하는 종이다. 그중에서 바포메트 여왕의 힘은 상상을 초월한다.

또한, 그녀는 물을 주로 다스리기 때문에 마법을 사용. 하늘에서 비가 내리게도 할 수 있었다.

애초에 비가 내리지 않는 이 끔찍한 곳이 원활하게 돌아갈 수 있게 하던 것이 바로 그녀였건만?

아낙수나문이 바포메트 여왕을 소환했다.

소환된 그녀는 뾰로통했다.

"도대체 왜 그러는 것이더냐!!"

그 말을 바포메트 여왕은 무시했다.

"맛 좋은 음식이라도 줄까?"

"메에에에-"

바포메트 여왕은 그에 조소했다.

"그럼 1년 동안 너를 사냥에 데리고 가지 않겠다고 약속할까?"

"메에에에에-"

역시 비웃었다.

"그렇다면 3년?"

"메에에에에에에-"

"도대체 왜 그러는 거냐!!"

수명이 짧은 인간과 달리 마족들은 300살을 산다. 그에 바포메트 여왕과 200년을 살아온 아낙수라문은 갑자기 그녀의 이러한 행동에 의아할 수밖에 없었다. 평소와는 전혀 다른 그녀의 모습은 너무도 낯설었으며 자신의 말 또한 잘 듣지 않았다. 머리가 깨질 것처럼 아파 왔다.

그녀의 영지는 '평화족'으로 구축되어 있었기 때문에 다른 곳을 공격하여 물을 빼앗는 것도 말이 안 된다.

골머리를 앓고 있을 때였다.

노크를 한 마족이 들어와 한쪽 무릎을 꿇었다.
“아낙수라문 영주님.”
“무슨 일이냐.”
아낙수라문은 팔짱을 끼고 탐탁지 않은 표정으로 바포메트 여왕을 흘끗 보고는 답했다.
“웬 인간이 찾아왔습니다.”
“인간……?”
인간이란 말에 아낙수라문의 얼굴이 구겨졌다.
인간이 찾아왔다?
물론 이곳은 평화족 마족들이 있는 영지였기에 인간이 들어왔다고 해서 공격하지 않는다.
그것보다는, 인간이 자신을 뵙기를 청한다는 게 의아한 일이었다. 고작 인간이 만나기에는 아낙수나문은 고귀하고 콧대 높은 마족이었다.
“죽기 싫으면 꺼지라고 전해라.”
“처음엔 저희도 그렇게 말했습니다. 그런데 그 인간이 지금…….”
“지금……?”
아낙수라문은 심상치 않은 낌새를 느꼈다.
“엄청난 물을 만들어줄 수 있다고 합니다.”
“그래?”
그 말에 골똘히 생각하던 아낙수라문.
그녀가 고개를 주억였다.
“들여라.”

그리고 생각했다. 만약 터무니없는 짓을 하는 자라면 자신이 평화족의 마족에 속한다고 해도 바로 목을 치리라고 그녀는 생각했다.

포식뱀의 말을 듣고서 아낙수라문이 있는 영지 에일크리 영지가 있는 14층까지 단숨에 올라온 민혁은 끔찍한 모습을 볼 수 있었다. 마치 아스팔트 위로 40도 이상의 열이 오랫동안 내리쬔 것처럼 모든 것이 말라비틀어져 있었다.

민혁은 이것이 '바포메트 여왕' 때문이라는 말을 들었다.

그리고 민혁은 경비병들에게 아낙수라문 영주님을 만나는 방법에 관해 물었다.

하지만 그녀를 만나는 것은 거의 불가능에 가까워 보였다.

"미친놈!"

"인간 놈이 감히, 영주님을!!"

"우리가 평화족이 아니었다면 네놈은 당장에 죽었을 것이다!!"

어쩌면 당연한 일이었다

종이 다른 존재가, 영주를 만난다니? 본래 영주란, 같은 종이어도 만나기 힘든 존재이지 않은가.

골똘히 생각하던 민혁은 직위가 있어 보임 직한 마족들에게 말했다.

"제가 아주 많은 양의 물을 가지고 있다고요~"

"무, 물?"

"얼마나 가지고 있는데?"

"8m 높이의 물을 가지고 있습니다."

"진짜인가?"

"정말입니다. 마족들밖에 없는 이곳에서 제가 거짓말을 할 수 있겠나요?"

마족들은 고개를 주억이더니 일단은 보고를 올리겠다며 사라졌다.

그리고 얼마 후, 나타난 그들이 민혁을 이끌었다. 그렇게 민혁은 영주성에 입성하는 것에 성공했다.

이곳의 주인 아낙수라문이 황금 왕관의 조각을 하나 가지고 있다.

곧이어 문이 열리며 기다란 레드카펫 끝에 앉아 다리를 꼬고 있는 여인이 보였다.

"네가 나를 뵙기를 청했다고?"

"그렇습니다. 영주님."

민혁은 예의 바르게 인사해 보였다.

"용무는?"

"황금 왕관 조각이 필요해서입니다."

"……!"

그 말을 들은 아낙수라문의 눈이 커다랗게 커졌다.

그녀는 잠시 당황했으나 침착하게 말했다.

"그것은 아무에게나 줄 수 없는 물건이다."

"저도 맨입으로 얻으려는 건 아닙니다."

"……물을 말하는 건가?"

아낙수라문은 그가 거래를 하려 한다는 걸 알았다. 하지만 황금 왕관 조각은 아무리 물이 귀한 지금이어도 거래할 수 없는 물건이었다.

'바포메트 여왕을 달래준다면 모를까.'

물을 얻는 것과 그녀가 다시 예전처럼 돌아오는 건 다르다. 전자는 일시적일 뿐이고 후자는 앞으로 계속해서 가뭄이 없게 할 터다.

"황금 왕관 조각은 물을 준다 해도 줄 수 없다. 대신에, 네가 물을 준다고 하면 원하는 것 한 가지를 들어주마."

"이곳에서 가장 맛있는 거. 그거 하나면 족합니다."

그에 아낙수라문은 고개를 갸웃했다.

고작 맛있는 거? 그런 의문을 품을 때였다.

갑자기, 이변이 일어났다.

쑤하아아아아악-

바포메트 여왕이 스스로 소환의 방에서 비집고 나왔다.

"너, 너!!"

아낙수라문은 미치고 팔짝 뛸 노릇이었다. 요새의 바포메트의 여왕은 이처럼 통제가 되지 않는다.

그런데, 그때 이상한 일이 벌어졌다.

바포메트 여왕이 민혁을 바라보았다.

그러더니 볼이 발그스레해졌다.

"……?"

"……?"

민혁도, 아낙수라문도 이해할 수 없는 상황이었다.

이내 바포메트 여왕이 한 행동은 더 놀라웠다. 귀 뒤로 머리카락, 아니, 정확히는 검은 양털을 넘기며 예쁜 척했다.

"……."

아낙수라문은 알 수 있었다.

'짝짓기가 하고 싶어서 그랬던 거냐……!!'

기괴한 일이라고? 아니, 생각해 보면 바포메트의 여왕은 일반 마족들보다 약간 하향된 지능을 가지고 있다. 그러한 존재가 200년 동안 수컷 한 번 만나보지 못했다.

어쩌면 이는 모든 생명체가 대부분 암컷과 수컷이 쌍을 이뤄야 한다라는 당연한 것이기에 이상한 일은 아니었다. 그런데, 왜 인간을 보고 그러느냐가 문제다.

그리고 바로 그때.

파아아아앗-

민혁에게서도 소환의 방이 저절로 열렸다. 그리고 그 안에서 한 마리의 바포메트가 나타났다.

그 순간, 바포메트 여왕의 눈으로 후광이 보이기 시작했다. 우아한 자태로 나타난 바포메트는 윤기가 좔좔 흐르는 검은 털에, 곱게 솟은 뿔, 땡그란 눈, 그리고 탄탄하고 아름다운 말과 같은 허벅지를 가지고 있었다.

바포메트 여왕의 머릿속으로 하나의 음악이 퍼져 나갔다.

데스티니~~~ 이것은 운명 그 자체!!

그리고…….

꿀꺽.

갑자기 바포메트 여왕이 침을 삼켰다.

그에 아낙수라문이 이마에 손을 짚었다.

'침은 왜 삼키는데!!'

바포메트는 파라오의 사자가 소환하였던 마계의 7대 마물 중 하나였다. 그리고 민혁은 바포메트에게 '유혹의 요리'를 사용하였고 녀석을 테이밍하는 데 진작에 성공했었다.

민혁은 녀석의 이름을 '룬'이라고 지어줬다. 그리고 룬은 예전 아테네:한국전 때처럼 미니어처 버전 펫의 형태로도, 이러한 완전한 형태로도 모습을 드러낼 수 있었다.

룬이 자신의 앞머리(?)를 쓸어올리자 바포메트 여왕은 황홀한 표정을 지었다. 아낙수라문은 당혹한 표정이 역력했다.

바로 그때, 바포메트 여왕이 아낙수라문에게 다가갔다.

바포메트 여왕과 아낙수라문은 실제로 의사소통은 되지 않는다. 하지만 어느 정도 '교감'을 이룰 수 있었다.

그 교감을 통해서 아낙수라문이 신호를 보냈다.

'나 재 마음에 들어.'

미치고 팔짝 뛸 노릇 아니겠는가?

그리고 민혁은 이 모습을 보며 으흐흐- 하고 웃었다.

아낙수라문에 대한 정보를 민혁은 아르벨을 통해서 들었다. 아르벨이 말하기를, 아낙수라문은 매우 강력하고 지혜로운 통치자였다.

본래 이 영지는 마족이나, 마물들이 살 수 없는 지옥과 같은 땅이었다. 비가 한 방울도 내리지 않는 곳이니 오죽하겠는가? 하지만 이곳에 터전을 만들고 수십만 마족들의 위에 군림한 여인이다. 그만큼 그녀가 가지는 힘은 매우 컸다.

그리고 더 놀라운 사실을 민혁은 한 가지 알고 있었다.

'그녀는 마왕의 딸이지.'

현 마왕인 알베르도. 그의 딸이 바로 그녀였다.

하지만 이를 아는 이들은 아주 극소수에 불과했다.

그러한 마왕 딸의 호의를 살 수 있는 때였다.

당혹한 표정을 지었던 아낙수라문은 예의 그 차갑고 지적인 표정을 지어 보였다.

'일단은 이 인간 놈이 거짓부렁을 했는지부터 확인해야 하겠지.'

자신을 만나기 위해서 그는 지금 현재 이 영지에 꼭 필요한 물에 대해서 말하였다. 만약 그게 거짓이라고 한다면, 괘씸해서라도 그 어떤 부탁도, 보상도 줄 생각이 없다. 오히려 바로 이 자리에서 죽일 것이다.

"물이 있다는 말이 사실인지부터 증명해라, 만약 그러한 물이 마법으로 일시적으로 만들어내는 아주 극소량의 물이라면 후회하게 해주마."

그 말에 민혁은 고개를 끄덕였다.

"잠시 가까이 다가가도 되겠습니까?"

"그래."

그 말에 따라 민혁은 한 걸음 한 걸음 조심스레 다가갔다. 그리고 그녀에게 하나의 반지를 건넸다.

그 반지는 다름 아닌, '로베스의 반지'였다.

로베스의 반지는 거대한 해일을 만들어내는 특별한 힘을 가지고 있었다. 그러한 물을 모두 수용할 수 있을 정도의 크기의 곳에 로베스의 해일을 사용한다면 당장 한 달간의 가뭄은 확실히 해결된다.

확인해 본 그녀는 고개를 주억였다.

'사실이었구나.'

그렇다면 이제 남은 것은 바포메트 여왕과 룬이었다.

"그 존재는 너의 펫인 것 같은데, 나한테 파는 게 어떻겠느냐."

그 말에 민혁은 고개를 저었다.

장사의 법칙 하나! 남이 꼭 필요로 하는 것이 있을 시 그 값어치를 높여라.

"죄송하지만 이 바포메트 룬은 저와 함께 생사를 넘나드는 동료입니다. 값어치를 받고 판매한다니…… 그런 일은 있을 수 없습니다. 이 아이가 죽는다면 저도 함께 죽을 정도로 소중합니다!!"

지금 당장 로베스의 해일로 만들어진 물을 1L당 1플래티넘에 팔라고 해도 잘 팔 정도의 현란한 언어술이었다.

민혁에게 룬이란? 말했던 것처럼 그렇게 각별한 존재는 아니다.

"……그래?"

그에 그녀는 상당히 난처한 표정이었다.

그리고 두 사람이 협상 점을 찾았다.

"바포메트 여왕이 네 룬이라는 펫에게 반한 것 같긴 하다만 그녀는 매우 깐깐한 존재지, 실제로 이 둘이 함께 있다고 사랑을 할지는 알 수 없다. 바포메트 여왕은 순결하고 고귀한 존재이다."

그랬다. 이곳에도 분명히 많은 바포메트가 존재함에도 불구하고 그녀가 짝짓기를 나누지 않는 결정적 이유다.

실제로 겪어본 후에 아니다 싶으면 그녀는 사랑을 나누지 않는다. 첫눈에 반했다 한들, 그녀의 순결은 아름답고 고귀했으며 정말 정말 사랑하게 된 이에게만 몸을 주고 마음을 준다.

"이 둘이 짝짓기를 할 수 있게 네가 도와라. 그리고 만족도를 높이거라, 짝짓기를 하게 한다면 이 영지의 보물 중 하나를 주마, 그리고 만약 최고의 만족도를 달성하게 한다면 네게 황금 왕관 조각을 주도록 하마."

그 순간 민혁에게 퀘스트창이 떠올랐다.

[퀘스트: 그와 그녀의 데이트 코스 짜기]

등급: SS

제한: 바포메트를 소유한 자

보상: 짝짓기 성공 시 영지의 보물 중 하나. 만족도 100%를 달성 시 황금 왕관 조각을 얻을 수 있다.

설명: 바포메트 여왕은 자그마치 200년이라는 시간 동안 모태 솔로의 삶을 살아온 비운의 여인이다. 그녀와 룬이 만족스러운 데이트를 하고 뜨거운 밤을 도울 수 있게 도와라!!

참으로 희한하고 재밌는 퀘스트였다.

한데, 곧이어 추가적인 알림이 들려왔다.

[추가적인 보상을 얻을 수 있는 퀘스트입니다.]

[바포메트 룬이 바포메트 여왕과의 짝짓기에 성공할 시에 그녀의 정기를 받아 룬이 진화합니다.]

룬이 그녀의 정기를 받아 진화한다? 시작부터 끝까지 참으로 특이한 퀘스트였다.

"만약 성공한다면 영주님께서 자부하는 맛있는 음식을 주세요."

민혁은 아르벨을 통해서 정보를 들어서 이곳에서 정말 맛있는 음식에 대해서 두 가지 알고 있었다. 그 첫 번째는 바포메트 여왕과 연관되어 있다.

"맛있는 음식이라…… 대표적인 게 하나 있지. 바로 바포메트 여왕의 우유란다."

그렇다. 민혁은 이곳에 바포메트 여왕의 존재 자체도 알고 있었다.

바포메트 여왕의 우유. 얼마나 맛있겠는가?

"그리고 우리 영지에서 유명한 먹거리는 바로 양념곱창과 막창이지."

절로 감탄이 나오는 음식이었다.

양념이 된 곱창을 콩가루에 찍어서 먹으면 매콤한 맛을 잡아주는 부드러운 콩가루에 미소가 감돌지 않던가?

막창은 어떠한가. 고추장과 마요네즈가 조화를 이룬 소스에 푹 찍어서 먹으면, 그 안에 있는 뜨거운 것들이 터지며 조화를 이룬다.

곱창과 막창을 먹어준 후.

'거기에 볶음밥까지 먹어주면, 캬!!'

감탄이 절로 나온다.

"만족도 100%를 채워낸다면 바포메트의 우유와 곱창과 막창, 그리고 이곳 영지의 보물도 주는 걸 약속하지."

그 말이면 족했다.

민혁은 비장한 표정으로 답했다.

"최선을 다하겠습니다!!"

바포메트 여왕과 룬의 데이트 코스! 이를 훌륭하게 짜내야 한다. 이것은 민혁의 임무이기도 하였다.

하지만 민혁, 아르벨, 콩이, 거기에 룬까지 모두 어마어마한 난관에 봉착하고야 말았다.

"여기에서 연애해 본 사람……?"

"……."

"……."

"……."

아무도 없었다.

"아르벨은 1천 년 동안 살았다면서 연애 안 해봤어?"

아르벨은 특별하게도 일반 마족들보다 더 오랜 삶을 살았다.

"귀찮아서 안 했다."

그 말을 듣고 민혁은 알았다. 보통의 모태솔로들이 하는 핑계가 아니던가!

민혁은 '후'하는 한숨을 쉬었다. 연애 고자 네 사람이 코스를 짜야 한다는 것이 참으로 어려웠던 것이다.

그에 민혁이 제안했다.

"그럼 나 먼저 데이트 코스를 짜볼 테니까, 모두 봐봐."

모두가 고개를 주억였다.

민혁은 데이트 코스를 작성하였고 40분이 지나고 모두에게 내밀어줬다.

[민혁이가 제안하는 데이트 코스!]

아침 7시에 만나서 밥을 먹는다. 식사를 한 후에 함께 오붓하게 음료와 케이크로 디저트를 즐긴다.

음료와 케이크를 즐긴 후에 점심을 먹는다. 꼭 고기 종류일 것.

점심을 먹은 후에, 길거리 음식처럼, 길거리에 자라난 풀을 먹어준다.

점심을 먹은 후에, 음료와 케이크를 먹는다.

먹는다.

행복하게 먹는다.

즐겁게 먹는다.

맛있게 먹는다.

모두가 말문을 잃었다.

민혁은 이해할 수 없었다.

"왜? 정말 행복한 데이트 아니야?"

"꾸울……."

"이건 아니다. 후……."

민혁의 머릿속은 온통 먹을 생각으로 가득했던 것이다.

그리고 민혁이 말했다.

"애초에 연애를 왜 하는 거야? 나눠 먹어야 하잖아!"

"차라리 내가 더 낫겠군. 내가 하지."

그에 아르벨이 빠르게 데이트 코스를 짜기 시작했다.

대현자 아르벨!! 그가 짜는 데이트 코스에 내심 기대됐다.

[아르벨의 데이트 코스!]

아침은 독서로 시작한다.

함께 오붓하게 마족 철학에 관련한 책을 보고 토론한다.

'종족이란 무엇인가'라는 유익한 책을 함께 본다.
이에 관련하여 토론한다.
낙원에 가서 함께 누워 '마신의 자서전'을 본다.
토론한다.
즐겁게 토론한다.
책을 본다.

이 역시 모두가 말문을 잃었다.

민혁은 확신했다. 짝짓기를 글로 배웠을 사람이 바로 대현자 아르벨이라는 걸! 천 년이란 시간 동안 어째서 솔로인지가 확실시되는 순간이었다.

"메에에에-"

이번엔 룬이 나섰다.

룬은 뭔가를 적을 수 없었기에 자신의 의사소통을 콩이에게 했다. 민혁은 콩이의 말을 얼추 알아들을 수 있었고 들은 것을 그대로 말했다.

"1. 아침에 일어나자마자 포옹하고 뜨거운 아침을 시작한다. 2. 점심에는 더욱더 뜨겁게 보내며 진한 입맞춤을 한다. 3. 저녁에는 침대에서…… 이거 다 이상한 거잖아!!"

민혁은 펫 상태의 룬은 정말 귀엽고 깜찍했지만, 생각과 다르게 '변태 룬'이라는 사실을 깨달았다.

그리고 결국, 이 모든 걸 보던 콩이. 그가 회심의 미소를 지었다.

그리고 모두가 콩이가 적은 것을 확인했다.

이상하다는 말이 절로 나왔다. 하지만 셋이 제시한 데이트 코스 중에서 그나마 가장 정상적이었다.

“이, 이게 최선인 것 같군.”

“이것도 분명히 뭔가 이상한데, 그나마 정상적이야…….”

“메에에에에에-”

결정되었다. 콩이의 데이트 코스로 가는 것으로.

그리고 민혁은 생각했다.

‘망했다…….’

콩이의 것이 가장 정상적이기에 당첨된 것이지, 사실 콩이의 것도 매우 이상해 보였던 것이다. 여기에서 민혁은 그나마 짝짓기나 성공하면 다행일 거라고 생각했다.

다음 날 아침, 룬은 데이트를 위해 아침 일찍 나섰다.

그리고 셋은 은밀하게 그를 따라 움직였다.

룬이 바포메트 여왕과 만났다. 바포메트 여왕은 그와 만나자 작게 고개를 숙였다.

룬은 그녀에게로 다가가 길가에서 꺾어 온 붉은빛 장미를 한 송이 건넸다.

“메에에에에에-(당신이 생각나서 가져왔습니다.)”

“메에에에?(어머나?)”

곧이어 룬은 콩이가 꼭 넣으라고 강조했던 말을 하는 듯했다.
“메에에에에-(한데, 이 아름다운 꽃이 당신의 앞에선 한낱 풀에 지나지 않아 보이는군요. 당신…… 너무 아름다워요.)”
민혁은 생각했다.
‘으으으으! 오글거려!! 생각만 해도 소름 끼치잖아? 여자들이 싫어할 것 같은데!’
하지만 의외의 결과가 일어났다.
“메에에에에?(정말이요?)”
“메에에에-(물론입니다. 후후.)”
오히려 반응이 좋다는 거였다.
잠시 후 그 둘이 함께 움직였다.
바포메트 여왕은 아침부터 목이 무척이나 말랐다. 오랜 시간의 가뭄으로 인해 정작, 그 원인인 그녀조차도 물을 마시지 못했기 때문이다.
둘은 어제 민혁의 로베스의 반지를 이용해서 일시적으로 물을 채워놨던 곳으로 갔다. 그곳에서 둘이 오붓하게 물을 마셨다.
함께 혀를 날름거리며 물을 마시던 두 존재가 눈이 마주쳤다. 그러자 룬이 또 한 번 머리를 쓸어올렸다. 그리고 그윽한 눈망울로 말했다.
“메에에에에-(당신의 아름다운 눈동자를 위하여, 건배.)”
‘끄, 끝이다……! 저런 삼류 드라마의 허접한 대사라니……!’
민혁은 이로써 짝짓기는커녕 모든 일이 수포로 돌아갈 것이라고 생각했다.

하지만 곧 놀라운 일이 벌어졌다.

“메에에에에에-(당신, 정말 멋져요.)”

그리고 알림이 들렸다.

[바포메트 여왕의 만족도가 대폭 상승합니다.]

[그녀가 룬과의 짝짓기를 상상합니다.]

“꿀……!”

콩이가 회심의 미소를 지었다.

‘컥! 이런 말도 안 되는 일이……!’

민혁으로서는 정말이지 믿을 수 없는 일이었다. 어떻게 저런 멘트가 먹혀들어 간다는 말인가?

‘아니야, 이건 말도 안 돼.’

이는 아르벨도 동감한다는 표정이었다.

“보이나? 내 털이 곤두섰네.”

아르벨이 자신의 몸에 솟아난 털을 보이며 말했다.

민혁은 일단은 더 지켜보자고 생각했다.

아침을 물을 마시는 것으로 시작하여 룬과 바포메트 여왕은 식사를 하기 위해 이동했다.

그들은 마계의 한 언덕 위에서 함께 풀을 뜯었다.

풀을 뜯다가 문득, 룬이 물었다.

“메에에에에에-(어디서 타는 냄새 안 나요?)”

민혁은 경악했다.

'서, 설마 그 대사를……!'

"메에에에?(타는 냄새요?)"

"메에에에에에-(당신 때문에 내 가슴이 타고 있어요.)"

'컥……!'

민혁은 미치고 팔짝 뛸 노릇이었다. 아니, 저건 정말 아니지 않은가? 콩이는 한 번씩 민혁이 '음악 듣기 기능'으로 음악도 들려주는 한편, 한 번씩은 유저들의 편의성을 위해 TV를 볼 수 있는 '빔 프로젝트'를 소환의 방으로 가져가곤 한다. 그곳에서 뭘 하나 했더니, 그 안에서 드라마를 챙겨 봤던 게 분명하다!

한데, 또다시 이변이 일어났다.

[바포메트 여왕의 만족도가 대폭 상승합니다.]

[그녀가 룬과의 짝짓기를 상상합니다.]

민혁은 말문을 잃었다.

룬과 바포메트 여왕의 데이트는 계속되었다.

함께 길을 걸으며 룬이 말하기를.

"메에에에에에-(아앗! 너무 눈부시군요.)"

"메에에에에에?(태양이요?)"

"메에에에에-(당신의 미소가.)"

[바포메트 여왕의 만족도가 대폭 상승합니다.]

[그녀가 룬과의 짝짓기를 상상합니다.]

또다시 알림이 들렸다. 그리고 이후에는 둘이 함께 술래잡기를 한다.

"메에에에에-(나 잡아봐요~)"

"메에에에에에-(이런, 이런, 이런~ 나의 사랑스러운 어린 양~)"

그때마다 들려오는 알림.

[바포메트 여왕의 만족도가 대폭 상승합니다.]

[그녀가 룬과의 짝짓기를 상상합니다.]

그리고 끝끝내.

[바포메트 여왕의 만족도가 대폭 상승합니다.]

[그녀가 룬과의 짝짓기를 원합니다.]

"이, 이건 정말 있을 수 없는 일이야……."

민혁은 경악했다. 아니, 이제는 자신의 생각을 의심하는 경지에 이르렀다.

콩이가 연애의 고수였던 것이 아닐까?

'그래 난 살면서 연애 한 번 해본 적이 없으니까…….'

그리고 생각했다. 만약 병이 치유되고 정말 사랑하는 사람을 만나게 된다면 '아아앗, 너무 눈부시군요. 당신의 미소가'라는 멘트는 꼭 써먹기로.

침울해진 민혁을 향해 다가온 콩이. 녀석이 그의 어깨를 툭 툭 두들겼다.

"꾸울."

이것이 너와 나의 차이란다. 콩이는 은둔 고수 같은 아련한 표정으로 두 존재를 바라보았다.

그리고 바포메트 여왕과 룬이 함께 으슥한 곳으로 사라졌다.

바포메트 여왕. 그녀는 처음 룬의 대사를 듣고 당황했다. 순간적으로 손으로 그의 머리를 물속으로 집어넣어 버리고 싶었다.

하지만 그녀는 참을 수밖에 없었다.

'나, 나도 수컷을 느껴보고 싶다……!'

자그마치 200년이다. 200년이라는 시간 동안 한 번도 연애는커녕 수컷의 향기도 맡아보지 못한 그녀였다.

이에는 아낙수라문의 영향도 있었다.

그녀는 매일 바포메트 여왕인 자신이 고귀하다고 말하고는 한다. 하지만 이번엔 그녀가 친히 모든 걸 내려놓고 승낙하지 않았는가? 이건 기회다.

하지만 룬의 멘트는 갈수록 과해져 갔다.

'당신의 미소가'라는 대사를 들었을 때는 헬파이어를 소환하여 룬의 얼굴에 집어 던지고 싶었다. 하지만 참아냈다. 그리고 상상해 봤다. 처음으로 갖는 그 황홀한 밤을!

그렇다. 민혁에게 계속 그 멘트가 울릴 때마다 호의적인 알림이 들렸던 이유는 매우 간단한 이유 때문이었다. 그것은 바로 그녀가 원하는 아름다운 밤이 룬의 '삼류 대사'보다도 강력했기 때문이었다.

그리고 룬과 으슥한 곳으로 온 그녀.

"메에에에에에-(당신을 품에 안을 생각을 하니, 벌써 기쁩니다.)"

또다시 룬이 저질스러운 삼류 대사를 내뱉고 있었다. 그리고 싱그러운 미소로 고개를 돌린 룬.

곧 그가 당혹했다.

"메, 메에에에에?(그건 뭡니까?)"

바포메트 여왕의 손에는 채찍이 들려 있었기 때문이다.

그녀가 채찍 손잡이를 오른손으로 잡고 왼손 위로 내려치며 음흉하게 웃어 보였다.

이 채찍은 바포메트 여왕의 '죽음의 포효의 채찍'이었다.

"……!!"

룬이 경악한 그때.

황홀한 밤을 위해 바포메트 여왕이 룬에게 달려들었으며.

그 안에서

"메에에에에에에에에!!"

바포메트 룬의 비명이 퍼져 나갔다.

민혁은 바포메트 여왕과 룬을 바라보았다. 룬은 어젯밤 꽤 황홀했던 것인지 얼굴이 많이 야위어 있었다.

그러다가 바포메트 여왕이 부끄러운 듯한 표정으로 툭- 하고 그의 몸을 몸으로 밀치자 룬이 화들짝 놀랐다.

"응?"

민혁이 고개를 갸웃했다.

"메에에에에-(당신, 왜 그래요?)"

민혁이 고개를 갸웃하자 바포메트 여왕이 말했다.

말은 그렇게 했지만 룬은 똑똑히 보았다. 그 말뜻에 숨은 내용을.

'야, 웃어. 즐거웠던 척해.'

"메, 메에에에에에에……."

룬은 주인인 민혁에게 어색한 미소를 지었다.

룬은 어제 바포메트 여왕과의 짝짓기로 인해서 자그마치 1클래스의 성장이라는 놀라운 쾌거를 만들어냈다.

그리고 민혁은 아낙수라문을 만나기 위해 걸음했다.

그녀를 만났을 때, 알림이 울렸다.

[퀘스트 '그와 그녀의 데이트 코스'를 만족도 100%로 완료했습니다.]

[바포메트 여왕의 신선한 우유를 획득하실 수 있습니다.]

[마계의 환상적인 양념곱창과 막창, 대창을 획득하실 수 있습니다.]

[왕관 조각 1을 획득하실 수 있습니다.]

[식탐의 화신의 탄생(2)를 영상으로 확인하실 수 있습니다.]

차례대로 아낙수라문의 명령에 따라서 마족 수하가 민혁에게 보상을 건네줬다.

먼저는 바포메트 여왕의 신선한 우유였다. 기본적으로 먹을 시에 마기 스텟이 자그마치 200이나 상승하며 힘과 민첩이 각 20씩 상승하는 명약. 그리고 고대하고 고대했던 양념곱창과 막창이었다.

헌데, 거기서 그치지 않았다.

아낙수라문은 바포메트 여왕으로부터 매우 만족했다는 듯한 신호를 받을 수 있었다.

아낙수라문은 생각했다.

자그마치 200년이라는 시간 동안이나 함께했던 바포메트 여왕이었다. 그런데, 그녀의 외로움을 알지 못했기 때문에, 자신의 안일함을 깨달았다. 일반적인 생명체라는 것을 생각했을 때, 그 외로움은 당연한 것이라는 것도 인지했다. 그래서 이를 해결한 인간에게 추가적인 보상을 내리려고 하는 것이다.

전투족들과 다르게, 평화족들은 인간들과 비슷한 가치관을 가지고 있었다. 다른 종족들을 꺼려하는 편이나, 싸움을 크게 좋아하지 않았으며 받았으면 때론 보답도 할 줄 알았다.

그에 따라 아낙수라문이 민혁에게 추가로 준 보상은 다름아닌, 곱창전골이었다.

[곱창전골(大)자를 획득합니다.]

"……!"

민혁은 감탄에 또 감탄했다. 아낙수라문이라는 존재에게 진심으로 고맙고 또 고마울 수밖에 없는 일이었다.

"황금 왕관 조각은 선조 때부터 내려온 진귀한 물건이었다. 선조께서 말씀하시길 신수들이 그 물건을 맡겼다고 하는데, 아주 강력한 힘을 품었다고 하지. 하지만 그 힘 또한 오로지 그 주인만이 사용할 수 있다고 들었어."

아낙수라문의 말에 민혁은 고개를 주억였다.

그리고 콩이에게 황금 왕관 조각을 적용시켜 보기 전에, 꼭 해야만 하는 일이 있지 않던가?

"잠시 나갔다가 와도 돼요?"

"……?"

아낙수라문이 고개를 갸웃했다. 이내 민혁은 급한 일이 있다며 사라졌다.

'정말 급한 일인가 본데, 무슨 일일까?'

황금 왕관에 꽤 큰 관심을 보이던 사내였다. 그런데, 지금 사내는 황금 왕관 조각이 아닌, 다른 것에 크나큰 관심이 생긴 듯한 모습이었다.

지글지글지글-

황홀한 소리가 피어올랐다. 민혁의 앞으로 돌로 이루어진 둥그런 불판 위로 대창, 막창, 곱창, 그리고 양념곱창이 즐거운 소리를 냈다.

익어가는 곱창들 사이로 기름이 지글지글 끓어 오르고 그 옆으로는 잘라낸 양파와 부추, 그리고 통마늘이 함께 익어가고 있었다.

꿀꺽-

절로 침이 넘어가는 조합이다.

테이블 위로는 민혁이 준비해 놓은 가장 기본적인 조합이 있다. 콩가루, 마요네즈와 붉은 고추장 양념을 조합한 양념장. 그리고 붉은 고추장만 있는 양념장과 초장. 깻잎과 상추, 쌈장과 생마늘 등이다.

다른 것들이 익어가는 동안, 민혁은 가장 먼저 염통을 들어 올렸다. 들어 올린 염통의 표면에서 지글지글 기름이 끓고 있다. 그것을 식히기 위해 소금과 참기름을 조합한 기름장 위로 올린다.

기름장을 머금은 염통을 입으로 가져갔다. 쫄깃하면서도 참기름의 고소한 향과 짭조름한 소금의 맛에 감탄이 나온다.

'이 맛이지, 이 맛이야!'

흐뭇하게 웃어주다가 염통을 몇 번 더 집어 먹는다.

그러다 보니 어느새 다른 것들 또한 다 익었다.

곱창이라고 말하지만, 이 안에는 대창과 막창 등등으로 나누어지고 부위별로 맛도 다르며 씹히는 식감 또한 다르다.

먼저는 막창을 집어 들었다. 둥그렇고 가운데가 텅 빈 막창을 마요네즈와 고추장이 혼합된 소스에 찍어서 입에 넣는다. 마요네즈의 부드러운 맛과 고추장의 매운맛이 조화를 이루고, 쫄깃쫄깃한 식감의 막창은 기가 막힌다.

우물우물-

그렇게 먹어주다가 이번엔 대창을 향해 젓가락을 뻗어준다.

대창은 막창보다 길쭉하며 그 속이 새하얀 지방으로 가득 차 있다. 입에 넣는 순간, 먼저 씹히는 식감과 함께 그 안에 있는 지방이 뜨거우면서도 부드럽게 입안에 퍼진다. 입안으로 기름의 맛이 가득 난다.

그러다가 이번엔 양념곱창에 젓가락을 뻗는다. 먼저는 양념곱창과 부추를 함께해서 집어 들어 입에 넣는다.

"흐아, 맛있어."

그러다가 이번엔 양념곱창을 콩가루를 쿡 찍어서 먹는다. 매운맛을 고소한 콩가루가 잡아준다.

그렇게 곱창을 다 먹어준 후에는, 함께 얻은 곱창전골 국물에 수저를 뻗는다.

부글부글-

끓고 있는 곱창전골 국물에는 민혁이 좋아하는 깻잎도 한가득이다. 입에 넣자, 곱창전골의 컬컬한 맛에 미소가 감돈다.

곱창들을 건져서 야채와 함께 곁들여 먹어주고, 한 번씩은 곱창을 초장과 같은 소스에도 찍어 먹어본다.

그렇게 어느 정도 먹다가는 칼국수 사리를 투하한다.

칼국수 사리가 다 익었을 때쯤에 앞접시로 옮겨 담는다. 그러고는, 컬컬한 곱창전골 국물을 가득 머금은 그 칼국수 면을 먹어준다.

"후루루루룹!"

쫄깃쫄깃하고 매콤한 맛이 예술이다.

그렇게 다 먹어준 후에, 마지막 하이라이트가 있다. 바로 볶음밥이다.

간혹 곱창집에 가면 '계란프라이 셀프'코너가 있다. 민혁은 마지막엔 꼭 셀프 계란프라이를 해서 볶음밥 위로 올려 먹는다.

지글 지글지글-

평평하게 펴진 볶음밥 위로 뿌려진 김 가루들이 꾸물거리며 춤을 춘다. 그 위로 계란프라이 3장을 척하니 올린 민혁은 수저로 하나의 계란프라이의 가운데를 톡 건드렸다. 그러자 노른자가 터지며 흘러나왔다.

"와…… 예술 그 자체다."

민혁이 수저로 계란프라이 일부와 볶음밥을 함께 들었다. 그리고 입에 넣으니 환상의 맛을 자아낸다.

박박박-

깐밥이 된 볶음밥을 긁는 소리다.

긁어서 수저 위로 올려 또 한 입.

"행복해~"

그리고 볶음밥 위로 김치도 하나 올려서 한 입.

"히히히."

목이 멜 때는 시원한 동치미 국물을 들어주며 한 입이다.

어느새 다 먹은 민혁은 흡족한 미소를 지었다.

[마계의 환상적인 곱창과 대창, 막창을 드셨습니다.]

[식신의 위대함]

[명약 페널티를 무시합니다. 단, 이는 여러 명이 효과를 볼 수 없습니다.]

[명약 요리. 추가 스텟을 획득합니다.]

[마기 230, 힘 25, 민첩 24를 획득합니다.]

흡족한 미소를 지은 민혁은 사이다로 입가심을 함으로써 식사 자리를 마무리했다.

본래 곱창이란 자고로 소주 한 잔과 먹으면 더 기가 막힌 법이지만 확인해야 할 게 있기에 하지 않았다. 그건 바로 식탐의 화신의 탄생 영상(2).

민혁은 곧바로 확인하겠다고 말했다. 그러자 저번과 동일하게 민혁의 몸 밖으로 영혼이 빠져나가며 무적 상태가 되었다.

그리고 두 번째 영상이 시작되었다.

영상이 시작되자 저번처럼 설명이 들려왔다.

[절대 신수를 깨운 3대 신수들은 절대 신수와 함께 돌아간다. 그리

고 절대 신수를 '통제의 방'에 가두고 관찰하기 시작한다. 통제의 방에 있을 시 그의 힘은 제한받는다.]

화신의 사자 베로그. 펜루스를 부리는 그는 다른 신수들의 주인과 앉아 있었다.

"절대 신수가 고작 아기 돼지라니……."

"생각했던 것과 다르군, 놈은 '평화'인 건가?"

용군주의 말에 멀더런이 고개를 저으며 말했다.

"그렇다고 안심해선 안 된다. 놈은 절대 신수. 어쩌면 그 진짜 모습을 숨기고 있을지도 모른다."

"일단은 통제의 방으로 가지."

모두가 함께 걸음을 옮겼다. 그리고 그들은 통제의 방 앞에 섰다.

통제의 방은 모든 것이 하얗게 이루어져 있었다. 어떠한 힘도 사용할 수 없는 곳이 바로 통제의 방. 그 안에서 절대 신수는 고작해야 아기 돼지에 불과했다.

"어디 간 거지……?"

철로 이루어진 문 너머로 아기 돼지를 확인하려고 했던 멀더런이 당혹했다.

베로그 또한 작은 틈으로 아기 돼지를 보려고 했지만 사라져 있었다.

"이, 이런……!"

그들이 깜짝 놀랐을 때였다.

"꾸울!!"

한 존재가 뒤에서 모습을 드러냈다. 얼굴 가득 생크림을 묻히고 있는 그 존재는 그들을 보며 활짝 웃어 보이고 있었다.

'기, 기척이 느껴지지 않았다…….'

'토, 통제의 방에서 스스로 빠져나왔다고……?'

'믿을 수 없는 일이야.'

천천히 다가온 아기 돼지. 그가 품에 한 아름 들고 있는 먹을거리 중 하나를 내밀었다.

"꾸울!!"

아기 돼지가 밝게 웃었다. 마치 친구라는 것처럼.

하지만 3대 신수들은 두려웠다. 통제의 방을 스스로의 힘으로 벗어나고 자신들이 기척조차 느끼지 못하게 움직이는 존재.

베로그가 그 손을 쳐냈다.

"괴, 괴물 같은 놈……."

"도대체 네가 가진 힘의 정체는 뭐냐!!"

"무슨 꿍꿍이냐!"

3대 화신들은 자신들이 절대 신수를 깨워놓고도 믿지 못했다.

그것은 '두려움' 때문에 생겨난 일이었다. 자신들이 깨운 절대 신수가 만약에 '재앙'일 거라는 생각을 했을 때 그는 무척 두려운 존재였으니까.

그 질문에 아기 돼지는 고개를 갸웃했다.

그때.

팟-

아기 돼지가 빛이 되어 사라졌다.

그리고 펜루스의 앞에서 나타났다.

"……!"

"……!"

"……!"

펜루스의 앞에 나타난 아기 돼지. 그는 조심스레 펜루스의 머리에 손을 뻗었다. 그리고 천천히, 아주 천천히 그의 머리를 쓰다듬었다. 그러고는 웃었다.

"꾸우울!"

"마, 말도 안 돼……."

"펜루스의 '빛의 속도'잖아……!"

방금 전 아기 돼지가 사용했던 능력. 그 능력은 펜루스가 가진 빛의 속도라는 스킬이었다. 빛처럼 번쩍이며 단숨에 거리를 좁히며 움직이는 스킬인 것이다.

"크르르르르르!"

자신의 머리를 쓰다듬는 절대 신수에게 두려움을 느낀 펜루스가 몸으로 그를 들이받았다.

그리고 가격당하려는 순간, 검은 배리어가 절대 신수의 앞을 가로막았다.

콰아아아아앙!!

"……!"

"……!"

"파괴의 용의 '용의 보호막'이잖아?"

그제야 그들은 알 수 있었다. 절대 신수의 능력은 다른 존재들의 능력을 사용하는 것이었다.

위험한 존재였다. 또한, 두려운 존재였다.

"꾸울?"

고개를 갸웃하며 펜루스에게 의아해하고 있는 절대 신수. 그를 보며 모두가 두려움을 품었다.

그리고 다시 설명이 시작된다.

[절대 신수의 능력을 알게 된 3대 신수들과 그 주인들은 더욱더 큰 두려움을 느끼게 된다. 그에 따라 절대 신수를 더욱더 억압하고 멀리하며 경멸하기까지에 이른다. 그들은 절대 신수를 '만년의 방'에 가둔다. 만년의 방은 신 아테네로부터 힘을 임시적으로 빌린 곳으로 그 안으로 절대 신수를 밀어 넣는다.]

결국에 그들은 절대 신수를 블랙 드래곤 보르몬과의 전투에 사용하지 않기로 결정하기에 이른 것이다. 만약 보르몬과 절대 신수가 뜻이 같다면 이 세상은 정말 종말을 맞이하게 될 테니.

그리고 결국 최후의 전쟁이 발발된다.

"죽여라!!"

"아스간 대륙 놈들을 쓸어버려라!!"

"이곳에서 살아서 돌아가는 자들은 바로 우리 일루간 대륙의 사람들일 것이다!!"

대륙 전쟁. 수천만의 인간들이 격렬한 전투를 벌이고 있었다.

"끄, 끄아아아악!"
"으아아아아악!"
콰콰콰콰콰콰콰쾅!
비명이 난무하고, 수천 개의 마법과 화살 비가 허공에서 쏟아져 피로 세상을 적셨다.
그 순간 하늘 위로 하얀빛의 기둥 세 개가 떠올랐다.
콰아아아아아앙-
빛의 기둥에 의해 전쟁을 벌이던 모든 존재가 멈추고 집중했다.
빛이 걷어지고 나타난 빛의 화신 펜루스와 화신의 사자 베로그.
"더 이상 무의미한 전투를 벌이지 마라!! 서로의 목숨을 앗아가지 마라. 전쟁은 이로써 끝이다!!"
멀더런이 거대한 지팡이를 휘둘렀다.
"모두 블랙 드래곤 보르몬의 세뇌에서 깨어나라!! 이는 놈의 세상을 피로 물들이려는 속셈에 의해 발발된 전쟁이다."
"지금부터 싸우는 자는 우리 3대 신수들이 처단하겠다!!"
모두가 멈추어 섰다.
그리고 빛의 화신 펜루스의 입에서 광활한 빛이 터져 나갔다.

[빛의 세레나데]
[분노가 사그라들고 죽이고자 하는 욕망이 잠잠해집니다.]

"싸, 싸우고 싶지 않아……"

"살고 싶어."

"이런 무의미한 전투는 이제 지긋지긋해."

그들은 무기를 쥔 힘을 풀고 멈췄다. 혹시나 아직도 싸우는 존재들이 있다면 3대 신수들이 응징했다.

그러할 때.

"크라라라라라라라락!"

거대한 포효와 함께, 검은 기류들이 인간들을 집어삼켰다.

[보르몬의 포효]

[블랙 드래곤 보르몬의 '파괴 본능'이 깃듭니다.]

[분노, 질투, 시기의 감정들에 지배당합니다.]

푸욱-

"끄아아아악!"

"죽어어어어!!"

"죽여 버리겠어!!"

3대 신수들은 예상했던 일이었다.

머나먼 곳의 산봉우리. 그곳에서 산처럼 거대한 존재가 검은 날개를 펼치며 날아오기 시작했다.

"3대 신수들이여, 인간들은 결국에 욕심, 오만, 자만에 빠진 이들이다. 이들 모두가 사라지는 것. 그리고 우리와 같은 최강체들이 군림하는 것이 바로 이 세상의 '안정'이다."

"헛소리하지 마라!!"

"저들이 없다면 이 세상도 없다."

"그렇다면 네놈들에게도 죽음뿐이겠군."

블랙 드래곤 보르몬이 날아왔다. 폴리모프한 그의 손에는 흑빛으로 번들거리는 검이 들려 있었다.

3대 신수들은 놈을 무력으로 제압할 수 없음을 알았다. 때문에 '금기의 서'에 적혀져 있는 힘을 발할 수 있는 양피지 한 장을 가져왔다. 바로 '봉인의 맹약'이었다. 놈의 HP를 50% 이하로 깎아내고 목숨 하나를 바친다면 녀석을 봉인할 수 있다.

"펜루스!!"

"4대 전설의 용들이여!!"

용군주. 베로그. 멀더런. 그들이 온 힘을 담아 블랙 드래곤 보르몬과 사투를 벌이기 시작했다.

콰콰콰콰콰콰쾅!

하지만 블랙 드래곤 보르몬의 힘은 너무도 강력하였다. 놈이 검을 휘두를 때마다 난무하는 마법들이 그들을 집어삼켰다.

"크흐으으윽!"

"캬하아아아악!"

블랙 드래곤 보르몬에게 타격을 입히기는 하였지만 50% 미만으로 HP를 하락시키지 못했다.

한곳에 모인 3대 신수와 그 주인, 그리고 전쟁을 벌이고 있던 인간들은 블랙 드래곤 보르몬의 압도적인 힘에 경악하며 좌절했다.

"크흐으윽!"

"크르르르르……."

피를 흘리는 펜루스와 4대 용, 포식뱀 등의 상태가 위태로웠다.

한곳에 모여 있는 그들을 향해, 땅에서 시작된 거대한 폭발이 뻗어 나갔다.

콰콰콰콰콰콰콰콰쾅!

그 힘은 단숨에 전쟁을 벌이는 이들과 지금 이 자리에 있는 3대 신수들을 죽음으로 몰고 가기에 충분한 힘이었다.

"……아, 안 돼!"

베로그가 절망했다.

"……미안하다."

용군주가 자신과 함께 싸워온 용들을 보며 희미한 웃음을 지었다.

"이 세상은 '종말'을 맞이할 거야."

멀더런이 죽음을 직감했다.

바로 그때였다.

꽈득-!

허공이 찢어지며 정체 모를 존재의 손이 비집고 나왔다. 그는 아주 작고 앙증맞은 아기 돼지의 손이었다.

[만년한철의 방을 물리적인 힘으로 파괴하려 합니다.]

[만년한철의 방의 내구도가 급격히 하락합니다.]

[만년한철의 방을 물리적인 힘으로 파괴하려 합니다.]

곧이어 아기 돼지의 몸이 허공을 찢고 천천히 드러났다.

이윽고.

[만년한철의 방이 물리적인 힘에 의해 파괴됩니다.]

그 공간을 비집고 그 존재가 온전한 모습을 드러냈다.

"꾸우우우울!"

파아아아아앗-

거대한 황금 기둥이 내려쳤다. 그 기둥의 중심에 있는 아기 돼지가 팔을 휘둘렀다.

스화아아아악-

보르몬이 발산했던 땅을 폭발시키는 힘. 폭발할 때마다 검은 기류가 터지는 힘이 똑같이 나타났다. 보르몬과 다른 점이라면 황금 기류가 넘실거린다는 거다.

콰콰콰콰콰콰콰쾅!

거대한 힘이 보르몬의 힘과 충돌을 일으켰다.

황금 기둥의 빛이 걷히며 아기 돼지가 빛의 속도를 사용하여 어느덧 멀더런의 앞에 섰다.

"꾸울."

아기 돼지는 역시나 활짝 웃어 보이고는 멀더런이 자신의 생명을 이용하여 사용하려던 금기의 서 '봉인의 맹약' 양피지를 가져갔다.

"이, 이봐……!"

"꾸울."

빛이 되어 사라지는 아기 돼지가 웃어 보였다.

아기 돼지는, 어느덧 보르몬을 향해 달려들고 있었다. 그의 손에는 보르몬이 사용하는 검과 똑같은 검이 나타나 있었다.

콰콰콰콰콰콰콰쾅!

두 존재의 검이 부딪칠 때마다 세상이 진동했다.

절대 신수는 보르몬에게 한 치도 밀리지 않고 있었다. 그렇다고 그를 압도하는 것도 아니었다.

그를 보며 3대 신수들의 주인들은 알 수 있었다.

'이제까지 만년한철의 방에서 나올 수 있었음에도 나오지 않은 거야……?'

'우리가 자기를 두려워해서라는 것을 알아서……?'

갈수록 아기 돼지의 몸 곳곳에 상처가 늘어갔다.

이는 블랙 드래곤 보르몬도 마찬가지였다.

"크아아아아악, 건방지구나!!"

"꾸우우울!"

아기 돼지는 처절했다. 몸에 상처가 늘어나도 물러서지 않았다. 그에 블랙 드래곤 보르몬은 수를 생각해 내, 인간들과 3대 신수를 향해, 그 힘을 발현했다.

콰콰콰콰콰쾅!

거대한 힘이 인간들을 향해 쇄도하자 아기 돼지는 온몸을 이용해 막아냈다.

"꾸우우울!"

그리고 다시 보르몬을 향해 달려들었다.

그는 온 힘을 다했다. 그리고 끝끝내 블랙 드래곤 보르몬의 몸에 큰 중상을 입혔다.

"크아아아아악!"

온몸에서 피를 흘리는 쓰러지기 직전의 아기 돼지가 보르몬의 몸에 척 달라붙었다.

"아, 안 돼……!"

멀더런이 자신도 모르게 외쳤다.

그 순간, 자신들을 돌아본 아기 돼지가 처음 만났을 때의 그 미소로 활짝 웃었다. 그 웃음은 정말이지 행복해 보였다.

멀더런과 다른 신수의 주인들은 그 순간 자신들이 미워졌다.

"꿀!"

찌이이이익-

그리고 봉인의 서가 찢어지며 블랙 드래곤 보르몬의 몸이 분리되기 시작했다.

"키햐아아아아아악!"

수백 개가 된 조각이 수천 개가 되고, 수천 개가 된 조각이 수만, 수백만 개가 되어 허공을 배회하기 시작했다.

그리고 그 조각들이 봉인의 서로 빨려 들어가기 시작했다.

"이대로 끝날 것 같으냐!!"

블랙 드래곤은 봉인되기 전 마지막 힘을 발현시켜 자신의 몸을 최대한 먼 곳으로 워프했다.

봉인되던 놈이 사라졌다. 하지만 확실한 것은 워프된 놈은 봉인될 것이란 거였다.

그리고 아기 돼지가 허공에서 추락하기 시작했다.

파앗-

빛의 화신 펜루스가 서둘러 빛의 속도를 사용해 떨어지는 녀석을 가볍게 물어 조심스레 땅에 내려놨다.

"……."

아무도 입을 열지 않았다. 그것은 미안함 때문이었다.

자신들은 두려움에 그를 멀리했고 가두어두기만 했다. 우스운 일이다. 정작 그를 깨운 것은 자신들이었다. 필요에 의해 깨워놓고도 그를 두려워하였고 멀리하였다.

아기 돼지가 천천히 손을 뻗어 펜루스의 턱을 쓸었다.

"꿀……!"

그러고는 항상 보였던 미소로 활짝 웃어 보였고 이내 스르륵 눈을 감았다.

싸늘해진 아기 돼지를 보며 그들은 스스로를 자책했다.

그리고 대륙 전쟁이 끝났다.

[3년 후.]

또 한 번의 짤막한 글귀가 지나갔다. 그 자리에 3대 신수와 그들의 주인이 함께 있었으며 그 앞으로 거대한 동상이 세워져 있었다.

"당신의 숭고한 희생을 잊지 않으며 우리는 당신을 '왕'으로 섬기겠습니다."

"당신은 먹는 것을 좋아했고 능력 또한, 다른 자들의 것을 복제하는 것이 포식하는 것과 비슷해 보였기에 당신을 '식탐의 화신'이라 부르겠습니다."

"당신을 위해, 금기의 서 중 하나인 부활의 맹약을 발현합니다. 먼 훗날, 우리의 후손이 당신에게 사죄할 것입니다."

"당신은 우리들의 '친구'였고 당신은 우리들의 왕이며 우린 당신의 이름을 '베로나로크'라고 부르겠습니다."

멀더린이 황금 왕관을 들고 움직였다.

"3대 신수들의 이름으로 명한다. 우리는 금기의 서를 사용하여, 그를 다시 깨운다. 그 힘은 이 황금 왕관에 있으며 그는 그전과 같은 모습으로 깨어날 것이다. 그가 깨어났을 때, 그는 힘의 대부분이 없을 것이다. 그리고 모든 조각을 모았을 시에 우리의 선물로 '천계의 요리 재료로 만들어낸 요리' 한 가지도 얻을 것이다. 그의 주인이 될 자여, 만약 보르몬의 봉인이 해제될 날이 다가올 때, 황금 왕관의 조각을 모아라. 그리고."

멀더린이 주변을 둘러봤다.

신수의 주인들이 작은 미소를 지으며 동시에 말했다.

"그를 아껴다오."

마지막까지 영상을 확인한 민혁은 그제야 포식뱀이 말하였던 것들을 알 수 있었다.

'희생, 후회, 탄생.'

식탐의 화신이라는 것은 그의 죽음 이후, 3대 화신들이 붙여준 이름이었다. 또한, 그를 기리는 마음으로 3대 화신들은 그를 왕이라고 칭한 것이다.

알림이 들려왔다.

[식탐의 화신의 탄생(2) 영상이 종료됩니다.]

[식탐의 화신의 일기장(2) '나는 괜찮아'를 확인할 수 있습니다.]

[일기장(2)를 읽으시면 퀘스트가 발동됩니다.]

민혁은 알림과 함께 곧바로 식탐의 화신의 일기장(2)를 확인했다.

[나를 데려온 친구들은 나를 모든 것이 하얀 방 안에 가두었다. 그들은 나를 보며 두려운 듯한 표정을 지었다. 하지만 나는 괜찮았다. 그들을 이해했다.

그리고 하얀 털을 가진 늑대가 나를 공격했을 때, 그들이 두려움 가득한 표정으로 나를 만년한철의 방에 가두었을 때 알 수 있었다. 내 생각보다도 그들은 나를 더 두려워한다고.

하지만 난 그들이 너무도 좋았다. 그들에게 피해를 입히고 싶지 않았다. 그들이 두려워하게 하고 싶지 않았다.

때문에 그곳에서 그들을 바라봤다.

그들을 하염없이 보다가 어느덧 나도 모르게 또다시 눈물이 흘렀다.

그저 그들을 보는 것뿐임에도 기뻤기 때문이었다.

그들은 내가 처음으로 웃게 해준 존재들이었다.

그리고 만년한철의 방에서 본 그들은 내일 마지막 싸움을 하러 간다고 들었다.

나 또한, 그들에게 힘이 되고 싶다.

그들을 도와주고 싶다.

난 그들과 '친구'가 되고 싶다.]

그곳에서 편지가 끝났다.

민혁은 이제 자신이 관전하였던 모든 것들이 사라지고 다시 캐릭터로 돌아갈 거라고 생각하였다.

하지만 아니었다.

민혁에게로 알림이 들려왔다.

[식탐의 화신의 주인이십니다.]

[식탐의 화신이 남긴 마지막 일기의 부록이 공개됩니다.]

그리고 민혁의 앞으로 글자들이 나열되었다.

[눈을 떴을 때, 그들이 있었다. 그들은 금기의 서를 사용해, 나를 살려주었다.

그들은 나를 볼 수 없었지만 나는 그들을 보았다.

난 이제야 비로소 그들의 친구가 되었다는 것에 행복했다.

그들은 하염없이 나에게 미안하다고 하였지만 나는 괜찮았다. 친구들아, 미안해하지 마라. 난 지금 이 순간 그 어느 때보다 행복하니까.

내게 처음으로 '친구'라는 존재들이 생겼으니까.

그리고 이 일기를 읽을 자에게 부탁한다.

그는 당신의 친구이다.

당신을 배신하지 않으며 당신을 누구보다 아낄 것이다.

그를 부탁한다.]

편지의 내용의 마지막까지 읽어낸 민혁은 가슴이 먹먹해졌다.

콩이는 장난기가 매우 많은 펫이었다. 때로는 '진지한 콩이'가 되기도 하며 또 때로는 '장난스러운 콩이'가 되기도 하지만 확실한 것은 녀석은 민혁을 아껴주고 있다는 것. 그에 민혁도 그를 아껴주자라는 생각이 든다.

그리고 이 모든 영상을 봄으로써 민혁은 한 가지 사실을 확신할 수 있었다.

'이 영상은 앞으로 벌어질 일에 대한 힌트다.'

앞으로 벌어질 에피소드. 그 에피소드와 관련한 힌트가 분명해 보였다. 블랙 드래곤은 봉인 직전 자신의 몸을 워프시켜버렸다. 아마도 다시 등장할 거라는 예고일 것이다.

그렇다는 것은 간단하게 해석할 수 있었다.

'블랙 드래곤의 통구이를 해 먹을 수 있단 거지!!'

민혁이 아테네에서 꼭 해 먹어보고 싶은 레시피 중 하나. 그 하나인 드래곤의 브레스 통구이! 그것이 가능해질 것이란 것!

이어서 민혁이 본래 있던 곳으로 돌아왔다.

돌아온 민혁은 곧바로 황금 왕관 조각을 다시 확인해 봤다.

(황금 왕관 조각)

적용 가능한 자: 식탐의 화신

특수 능력:

• 식탐의 화신이 가진 능력을 해방할 수 있다.

설명: 봉인된 식탐의 화신의 힘이 담겨 있는 황금 왕관이다. 모든 황금 왕관 조각을 모아낸다면 비로소 진짜 화신이 될 수 있을 것이다.

민혁은 곧바로 황금 왕관 조각을 콩이에게 적용시켰다.

[황금 왕관 조각을 사용합니다.]

[식탐의 화신 콩이에게 황금 왕관 조각이 적용됩니다.]

그 순간 민혁의 옆에 있던 콩이에게로 민혁이 받은 황금 왕관 조각이 움직이기 시작했다.

황금 왕관 조각은 콩이의 머리 위에 두둥실 떠올랐다가 이내 콩이의 몸속으로 빨려 들어갔다.

[황금 왕관 조각을 모두 모으셔야지만 황금 왕관이 비로소 모습을 드러냅니다.]

그와 함께 알림이 들렸다.

[황금 왕관 조각에 의해 봉인된 식탐의 화신의 힘이 일부 개방 됩니다.]

[누군가가 임의로 힘의 일부를 해방시켰습니다.]

[콩이가 엑티브 스킬 '포식자의 습득'을 획득합니다.]

민혁은 알림에 포함된 '임의로 힘의 일부'를 개방시켰다는 게 빛의 화신 펜루스를 말하는 거라는 걸 알 수 있었다.

곧바로 콩이의 상태창을 열람했다.

(콩이)

등급: 봉인된 식탐의 화신

종류: 펫

레벨: 8

공격력: 2,941 / 방어력: 3,541

하루 소환 가능 시간: 8시간

소환 대기 시간: 16시간

특수 능력:

• 명약이 근처에 있다면 바로 감지해 낸다.

• 펫 소유자 공격력 20% 상승

• 펫 소유자 방어력 20% 상승

• 패시브 스킬 보호 본능

• 엑티브 스킬 포식자의 습득
• 아티팩트 세 개 착용 가능
성장 조건:
• 황금 왕관 조각
잠재력: 184
경험치: 74%/100%

(포식자의 습득)
엑티브 스킬
레벨: 1
사용 시 페널티: 없음
효과:
• 상대방의 발현된 디버프 스킬, 공격, 마법, 대부분의 것을 포식하여서 습득해 낸다.
• 복제 가능한 스킬은 하나이며 복제한 스킬은 2회만 사용 가능하다.
• 복제한 스킬은 72시간의 쿨타임을 갖는다.
• 복제한 스킬은 식탐의 화신의 주인도 사용 가능하다.

포식자의 습득은 경악할 만한 능력이었다.
그 이유는 간단했다. '제한'이 없었기 때문이다. 지금 이 포식자의 습득에 따르면 콩이는 레벨 700 이상의 존재의 스킬 또한 습득이 가능하다는 거였다.

가령 예를 들어 아까 전 보았던 블랙 드래곤 보르몬의 브레스. 이는 최소한 700레벨 이상의 몹이 발현하는 힘이라고 할 수 있었다.

그 힘을 습득해서 다시 사용한다? 현재 레벨에 사용하지 못할 힘을 쓸 수 있다는 건 놀라운 일이 분명한 것이다.

곧이어 추가적인 알림이 들려왔다.

[펫 각성 연계 퀘스트 '황금 왕관 조각(2)'가 생성됩니다.]

[펫 각성 연계 퀘스트: 황금 왕관 조각]

등급: SSS

제한: 첫 번째 왕관 조각을 찾아낸 식탐의 화신의 주인

보상: 각성한 식탐의 화신

실패 시 페널티: 식탐의 화신이 영원히 각성할 수 없음

설명: 첫 번째 식탐의 화신의 왕관 조각을 얻어낸 당신. 두 번째 왕관 조각에 대한 힌트는 아낙수라문이 가지고 있다. 그녀로부터 힌트에 대해서 들어라.

모아야 하는 황금 왕관 조각: 1/3

퀘스트 진행은 첫 번째와 거의 동일하게 진행되는 듯 보였다.

콩이의 왕관 조각까지 모은 민혁. 그는 머릿속으로 있는 마계의 탑의 50층까지의 정보들을 머릿속에서 나열해 보기 시작하였다.

그리고 하나의 '설계'를 완성시켰다.

'콩이의 포식자의 습득을 통해서 켄라우헬을 위한 빅엿을 준비해 볼까?'

그는 아낙수라문을 만나기 위해 걸음했다.

켄라우헬은 34층에서 어떠한 스킬도 사용하지 않고 켈베로스를 사냥하는 데 성공했다. 그로 인해서 파멸의 마에스트로로 전직할 수 있는 마지막 힌트를 받을 수 있었다.

그의 앞으로 한 존재가 나타났다.

"나의 후손이여, 드디어 이곳에 도달했는가."

그는 한때 대륙을 손에 쥐고 흔들었다던 황제 아서였다. 아서는 과거에 모든 대륙을 통합했다고 널리 알려져 있는 인물이었다. 그리고 로열 클래스인 '파멸의 마에스트로'는 대륙의 황제가 될 수 있는 빠른 길이었다.

켄라우헬은 파멸의 마에스트로라는 로열 클래스에 대해 알았을 때에 희열했다.

물론, 차근차근 왕국을 성장시켜 제국으로, 제국을 성장시켜 대륙 전체로 뻗어나가야 한다는 관문이 있었지만, 현재로도 세계에서 가장 큰 대부호에 있는 그가 아테네마저도 지배한다는 것은 매우 매혹적인 일이 분명했다.

그리고 켄라우헬은 말없이 고개를 주억였다.

이어서 아서 왕이 말했다.

"마계의 탑 40층에 내가 걸었던 길을 걸을 수 있는 힘이 숨어 있다. 그곳은 너의 충직한 신하들과 함께해야만 할 것이다. 또한, 충직한 신하들은 각 관문을 깨고 너에게 '부서진 칼날 조각'을 줄 것이다. 부서진 칼날 조각을 사용해, 그 끝에 위치해 있는 디아블로를 사냥할 힘을 얻을 수 있다. 디아블로는 마왕의 권능이나 혹은 마왕의 딸이 가지고 있는 힘인 아낙카스드의 심판이라는 스킬이 아니면 죽일 수 없지, 하지만 이 두 가지를 제외하고서도 부서진 칼날 조각 여섯 개를 전부 모아낸다면 '필멸의 단검'을 얻을 수 있지, 단 한 번의 공격으로 디아블로의 가슴에 필멸의 단검을 꽂는다면 승리할 수 있을 것이다. 그리고 그 끝에 위치한 왕좌에 앉거라."

그것이 끝이었다.

켄라우헬은 핵심적인 내용을 추렸다.

1. 40층으로 갈 것.

2. 이는 자신의 강력한 부하들과 함께해야 할 것.

3. 충직한 부하들은 시련들을 통과하여 자신에게 부서진 칼날 조각을 줄 것.

4. 부서진 칼날들을 모아 필멸의 단검을 얻고 디아블로의 가슴에 한 번에 꽂을 것.

그러다 문득 드는 의문에 질문했다.

"어째서 한 번에 꽂아야 하지?"

"디아블로는 절대 이길 수 없는 상대이지, 마왕이 아니고서는. 또는 언급했듯, 그의 딸이 가진 아낙카스드의 심판이 아니고서는 말이야."

"글쎄, 완전히 못 이긴다는 말은 하지 않는 게 맞을 것 같은데."

그 말에 아서 왕은 그를 비웃었다.

켄라우헬은 자만심이 강한 인물이었다. 어려서부터 사람들을 발밑에 두고 부린 그였다. 때문에 얼굴이 구겨지려 했지만 이어 아서 왕이 말했다.

"그는 세 악마의 힘이 응축되어 만들어진 소악마거든, 비록 시간이 흐르고 흘러 그 힘이 약해졌다 하지만 이방인인 자네들의 계산으로는 레벨이 700이 넘는 존재지."

"……!"

켄라우헬의 현재 레벨은 약 592였다.

'아직 아테네는 풀리지 않은 것들이 많다는 건가.'

켄라우헬은 자신의 자만을 인정할 수밖에 없었다.

"필멸의 단검은 단 한 번 어떠한 대상이든 '스턴' 상태에 빠뜨린다는 힘이 숨어 있지. 그 힘을 이용해, 스턴 상태에 빠진 디아블로의 가슴에 검을 꽂는 건 어려운 일이 아닐걸세."

켄라우헬은 그에 고개를 끄덕였다.

그리고 마지막 요약을 추가했다.

5. 모든 것을 종합하였을 때, 칼날들을 모으는 일이 쉽지 않을 것으로 추정.

실질적으로 마지막 시련은 칼날들만 모은다면 매우 쉽게 진행할 수 있는 일이었다. 스턴 상태에 빠진 디아블로의 가슴에 필멸의 단검을 꽂는 건 그리 어려운 일이 아닐 테니까.

곧이어 아서 왕이 허공에 흩어져 사라졌다.

켄라우헬도 군주 클래스로 다른 이들을 소환하는 것이 가능했다. 그리고 조금 특별하게도 자신의 길드원, 파티원, 가신 등이 아니어도 가능했다.

그가 소환을 시도하는 사람들은 바로 세계 통합 랭킹 11위의 전사 클래스 데르, 세계 통합 랭킹 12위의 테이머 레블린 등으로 모두가 세계에서 내로라하는 랭커들이었다.

'곧 파멸의 마에스트로가 된다……!'

아낙수라문은 민혁에게 나머지 황금 왕관 조각이 있는 위치에 대해서 말해주었다.

바로 마계의 탑의 50층의 꼭대기. 그곳에 있는 마계의 탑의 제작자 중 한 명이자 사대천왕 중 한 명이, 반신 아티팩트로 오븐을 만들 수 있는 보물과 함께, 황금 왕관 조각이 있다고 알려줬다.

황금 왕관 조각의 다음 위치를 알려주는 것은 아낙수라문의 임무였다. 그리고 그녀는 굉장히 당황한 표정으로 민혁을 보고 있었다.

"뭐, 뭐라고?"

"마왕의 유일한 딸이신, 아낙수라문 님이라고 했습니다."

"그, 그걸 어떻게……."

이 사실을 아는 자들은 많지 않았다.

도대체 어떻게 안다는 것인가?

이는 마왕과 사대천왕만이 알고 있는 사실. 아니, 정확하게는 한때 마왕을 섬겼던 현자 아르벨만이 알고 있는 정보였다. 그런데 민혁이 그 사실을 어떻게?

그리고 더 이해할 수 없는 것.

"아낙카스드의 심판을 보여달라니?"

민혁이 요구한 것은 아낙카스드의 심판을 황금 왕관의 주인인 아기 돼지 콩이에게 발현해 달라는 것이었다.

마계에 있는 세 악마의 힘은 믿기지 않을 정도로 강력했고 그들이 발산하는 마력이 너무도 짙었다. 그들의 마력에 의해 마계에서도 동식물들이 모두 죽어버리고 마물들까지 숨이 막혀 죽었다면 믿겠는가?

그에 세 악마는 자신들의 마력을 빨아들일 그릇을 만들기로 결정했다. 그는 타고난 육체를 가진 존재여야 했으며 자신들의 마력을 견뎌낼 수 있어야 했다. 한데, 마계 안에서는 그 존재를 찾을 수가 없었다. 그 때문에 천계에 이어, 엘프들까지 들여다보았다. 그런데 없었다.

결국, 그 끝은 인간계였고 그들은 그곳에서 한 존재를 찾아냈다.

그는 어린 소년이었다. 하지만 타고난 육체와 놀라운 재능을 가지고 있었다. 그 소년은 곧바로 마계로 끌려왔으며 마기를 담는 그릇이 되었다.

그런데, 한 가지 이변이 벌어졌다.

'너무도 강력했던 거지.'

그저 그릇이었던 소년이 충만한 마기까지 빨아들여 어마어마한 존재로 성장해 버렸다. 그는 갈수록 성장해 갔기에 대악마들은 그의 육체의 성장을 멈추게 했다.

지금은 성장을 멈췄지만, 그는 마계에서 그 누구도 이겨낼 자가 없었다. 그에 전대 마왕은 그를 '소악마'라 칭했다.

소악마 디아블로는 아직 날뛰지 않았지만 언젠간 날뛸 것이란 생각에 마계의 탑의 40층에 가둬졌다.

그렇게 40층에 가둬진 디아블로는 마왕이 가진 힘을 사용하거나, 혹은 마왕을 대신하여 아낙수라문이 가진 능력인 아낙카스드의 심판, 또는 필멸의 단검의 칼날을 모아 융합한 후에만 잡을 수 있다.

그러한 아낙카스드의 심판을 보여달라니?

"이유는?"

"써야 할 곳이 있어서입니다."

아낙수라문이 미간을 좁혔다.

"아! 비밀은 철저히 지킵니다!"

민혁이 입에 지퍼를 채우는 시늉을 하며 말했다.

그에 아낙수라문은 알았다.

'거래구나?'

아낙수라문이 마왕의 딸임을 숨기고 이곳에 있는 이유는 여러 가지가 존재한다. 아직 절대로 발설되어서는 안 된다.

그에 아낙수라문은 고개를 주억였다. 그녀가 힘을 발현하는 것은 어려운 일이 아니었기 때문이다.

문제는 아낙카스드의 심판은 마왕의 최고의 단일 공격 스킬과 맞먹을 정도로 강하다는 사실이다. 저 아기 돼지가 자신의 힘을 견딜 수 없을 거다. 그런데 공격해 달라니?

"죽어도 난 모른다?"

민혁이 어떻게 아낙카스드의 심판을 아는지 모르지만, 그는 얕보는 게 분명했다. 만약 죽는다면 감히 자신에게 '거래'를 하려 한 민혁이 치러야 할 대가였다.

뚜벅뚜벅.

의자에서 내려온 아낙수라문. 그녀가 아낙카스드의 심판을 사용했다.

대악마 중 하나인 고락의 가장 큰 단일 공격이었다는 아낙카스드의 심판. 공간이 찢어지며 눈 깜짝할 사이에 그 안에서 튀어나온 작은 검은색 창극. 그 창극이 콩이를 향해 쇄도했다.

쐐에에에에에에엑-

주변을 진동시키는 창극은 마기의 집약체 같았다. 보고만 있어도 오금이 저릴 정도로 강력한 힘을 담은 듯 보였다.

그리고 그 순간.

[포식자의 습득]

[적의 어떠한 능력이든 포식하여 사용합니다.]

콩이의 앞으로 거대한 입의 형상이 생겨났다. 그 입이 자신을 향해 뻗어오는 아낙카스드의 심판을 향해 입을 벌렸다.

쩌어어억- 쐐에에에에에엑-

그리고 아낙카스드의 심판이 그 입안으로 빨려 들어가기 시작했다.

그 뒤에 선 콩이는?

"꾸울?"

평화롭고 고요했다.

"……!"

아낙수라문은 경악했다.

'피, 피해를 완전히 무효화시키는 능력이라니…….'

아니, 무효화시키는 정도가 아니다. 아예 먹어치워 버리고 있었다.

수우우우우욱-

이어서 아낙카스드의 심판이 옅어지고 그 입이 천천히 다물어졌다. 그리고 콩이가 목울대를 움직였다.

그 순간 알림이 들렸다.

[콩이가 아낙카스드의 심판을 포식합니다.]

[엑티브 스킬 아낙카스드의 심판을 확인할 수 있습니다.]

(아낙카스드의 심판)

엑티브 스킬

소요 마력: 2,000 / 쿨타임: 72시간

사용 가능 횟수: 2/2

효과:

• 추가 공격력 1,200%를 내는 강력한 힘이 단숨에 적을 꿰뚫으며 마법 방어력 50%를 무시합니다.

• 마계의 소악마 디아블로에게는 추가 공격력 2,000%를 내는 강력한 힘이 더해져 마법 방어력 80%를 무시합니다.

민혁은 경악할 수밖에 없었다.

'미, 미쳤다…….'

말도 안 될 정도로 강력한 힘이었다.

'도대체 마왕이나 아낙수라문은 얼마나 강한 거야……?'

이러한 스킬들을 가지고 있다니?

물론 보유한 단일 스킬 최강의 마법일 것이다. 하지만 추가 공격력 1,200%가 말이 되는 이야기란 말인가?

'여기서 황금 왕관 조각을 더 모으면…….'

콩이가 또 다른 어떠한 능력을 각성할지 상상조차 하기 힘들 정도였다.

"그동안 감사했습니다!"

민혁은 여느 때처럼 예의 바르게 아낙수라문에게 인사했다.

그리고 두 존재의 만남은 추후에도 또다시 이어지게 되리라는 걸 이때 당시엔 둘 다 알지 못했다.

켄라우헬. 그는 얼굴을 와락 일그러뜨렸다.

"쓸모들이 없군."

그 말을 들은 세계의 랭커들은 입을 열지 않았다.

그중의 세계 통합 랭킹 11위의 데르는 속으로 욕지거리를 토해냈다.

'빌어먹을 놈.'

돈이 아니라면 켄라우헬을 따르지 않을 것이다. 자신들은 이런 대우를 받을 사람들이 아니다.

사실 평소라면 놈의 화를 받아주지 않으려 했을 거다. 그런데 켄라우헬이 제시한 금액이 너무 터무니없었다.

'개인에게 80억씩…….'

도대체 돈이 얼마나 많다는 건지 상상도 할 수 없었다.

이 자리에 있는 랭커들은 모두가 최고의 반열에 오른 자들이다. 자신만 하더라도 세계 전사 랭킹 2위이며 세계 통합 랭킹 11위였다. 그리고 테이머 레블린은 세계 테이머 랭킹 1위이며 통합 랭킹 12위였다.

레벨 500을 넘어선 최정예 랭커들. 이들이 바로 블랙스톤의 핵심 멤버들이라고 할 수 있었다. 이 조합이라면 최소한 어지간한 대영지 하나는 쓸어버릴 자신이 있을 정도였다. 고작 여섯 명이지만 가능했다.

그런 그들은 지금 한 가지 난관을 해결하지 못하고 있었다.

"고작 몬스터 한 마리 음식으로 홀릴 수 있게 할 만한 요리사를 아는 이들이 없다니."

40층의 시련은 총 열 번을 도전할 수 있게 되어 있었다. 그리고 실패해도 어떠한 강제 로그아웃 페널티를 받지 않는다.

그들은 움직이면서 이 40층의 시련에 대해서 깨달았다.

첫 번째 시련은 어둠이 깔려 있었다. 마법사들의 디텍팅 마법도 무용지물이었다. 심지어 켄라우헬조차도 그 어둠 속에서 나타나는 트릭과 마법, 몹들을 당해낼 재간이 없었다.

하지만 단 한 존재는 가능했다. 암살자 클래스 중 하나인 세계 랭킹 27위의 암베르였다.

암살자는 기본적으로 어둠에 익숙한 존재들이었다. 그리고 전직과 동시에 '오감'이라는 패시브 스킬을 가진다. 이 오감은 어둠 속에서도 많은 것을 느낄 수 있게 해준다.

하지만 오감 Lv9에 이른 암베르도 그 어둠 속에서 시련을 이겨내고 나아가는 건 쉽지 않은 일이었다. 그 말은 각 시련에 존재하는 것들은 각 직업군의 최고 반열에 든 유저들만이 가능하다는 의미.

이런 식으로 두 번째에선 마계의 마물 중 하나라 불리는 존재를 테이밍해서 시련을 완수해야 했다. 이 역시 통합 랭킹 12위인 레블린이 있기에 가능했던 일이다.

그리고 세 번째는 탱커형 랭커를 위한 시련형. 이런 식으로 네 번째 다섯 번째를 클리어했다.

켄라우헬은 군주 클래스 중에서도 최고의 반열에 선 군주. 어쩌면 운영자들은 켄라우헬 정도의 군주라면 이 정도 수하들은 거느리고 있어야 로열 클래스가 될 자격이 된다는 생각에 이러한 시련을 둔 것일지도 모른다.

그리고 마지막 여섯 번째 시련이 문제였다. 여섯 번째 시련은 몬스터 베로간을 음식으로 홀리는 것이었다.

베로간은 맛을 추구하는 존재로 거인형 몬스터다. 놈은 키가 4m를 넘을 정도로 커다랬다. 그러한 놈의 입을 홀려야 한다.

헌데, 그것이 되지 않아 켄라우헬은 이 자리의 이들과 총공격을 감행하여 죽여봤다. 그러자 곧바로 시련을 하기 전의 곳으로 튕겨 나갔다. 그 의미는 간단했다. 알림이 말하는 대로 클리어하지 않으면 시련은 깰 수 없다는 것.

그렇게 튕겨 나가면 획득했던 부서진 칼날 조각은 모두 사라지게 된다.

때문에 세계에서 뛰어나다는 요리사 중 한 명을 섭외하여 데려왔었다. 자그마치 레벨 416의 요리사 베르온이었다.

하지만 실패했다.

요리사 베르온은 음식에 '독극물'을 넣거나 하는 걸로 유명한 이였다. 때문에 '미식' 즉, 맛을 충족시키지 못한 것. 그로 인해 열 번 도전할 수 있는 기회 중에 베르온과 두 번을 시도했고 실패했다.

현재까지 도전한 횟수는 총 여덟 번. 이제 기회는 단 두 번만 남았다. 신중해야 했다.

그리고 켄라우헬의 머릿속에 떠오르는 요리사는 단둘뿐이다. 황혼의 요리사 블랙. 대한민국의 최고의 요리사이자 세계의 10인의 요리사 중 한 명. 하지만 그의 귓속말 코드를 알지 못했다.

심지어 그와의 접촉은 쉽지 않을 것으로 보였다. 황혼의 요리사 블랙은 이미 요식업을 통한 어마어마한 자산가 중 한 명이기 때문이다. 또한, 그의 성격을 보았을 때 위험 부담이 컸다.

그렇다면 남은 것은.

'식신 민혁.'

지금 빠르게 올라오고 있는 놈의 요리라면 확실할 것이다.

하지만 문제가 있다. 그는 자신을 '적'으로 인지했다. 이제까지의 수순을 돌아보면 당연한 것. 물론 켄라우헬 또한 놈을 적으로 인식한다.

그러다 곧 켄라우헬이 피식 조소했다.

'적이기 때문에 이용해 먹을 수 있는 것이지.'

한 가지 묘책이 생각났다.

"대도 엘리온이 필요할 것 같군."

대도 엘리온. 아테네의 세계적인 도둑이었다. 그는 '도둑질' '사기' '눈속임' 등에서는 따라올 자가 없다.

그리고 특수한 스킬도 있다.

'그의 스킬 중에는…….'

퀘스트를 만들어내 NPC처럼 위장하여 사람들을 속이는 스킬도 있다는 거다.

"민혁 유저 15층을 클리어합니다!"
"민혁 유저 17층을 클리어했습니다."
"민혁 19층을 클리어합니다. 레벨 423에 들어섭니다!"
사장 강태훈은 계속해서 들려오는 이민화 사원의 보고를 들었다.
'말도 안 되는 속도다.'
정말이지 경악할 만한 속도였다.
그리고 어느덧.
"민혁 유저 36층에 도달하고 레벨 434가 됩니다."
함께 그 이야기를 들은 모든 인원이 혀를 내둘렀다.
마계의 탑의 신기록을 세우면 어마어마한 경험치를 획득한다. 또한, 측정 불가능의 점수를 달성하면 보너스 경험치도 얻는다. 그에 민혁은 엄청난 폭렙을 하고 있는 중이다.
괴짜 미식가와 식신이라는 직업을 함께 갖춘 그였기에 남보다 필요 경험치량이 압도적이었지만 그마저도 무시하고 있었다.
박 팀장이 말했다.
"이 유저 뭘 하려고……."
김대식 부장이 중얼거렸다.

아낙수라문의 심판을 얻어낸 민혁.

그가 얻은 이유.

"거기에 켄라우헬이 있다는 걸 알 텐데? 디아블로를 잡으려고? 아니, 켄라우헬이 그걸 용납할 리가 없지."

박 팀장은 민혁 유저가 층층을 클리어하면서도 틈틈이 '일반형' 층에 도달했을 때, 여러 퀘스트를 통해 얻어내는 것들을 표기해 놨다.

'가신 소환 양피지와 길드원 소환 양피지.'

아르벨은 그에게 유용한 정보통이 되어주고 있었다.

그가 얻어내는 것들을 보던 중, 이민화가 말했다.

"켄라우헬이 대도 엘리온을 40층으로 소환합니다!"

그 말에 박 팀장과 강태훈 사장의 눈이 마주쳤다.

"어째서 대도 엘리온을……?"

박민규 팀장은 머릿속에서 조각들을 맞춰보기 시작했다.

'지금 켄라우헬은 요리사가 필요하다. 그런데, 요리를 해줄 마땅할 인물이 없겠지, 다른 이들을 즉석에서 섭외하자니 위험 부담이 작지 않을 테니까. 혹여 블랙스톤의 존재 자체가 공론화될 수도 있는 문제이니, 그리고 지금 이때 대도 엘리온을 소환했다. 대도 엘리온은 눈속임 등을 할 수 있는 여러 가지 스킬을 보유하고 있다. 서, 설마 민혁 유저는 적들의 틈에 일부러 들어가려고……?'

따악-

박 팀장이 손가락을 튕겼다. 정답이 나왔다.

때마침 민혁은 마계의 탑 40층에 도달할 수 있었다.

그리고 그 앞으로 나타난 존재. 그 존재는 마치 오랜 세월을 산 듯 주름이 자글자글 진 노인이었다.

노인은 검은 로브를 두르고 있었다. 바로 대도 엘리온이었다.

'네놈을 속이는 건 어렵지 않지. 흐흐흐흐.'

그는 '퀘스트 창조'와 '완벽한 분장'이라는 스킬을 사용해, 민혁을 홀릴 것이었다.

그리고 민혁은 자신에게 인자한 미소를 짓는 노인을 보며 생각했다.

'오호라? 이런 방법을 쓸 줄이야?'

민혁은 이 상황을 모두 파악할 수 있었다.

'호랑이를 잡기 위해선 호랑이 굴로 들어가야 하는 법.'

그의 입꼬리가 보이지 않게 올라갔다.

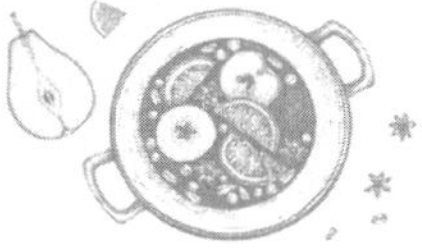

4장
위험한 동맹

손가락을 튕겼던 박민규 팀장. 그가 마침 40층에 도달한 대도 엘리온과 민혁을 모니터로 바라봤다.

"미, 미친……!"

"왜 그러나."

그에 모든 이들의 시선이 박 팀장에게 집중되었다.

"민혁 유저는 설계를 하였고 지금 모든 설계가 시나리오대로 진행 중입니다."

"무슨 소리야?"

"응?"

김대식 부장과 사장 강태훈, 이민화 사원 모두가 집중했다.

"민혁 유저는 50층까지의 정보 대부분을 알고 있습니다. 심지어 40층까지도요."

"그렇지."

"아르벨과 탑의 설계자 로벤과의 내기 퀘스트 덕분이었지."

"그러한 민혁 유저는 40층에서 그들이 요리사가 필요하게 될 거라는 걸 알고 있던 겁니다."

모두가 고개를 끄덕였다.

"그리고 그 조건을 충족시킬 사람이 자신일 확률이 높다는 것도 알겠죠. 그럼 켄라우헬은 선택지에 놓이게 됩니다. 시간을 들여서라도 다른 유저를 구하거나, 혹은 민혁 유저를 섭외하거나. 하지만 두 가지 모두 불가능에 가깝죠."

박민규 팀장은 잠시 마른침을 삼켰다.

"민혁 유저는 탑을 오르는 속도에 박차를 가했습니다. 이는 켄라우헬을 압박한 겁니다. 서둘러 클리어하지 않는다면 나는 금방 도달할 것이다. 그리고 후자는 당연히 둘이 적대 관계이니 불가능할 테고요. 자, 그럼 켄라우헬은 간단한 포지션에 들어갑니다."

"……?"

"수단과 방법을 가리지 않고 민혁 유저의 도움을 받아 시련을 깨는 것."

강태훈 사장이 눈을 크게 떴다.

"그것이 대도 엘리온의 퀘스트 생성인가?"

"맞습니다."

박민규 팀장이 마른침을 꿀꺽 삼켰다.

"민혁 유저는 대도 엘리온으로부터 퀘스트를 받겠죠. 그리고 켄라우헬은 NPC인 척을 하며 민혁을 이끌고 움직일 겁니다. 그리고 민혁 유저는 그 안에서 속은 척하며 칼날을 갈고 있겠죠."

"……."

"……."

"……."

모두가 말문을 잃었다. 말도 안 되는 설계였다.

일단 대도 엘리온의 존재에 대해선 민혁은 모르지만 켄라우헬이 어떤 방법을 써서든 자신과 함께 움직일 것은 아는 것. 즉, 역으로 이용하는 것.

"그, 그런 설계를…… 한다고?"

김대식 부장은 여전히 믿기지 않는 표정이었다.

민혁은 일부러 속아주고 한 방을 준비한다. 마치 손바닥 위로 모든 것을 올려보는 듯했다.

박민규 팀장의 시선이 모니터로 돌아갔다. 그리고 잠시 호흡을 삼킨 그가 말했다.

"만약 민혁 유저가 먹을 것에 집착하지 않고 일반적인 유저들처럼 플레이했더라도 저는 한 가지 확신할 수 있을 것 같군요."

순간 박민규 팀장의 온몸에 소름이 돋았다.

"저 유저는 일반 직업이었어도 세계 랭킹 10위 안에 들었을 거라고요."

모습을 드러낸 노인을 보며 민혁이 예상할 수 있었던 이유. 40층에 대해서 많은 걸 알고 있었기 때문이었다.

이 40층에선 '아서 왕'이 나타난다. 그리고 아서 왕은 여러 명의 가신과 유저들의 힘이 필요한 퀘스트를 준다.

아르벨의 말에 따르면 이 40층의 경우 여타 다른 층과 다르게 클리어하지 않아도 올라갈 수 있는 층이라고 하였다.

그런데, 지금 민혁이 올라오자마자 그를 맞이한 노인. 그는 누가 봐도 아서 왕의 모습이 아니었다.

그가 말했다.

"40층까지 올라오다니, 정말이지 대단하군. 나는 베로이라고 한다네. 자네 내 이야기를 좀 들어줄 수 있겠는가?"

그 말에 따라 노인이 말을 이었다.

"나는 아주 오래전에 이곳에 있는 존재인 '소악마 디아블로'에게 내 사랑하는 연인을 잃었다네. 때문에 난 놈을 동료들과 함께 쫓았지, 하지만 놈을 죽이는 건 쉽지 않은 일이었어, 녀석은 이곳에 존재하는 시련 중, 가장 마지막에 숨어버렸거든. 그리고 이곳의 시련들을 깨기 위해선 뛰어난 요리사의 힘이 필요하네. 요리사의 요리를 사용해 여섯 번째 시련에 위치한 몬스터를 요리로 홀려서 통과한 후, 부서진 칼날 조각을 얻어야 하네. 자네가 해줄 수 있겠는가?"

그 순간 알림이 들려왔다.

띠링!

[사용자의 직업에 따라 변화하는 퀘스트가 생성됩니다.]

[요리사 직업 퀘스트: 소악마에게 가족을 잃은 노인 베로이의 부탁]

등급: SS

제한: 40층에 도달한 자

보상: 베로이의 보물

실패 시 페널티: 노인 베로이와의 친밀도 하락

설명: 노인 베로이는 오래전 소악마 디아블로에게 가족들을 잃었다. 대륙에서 상당한 강자로 통했던 그는 자신의 동료들과 함께 이곳에 도달했다. 하지만 요리를 이용해 통과해야 하는 여섯 번째 시련을 극복하지 못하고 있다. 당신이 그를 도와 여섯 번째 시련을 통과하여 부서진 칼날 조각을 그에게 건네주어라!

'신기하군.'

민혁은 놀라웠다. 퀘스트창을 만들어낸다?

저 노인의 모습은 도플갱어의 포션과 비슷한 거일 거라고 생각했었다. 하지만 지금 앞에 있는 이의 스킬이 분명해 보였다.

'이런 능력이 가능한 사람이라…….'

신비한 능력.

하지만 확실한 것은 있다. 놈은 켄라우헬의 부하였다.

만약 민혁이 아르벨을 통해서 마계의 탑의 정보에 대해 몰랐다면 깜빡 속았을 확률이 높다. 그리고 켄라우헬 또한 민혁이 마계의 탑 50층까지 안다는 사실을 알지 못하기도 하기 때문에 되려 민혁에게 속는 거다.

"알겠습니다."

민혁이 퀘스트를 수락하자 노인 베로이가 인자하게 웃었다.

"이리로 오시게. 내 친구들을 소개시켜 주지."

베로이는 민혁을 이끌었다.

걸음을 옮긴 곳에는 여섯 명의 사람들이 모여 있었다.

'이 중에 켄라우헬이 있다.'

켄라우헬의 모습은 그 어디에도 드러나지 않았다. 베로이가 안내한 곳에 있는 여섯 명의 이들은 모두가 민혁이 아테네를 하면서 본 적이 없는 이들.

'이들도 전부 얼굴을 바꾸고 NPC 행세를 하고 있군.'

"반갑습니다. 테이밍의 공주 로니라고 해요."

"네, 안녕하세요. 전 민혁입니다."

민혁은 한 사람 한 사람과 악수를 나눴다.

"이런 애송이가 과연 그 요리를 만들 수 있을까?"

근육이 우락부락한 전사형 클래스로 보이는 사내는 대놓고 민혁을 조롱했다.

'탐탁지 않아 하는 NPC를 연기하겠다는 건가?'

NPC 중에서 꽤 상당한 이들, 특히나 제국에서 힘을 쓴다 한다고 볼 수 있는 이들의 경우 유저들을 무시하는 경우가 태반.

"헤헤, 제가 이래 보여도 요리 하나는 끝내줍니다."

한 사람 한 사람씩 인사하던 민혁. 그는 마지막의 사람과 악수했다.

그때였다.

[로열 클래스. 용군주가 세상에 탄생합니다.]

[최초의 로열 클래스의 탄생을 축복해 주세요.]

바로 그 순간. 앞에 있는 사내의 얼굴이 급속도로 일그러지기 시작했다.

그를 보며 민혁은 알 수 있었다.

'놈도 로열 클래스를 도전하고 있을 확률이 높다, 이번 40층이 그 전직의 과정.'

즉, 이 앞의 자가 켄라우헬이다.

하지만 그는 곧 빠르게 표정을 지우며 말했다.

"흑의 군주. 오르든입니다."

"식신 민혁입니다."

두 사람이 악수했다.

켄라우헬과 민혁의 첫 만남이었다.

10분 전. 용기사로부터 파괴의 크라카나가 16층에 위치해 있다는 사실을 들었던 흑염룡. 그가 마침내, 파괴의 크라카나와 마주할 수 있었다.

파괴의 크라카나의 옆에는 오랜 시간 동안 그를 세뇌시키고 마기를 주입해 미쳐 버리게 만든 주술사 마족이 함께였다.

"네놈 때문에 놈을 완전히 내 것으로 만들지 못했다. 네놈이 사라진다면 이제 파괴의 크라카나는 완전한 나의 용이 될 것이다!"

주술사 마족이 소리쳤다.

그와 함께 크라카나가 포효성을 터뜨렸다.

"키에에에에에에엑!"

[파괴의 크라카나는 오랜 시간 동안 주술사의 영향을 받아 폭주 상태에 빠져 있습니다.]

[폭주 상태에 따라 파괴의 크라카나의 모든 능력치가 1.6배 상승합니다.]

[파괴의 크라카나를 굴복시키거나 혹은 치유시켜야만 합니다.]

[용군주의 자격을 갖추기 위해선 진심 어린 '교감'을 할 수 있어야만 합니다.]

[진심 어린 말로써 파괴의 크라카나와의 교감을 해내시기 바랍니다.]

파괴의 크라카나는 붉은빛 비늘이 번들거리는 붉은 용이었다. 놈이 하늘 높이 날아올라 거대한 입을 벌렸다.

"키햐아아아아아아악!"

[파괴 용의 브레스]

[직격하는 순간, 300%의 추가 대미지의 폭발을 일으킵니다.]

쐐에에에에엑-

쇄도해 오는 브레스를 보는 흑염룡의 날개뼈 죽지에서 기이한 현상이 일어났다.

꽈드드드드득-

거친 소리와 함께, 그의 등 뒤에서 검은색 날개가 펼쳐졌다. 바로 독룡이였다.

[독룡이의 날개]

[위험의 순간, 날개를 펼쳐 보호하며 때론 '용의 깃털'을 쏘아 보내 수십여 가지의 독에 랜덤으로 당하게 만듭니다.]

펄럭펄럭-

흑염룡이 힘껏 날아올랐다.

그리고 그의 바로 밑에서 나타난 뼈로 구축된 사각 방패. 그 사각 방패와 브레스가 충돌했다.

"크흐읍!"

강력한 충격파에 흑염룡이 신음을 토해냈다.

쩌저적-

뼈 방패에 금이 가는 소리가 울려 퍼졌고 이어서 파괴의 용 크라카나의 브레스가 흑염룡을 강타했다.

콰지이이익-

거대한 연기가 피어올랐다.

"크하하하하하하하!"

마족이 비웃음을 터뜨렸다.

바로 그때였다.

솨아아아아악-

흙먼지가 걷히며 한 존재가 나타났다.

그는 붉은색 창극과 뼈로 이루어진 창대의 창을 쥐고 있었다. 바로 브레트니를 '용의 눈물 검'이 아닌, '피의 눈물 창'으로 변환시킨 모습이었다. 그리고 흑염룡은 거대한 검은 날개에 온몸이 보호되고 있었다.

촤앗-

날개가 펼쳐지며 흑염룡이 날기 시작했다.

"크라아악!"

크라카나가 흑염룡을 물어뜯기 위해 그 거대한 입을 벌렸다.

콰작-

흑염룡이 노련하게 피해내자 그 이빨은 허공을 물어뜯었다.

그 옆에 선 흑염룡이 말했다.

"난 너와 싸우지 않을 것이다."

"크흐흐흐흐, 과연 그럴 수 있을지 모르겠군."

마족이 비웃음을 지었다.

흑염룡은 '대화'를 시도했다.

그를 치유시킬 만한 말. 진심이 담긴 말!

"넌 나의 형제가 될 것이다. 그리고 너와 나, 다른 용들은 함께 세상의 악을 물리칠 것이다. 우리가 곧 정의(定義)가 될 것이다!!"

순간 그 대사를 들은 마족 주술사 루슬린은 온몸에 소름이 돋을 뻔했다.

'정말 오그라드는 대사군……!'

크라카나는 파괴의 용. 넷의 용 중에서 가장 흉폭하다고 알려져 있다. 그 누구도 길들이지 못하는 존재라고 말이다.

때문에 주술사는 오랜 시간 동안 놈을 길들이지 못했다. 그나마 크라카나가 기다리던 주인이 온다면 달라질지도 모른다고 생각하고 있던 것.

"그딴 말로 크라카나의 환심을 사려 한다니!"

마족 루슬린은 진심으로 비웃었다.

그런데 그 순간.

[파괴의 크라카나의 폭주가 한층 잠잠해지며 치유됩니다.]

"……?"

마족 주술사는 고개를 갸우뚱했다. '내가 무슨 소리를 들은 거지?'라고 마족 주술사는 생각할 수밖에 없었다.

그리고 흑염룡을 공격하려던 크라카나가 멈칫했다. 검기만 했던 그의 눈동자가 흔들리기 시작했다.

"역시 나의 진심이 통하는군!!"

그에 마족 주술사는 그를 부정했다.

"우연일 뿐이다!! 파괴의 용이라고 불리는 크라카나가 그딴 대사에 동요할 리가 없지 않은가!"

하지만 곧 흑염룡이 말했다.

"상상해 보거라, 크라카나. 너와 함께 나, 데스티니, 브레트니가 광활한 하늘을 나는 상상을! 그리고 위험에 빠진 자들을 구하는 것이다. 그리고 우린 이런 대사 속에서 함께하겠지."

그에 마족 주술사는 귀를 막고 싶을 지경이었다.

'또 무슨 대사를 치려고!!'

그 순간 흑염룡이 대사를 쳤다.

"영웅? 원한다면 되겠소. 당신들을 구원할 영웅이."

"커헉!!"

엄청난 중2병과 소름 끼치는 대사에 마족 주술사는 정신이 혼미해지는 것 같았다.

한데, 그 순간.

[파괴의 크라카나의 폭주가 한층 잠잠해지며 치유됩니다.]

'이, 이 말도 안 되는……!'

그 순간 마족 주술사는 깨달았다. 저 검은 날개를 단 사내도 중2병이었지만 파괴의 크라카나도 그와 비슷한 성향이었던 것이다.

'아니, 어쩌면…….'

저자가 가진 모든 존재가 그럴지도 모른다!!

"키헤에에에에에!"

크라카나는 서서히 폭주 상태에서 풀려가는 게 확연히 보였다. 검은 눈동자가 흰자와 검은자가 구분되기 시작했다. 그리고 크라카나는 흑염룡의 목소리에 귀 기울이고 있었다.

"아, 너를 위해 생각한 이름도 있단다!"

흑염룡은 역시나 이 멋진 대사를 듣고도 동요하지 않을 존재가 없다는 걸 알고 있었다.

그를 위해 준비해 온 이름!

"브레이커."

그때 알림이 울렸다.

[폭주 상태에 빠진 파괴용 크라카나와의 '교감'에 성공합니다.]

[파괴용 크라카나의 폭주 상태가 해제됩니다.]

[파괴용 크라카나의 주인이 되셨습니다.]

[파괴용 크라카나의 이름을 변경하실 수 있습니다.]

"브레이커."

[브레이커 547Lv]

흑염룡은 입꼬리를 주체하지 못하는 크라카나를 보며 알 수 있었다.

'이 녀석 내가 지어준 멋진 이름에 전율하고 있어……!'

그의 입꼬리가 씰룩이는 걸 보면 알 수 있었다.

그리고 크라카나, 아니, 이젠 브레이커라는 이름이 된 녀석과 함께 흑염룡은 마족 주술사를 사냥했다.

실질적으로 폭주 상태에 빠졌던 크라카나가 아니라면 마족 주술사는 그렇게 강한 상대가 아니었기에 손쉽게 사냥할 수 있었다.

그 순간, 알림이 울렸다.

[전설의 4대 용을 모두 모으셨습니다.]

[로열 클래스로의 전직 조건을 충족하셨습니다.]

[로열 클래스 '용군주'로 전직합니다.]

[새로운 스킬이 추가됩니다.]

[통솔 300이 상승합니다.]

[직업 퀘스트 '군주의 자격'이 생성됩니다.]

[직업 퀘스트 '군주 위의 군주'가 생성됩니다.]

[두 가지 중 하나의 퀘스트만을 선택하여 진행하실 수 있으며, 이는 시간제한 없이 선택 가능합니다.]

[최초의 로열 클래스의 탄생이 세상에 알려집니다.]

'두 가지 선택 퀘스트라?'

흑염룡은 퀘스트를 확인해 봤다.

먼저 군주의 자격.

'호오?'

군주의 자격은 간단했다. 군주 그 말이 어울리게 '왕국'을 건설하는 것이다.

아직까지 아테네에선 왕국을 건설한 유저가 없었다. 아니, 그의 반절에 해당할 정도의 영지와 자금력을 갖춘 곳도 없다고 할 수 있었다.

그리고 두 번째 퀘스트인 군주 위의 군주.

'한 사람을 지정하여 그를 왕위에 오르게 돕는다라?'

말 그대로 왕 위의 왕이라는 것이었다.

용군주 또한 통치자의 직업이었다. 하지만 그러한 이보다 더욱더 높은 왕. 한 유저를 지정하여 그가 왕이 될 수 있게 돕는 것이다.

속고 속이는 동행. 그 안에서 켄라우헬은 속으로 짙은 조소를 머금었다.

'이를 알아챘다는 것부터가 말이 안 되지.'

대도 엘리온의 눈속임은 정말 사기적이었다. 또한, 대도 엘리온은 고작 도둑에 불과하지만 신 클래스였다. 그의 레벨은 480이지만 실질적으로 그의 추정 무력 레벨은 고작해야 250에 불과했다. 모든 것을 포기하고 오로지 남을 속이는 것에만 집중된 것이 바로 대도 엘리온의 능력인 것이다.

일행은 순탄하게 나아가기 시작했다.

[첫 번째 시련에 도달합니다.]
[한 치 앞도 볼 수 없는 강력한 블라인드 마법이 펼쳐집니다.]
[눈을 멀게 하고 소리가 작아집니다.]

"어둡군요."

민혁은 굳이 평소처럼 바보처럼 행동하면서 그들의 긴장을 풀기 위해 노력한다거나 하지 않았다. 애초에 그들은 자신이 누구인지 알고 있는 상황이었다. 그러할 때 과장되게 행동한다면 이는 오히려 역효과를 발휘한다.

한 치 앞도 보이지 않는 어둠, 그리고 스피커의 볼륨을 가장 낮은 수치로 낮춘 듯, 작은 소리. 그 안에서 암살자 클래스 암베르가 오감을 발휘하였다.

오감을 발휘한 그는, 트릭들을 파괴하거나 마법이 날아올 위치, 몬스터들의 위치를 파악하며 그들에게 지시를 내렸다.

그렇게 그를 통해 첫 번째 시련을 통과했다.

[첫 번째 시련을 통과합니다.]
[시련을 통과한 자에게 부서진 칼날 조각이 주어집니다.]

알림은 칼날 조각을 받은 이만이 유일하게 들을 수 있었다.

자신을 흑의 군주라고 소개한 오르든. 즉, 켄라우헬이 민혁에게 설명했다.

"언급했듯 이 칼날 조각들이 모두 모여야만 소악마 디아블로를 사냥할 수 있죠."

그와 함께 암살자 클래스인 암베르가 자연스레 켄라우헬에게 칼날 조각을 건네줬다.

이런 식으로 그들은 계속해서 나아갔다.

두 번째에선 마계에서 강력하기로 소문난 마수를 테이밍해서 나아가야 했다.

세 번째에선 궁수가 바늘구멍처럼 작은 곳에 화살을 쏴서 맞춰서 모든 트릭과 마법들의 작동을 꺼야 했다.

그리고 네 번째에선 어마어마한 방어력을 자랑하는 그레이트 아이언 골렘과 탱커가 한 대씩 주고받으며 맷집 대결을 펼쳐 승리해야 했다.

이런 식으로 칼날 조각이 계속 모였고 마지막 조각만이 남게 되었다.

켄라우헬과 그 일행이 계속 헤쳐 나가지 못했던 난관.

요리의 시련.

[여섯 번째 시련에 도달합니다.]

[거인 괴수인 베로간은 배가 고파 흉포해진 상태이며 베로간의 입맛은 매우 까다롭습니다.]

[베로간을 위한 요리를 준비하시기 바랍니다.]

[베로간을 위한 요리 재료는 앞에 준비되어 있습니다.]

[그가 원하는 요리는 대형 삼계탕입니다.]

그 순간, 거대한 쇠사슬에 묶여 있는 베로간이 나타났다.

4m를 훌쩍 넘는 어마어마한 키. 말 그대로 거인형 괴수였다.

하지만 베로간은 일반 거인들보다 압도적으로 강한 존재로서 레벨 500이 넘는 트윈 헤드 오우거조차도 손으로 찢어 죽일 수 있는 악력을 가진 존재가 바로 베로간이었다.

"크워어어어어어어!"

베로간이 포효를 터뜨렸다.

"놈을 위한 요리로 만족시킬 수 있겠습니까?"

"맡겨주세요."

모두가 지켜보는 가운데, 민혁은 고개를 끄덕였다.

앞에 놓여 있는 재료는 다름 아닌, 닭고기였다. 문제는 약 30kg에 육박해 보이는 해괴망측한 닭이라는 거였다.

민혁은 이 시련에 대해서 알 수 있었다.

'요리사는 같은 재료를 사용해도 맛이 다르다.'

이미 과제는 대형 삼계탕으로 주어져 있다. 하지만 더 확실하게 확인하는 방법이 레시피 창조 스킬이기에 곧바로 사용해봤다.

[상대방이 원하는 레시피를 창조합니다.]

[대형 삼계탕 레시피를 확인해 주시기 바랍니다.]

[레시피 창조에 따라 버프량을 소모합니다.]

(베로간을 위한 대형 삼계탕)

필요 재료: 앞에 놓여 있는 대형 토종닭, 백년설삼, 바배의 대추……. (생략)

기대 요리 등급: 유니크~전설

기대 효과:

- 베로간의 원기 회복
- 베로간의 공격력 및 방어력, 또는 마법 공격력, 마법 방어력 상승

"하실 수 있겠습니까?"

이는 상당히 까다로운 난제였다.

많은 양의 요리를 해야 한다. 문제는 보통 요리는 인분의 수가 많아질수록 힘들어진다는 거였다.

물론 나눠서 요리하는 방법을 생각할 수도 있다. 하지만 불가능한 결정적 이유가 있다.

[주어진 2시간 동안 완성하지 못할 시 실패합니다.]

2시간 동안 30kg의 닭을 요리해야 한다.

민혁은 고개를 주억였다.

삼계탕은 닭의 내장 부분을 빼내고 머리와 똥집, 닭발을 제거한 후에 끓이는 게 원칙이다. 그 원칙대로 가야 한다.

하지만 그런 식으로 간다면 30kg에 육박하는 닭을 익히기 힘들 수도 있다.

'모양은 그대로 보존하는 느낌으로 가되, 최대한 깊게 칼집을 낸다.'

칼집을 내어 안쪽이 잘 익게 만든다.

민혁이 요리를 시작했다.

켄라우헬과 일행들은 흥미로운 표정으로 민혁을 바라봤다.

자신의 무기를 거대한 식칼로 변형시킨 그는 칼집을 냈다. 그러더니, 어느새 그 식칼은 아주아주 거대한 가마솥이 되었다.

가마솥으로 닭을 넣고, 마늘과 소금 다양한 재료들을 넣은 그는 장작을 이용해 요리를 시작했다.

가마솥 뚜껑을 닫고 푹 삶으며, 장작불을 조절했다. 이마에서 땀이 송글송글 흘러내리면 수건으로 훔쳐낸다.

'미식이라…….'

그에 켄라우헬은 사실 우스웠다.

게임을 지배하는 건 힘이다. 프라이팬 살인마가 어떻게 고작 요리사 주제에 그러한 강함을 가지게 되었는지는 모른다.

하지만 그는 잘못된 길을 걷고 있었다. 처음부터 힘을 추구했다면 어쩌면 그는 세계 통합 랭킹 1위라는 메이웨이를 뛰어넘을 수 있었을지도 모른다.

요리는 고작해야 사람의 의식주의 일부분일 뿐.

그는 요리란 것에 큰 관심이 없었다.

버프 능력?

'버프 능력 따위, 강력한 힘 앞에서 무용지물이지.'

그 또한, 뛰어난 버프 요리를 먹어봤다.

황혼의 요리사 블랙의 요리. 먹는 순간 모든 스텟 8%를 상승시켜 주는 힘을 가졌다.

하지만 딱 그뿐이다. 모든 스텟 8%를 일시적으로 올려주는 요리를 만드는 시간에 차라리 강해진다면 그만이다.

그것이 그의 지론이다.

강해지기 위해선 템도, 돈도 모든 것을 쓴다. 그렇게 정상에 오른다. 요리란 것은 그에게 지극히 '작은 것에' 불과했다.

한데, 저 사내는 이상했다.

'즐겁나?'

게임에서 요리를 하는 게 즐거운 걸까? 그의 입가에선 웃음이 떠나질 않았다. 땀이 흐르는데, 입가에 작은 웃음이 지어진다.

그리고 말한다.

"배고파?? 기다려, 내가 정말 맛있는 한 끼를 만들어줄게."

삼계탕의 가마솥 뚜껑을 열었다.

그 안에서 피어나는 거뭇거뭇한 기름을 국자로 정성스레 걷어냈다.

"크르르……."

거인 괴수 베로간은 매우 포악한 존재였다. 하지만 민혁을 바라보며 그 포악함이 잦아들었다.

민혁은 거대한 닭을 마치 엄청난 아티팩트를 제작하는 대장장이처럼 혼신의 힘을 기울여서 요리했다.

이윽고 완성해 낸 민혁은 자신의 무기를 수저의 모양으로 변화시켰다. 그리고 숙성의 항아리를 통해 만들어낸 김치도 20kg이나 놈의 앞에 놔주었다.

"잠시, 제가 확인해 봐도 되겠습니까?"

켄라우헬은 도무지 이해되지 않았다. 그가 마치 대장장이의 헌신처럼 열중했기에.

대장장이의 아티팩트는 영구적이다. 반대로 요리사의 요리는 아니었다.

어째서 저런 정성을 쏟는 건가? 가치가 있는 건가?

그런 생각을 하며 그는 요리를 확인해 봤다. 그리고.

'……!!'

어떠한 말도 잇지 못했다.

그때, 민혁이 베로간에게 말했다.

"먹어봐."

베로간은 민혁이 쥐여준 커다란 수저로 한번 떠먹어 봤다.

그리고 온몸을 파르르 떨었다.

이내, 그가 허겁지겁 먹기 시작했다.

"크헤에에에에!"

그 포효는 즐거움의 포효였다.

놈이 닭 다리를 들어 미친 듯이 뜯기 시작했다. 그 국물을 맛보며 앞에 놓인 김치들을 입에 욱여넣었다.

그 앞에서 양 팔짱을 끼고 바라보는 민혁. 켄라우헬은 여전히 부들부들 몸을 떨며 민혁과 베로간을 보고 있었다.

끝내, 베로간은 그 뜨거운 가마솥을 양손으로 잡았다. 그리고 마지막 남아 있는 그 국물을 벌컥벌컥 들이켰다.

꿀꺽 꿀꺽꿀꺽-

다 마셔낸 베로간. 그의 입에서 거친 숨이 터져 나왔다.

"쿠워……."

그리고…….

쿠우우우우웅-

놈이 천천히, 아주 천천히 무릎을 굽혔다. 그리고 고개를 땅에 파묻고 민혁에게 고마움의 표시를 전했다.

그 자리에 있던 모든 이들이 말문을 잇지 못했다.

"……!"

"……!"

"……!"

베로간은 이제까지 이곳에 올 때마다 흉포한 모습만 보여왔다. 또한, 요리사가 요리를 해주었을 땐, 한 입을 맛보고 곧바로 던져 버렸다. 그런데, 지금 그가 한 사내에게 고개를 숙여 고마움의 표시를 보인다는 거다.

사장 강태훈은 특별 유저 관리팀을 떠나지 않고 모니터 중이었다.

그뿐만이 아니었다. 에피소드 제작팀을 비롯해 다양한 팀,

심지어 고객센터 팀의 팀장까지 와 있었다.

그 이유는 간단했다.

켄라우헬이 파멸의 마에스트로로 전직하였을 시. 그렇게 되었을 시에 그는 아테네를 흔들 만한 거대한 것을 거머쥐게 되기 때문이었다.

"만약 민혁 유저가 디아블로를 잡는다면 어떻게 되는 거예요?"

모니터를 유심히 들여다보던 이민화가 질문했다.

그 질문에 제작팀의 이석훈 팀장이 말했다.

"실질적으로 파멸의 마에스트로로 전직할 시에 그 직업을 얻는다는 보상도 있지, 하지만 이는 켄라우헬의 직업 특성에 의해서 그만이 얻을 수 있는 직업이지, 하지만 반대로."

개발팀 이석훈 팀장의 표정은 상당히 심각했다.

"만약 민혁 유저가 먼저 디아블로를 사냥하는 데 성공한다면 그는 직업과는 무관한 보상인 가장 왕국에 빠르게 도달할 수 있을지도 모르는 영지. 아틀라스의 주인이 될 거야."

켄라우헬은 아테네라는 게임에서 중요한 것은 남들과는 다른 아티팩트들과 강함, 컨트롤이라고 생각했다. 그 때문에 민혁이 가진 능력인 뛰어난 요리를 만드는 능력은 사실상 별 볼 일 없다고 생각하고 있었다.

하지만 베로간이 절을 하는 모습을 보는 민혁을 바라보며 그 생각이 변하려 하고 있었다.

'어떻게 이런 요리가 나올 수 있는 거지……?'

자신이 가진 어떠한 아티팩트보다도, 자신이 가진 어떠한 스킬보다도 더 뛰어난 힘이었다.

아직도 허공을 응시하는 그를 보며 다른 이들이 다가왔다.

"켄라우헬 님, 왜 그러시니까?"

"켄라우헬 님……?"

켄라우헬은 방금 전에 확인하였었던 대형 삼계탕의 정보를 다시 떠올렸다.

(대형 삼계탕)

재료 등급: SS

등급: 전설

제한: 거인 베로칸만 먹을 수 있음

보관일: 28일 / 유지 시간: 28일

특수 능력:

- 거인 베로간의 공격력 26%, 방어력 25% 상승
- 거인 베로간의 마법 공격력 40%, 마법 방어력 31% 상승
- 베로간의 원기 회복에 따라 모든 스킬 능력 3 상승

설명: 오로지 배고픈 괴수 베로간만을 위해 요리사 민혁이 혼신의 힘을 다해 만들어낸 대형 삼계탕이다.

그리고 자신도 모르게 중얼거렸다.

"……가…… 싶다……."

"예?"

"뭐라고 하셨죠?"

다른 이들이 의아한 표정을 지었다. 하지만 지금 켄라우헬의 귀로 다른 이들의 이야기가 전혀 들어오지 않았다.

"가지고 싶다…… 저 사내를……."

"……!"

"……!"

모든 이들이 또 한 번 놀랐다.

켄라우헬은 항상 무표정을 고수해 오는 사내였다.

하지만 지금 그의 얼굴에 보이는 것은 바로 '갈망'이었다.

그리고 곧 켄라우헬은 정신을 차리고 민혁과 베로간을 보았다.

검은 마법사 알리. 그는 자신과 동시에 오르기 시작했던 흑염룡이 '최초의 로열 클래스'가 되었다는 사실에 더욱더 박차를 가하기 시작했다.

그가 로열 클래스 멀더런의 후예로 전직하기 위해 충족시켜야 하는 조건은 포식뱀이라는 거대한 뱀의 인정을 받는 것이었다.

그렇게 오르던 중이었다.

[민혁: 알리 님.]

민혁으로부터 귓속말이 왔다.
알리는 민혁의 연락에 싱글벙글 웃으며 귓속말했다.

[알리: 넵, 민혁 님!]
[민혁: 혹시 이따가 저 좀 도와주실 수 있을까요?]
[알리: 도움이요? 민혁 님이 부르시면 언제든 달려갑니다. 저희는 동료이니까요!]

알리는 민혁의 이야기를 듣기 시작했다.
이야기가 끝난 후 민혁이 말했다.

[민혁: 아버지한테도 같은 내용을 전달해 주시겠어요?]

알리는 그에 고개를 끄덕이며 생각했다.
'블랙스톤이라…….'

케라우헬은 민혁이 여섯 번째 시련을 깨내자 자연스럽게 그에게 다가갔다.
민혁은 부서진 칼날 조각을 이리저리 살피고 있었다.

"이제 저에게 그 부서진 칼날 조각을 주시겠습니까?"
모두의 시선이 민혁에게로 집중되었다.
'80억이다……!'
'앞으로 평생을 돈 걱정 없이 살 수 있어……!'
물론 저 칼날 조각뿐만이 아니라, 디아블로를 잡는 것까지 해내야지만 80억이 떨어진다.
하지만 어떻게 보면 저 칼날 조각을 민혁이 켄라우헬에게 건네주면 이 상황은 모두 종료되는 것과 다름이 없었다.
모두가 긴장 어린 표정으로 민혁을 보았다.
'혹시나 놈이 알아챘으면 어쩌지?'
'우리가 실수했던 건 없을까?'
만약 자신들이 유저처럼 행동했을 수도 있다. 무의식적으로 현실의 이야기를 꺼냈을 수도 있다.
모두가 집중하고 있을 때 민혁과 켄라우헬이 마주보고 섰다.
"저에게 어서 주시면 융합을 해서 소악마 디아블로를 처단하죠."
그 말에 민혁은 고개를 끄덕였다. 그리고 부서진 칼날 조각을 켄라우헬에게 건넸다.

[여섯 개의 부서진 칼날 조각을 모두 모으셨습니다.]
[필멸의 단검으로 융합하실 수 있습니다.]

그에 켄라우헬은 희열했다.

드디어, 자신이 왕의 자리에 한층 더 가까워진다.

[부서진 칼날 조각이 융합됩니다.]

허공 위로 여섯 개의 칼날 조각이 떠올랐다. 떠오른 여섯 개의 칼날 조각이 일정하게 맴돌기 시작하더니, 빛을 뿜어내며 하나로 합쳐졌다.

그와 함께 붉은색의 날이 휘어진 '필멸의 단검'이 모습을 드러냈다.

[필멸의 단검을 획득하셨습니다.]

"감사합니다."

켄라우헬이 작은 웃음을 지었다. 지금 이 자리에서 민혁을 협공하여 죽인다? 아니, 굳이 그럴 필요는 없다.

'디아블로를 사냥하고 해도 된다.'

이 시련은 군주와 다른 신하들의 믿음이 상당히 필요하다. 만약 시련을 깬 다른 누군가가 칼날 조각을 주지 않으면 깰 수 없다.

그렇기 때문에 혹시 모른다. 만약에 한 사람이 죽는다면, 이 시련이 다시 원점으로 돌아갈 수 있을지도 모른다. 만약 그렇게 된다면 모든 것은 낭패가 된다.

그들이 걸음을 옮기기 시작했다.

걸음을 옮긴 그들은 거대한 철문 앞에 설 수 있었다. 거대한 철문 앞에 서는 것만으로도 엄청난 위압감이 풍겼다.

끼이이이익-

켄라우헬이 그 철문을 밀었다. 그러자 거대한 제단이 나타났다.

거대한 제단 위로 한 사내가 서 있었다. 사내는 피부가 투명할 정도로 깨끗한 미남자였다. 그러한 미남자는 인간의 모습이었는데, 이마로 기다란 뿔 하나가 솟아 있었고 등 뒤로 박쥐의 날개 같은 것이 접혀져 있었다.

[소악마 디아블로와 만납니다.]

[명성 200을 획득합니다.]

[소악마 디아블로를 사냥한 자는 보상을 얻을 수 있습니다.]

바로 그때였다. 암살자 클래스인 암베르가 디아블로와 눈이 마주쳤다.

[디아블로의 투기]

[디아블로의 투기가 당신을 압박합니다.]

"커헉!"

암살자 클래스인 암베르는 한쪽 무릎을 꿇고 주저앉아 거친 숨을 헐떡이기 시작했다.

'무, 무슨 게임에서…….'

놈의 눈동자는 너무도 소름 끼쳤다. 심지어 이는 단순히 두려웠기 때문에 주저앉은 것이 아니다. 디아블로가 가진 스킬 중 하나가 분명했다.

'엄청나군.'

켄라우헬은 실소를 머금었다. 제단 위에서 자신들을 내려다보는 디아블로. 그 존재 자체만으로도 오금이 저리고 살결이 찌릿찌릿할 정도였다.

디아블로. 그가 한 걸음을 내디뎠다.

터벅-

두 걸음.

터벅-

그리고 마침내 그가 제단을 내려오려고 했다.

바로 그 순간을 켄라우헬은 놓치지 않았다.

그가 품속에 가지고 있던 필멸의 단검을 꺼내어 들었다. 그리고 필멸의 단검이 가진 '필멸의 스턴'을 사용했다.

[필멸의 스턴]

[어떠한 대상이든 3초 동안 스턴 상태에 빠뜨립니다.]

그 순간, 그 위엄 있던 디아블로가 멈추어 섰다.

그는 내려오려던 자세 그대로 정지했다.

"드디어……!"

켄라우헬이 희열했다.

디아블로가 필멸의 단검을 튕겼다. 그러자 그의 품속에서 부채가 뽑혀 나왔다. 부채를 뽑아 촤르륵 펼친 후, 필멸의 단검을 힘껏 쳤다.

쐐에에에에엑-

필멸의 단검이 매서운 속도로 디아블로의 심장을 노리고 날아갔다.

모든 이들이 희열했다.

'80억이다!!'

'켄라우헬 님께서 드디어 왕의 자리에 가까워지시는군!'

켄라우헬의 입가에도 미소가 만연했다.

아테네 최초의 왕, 더 나아가 황제까지!

바로 그때였다.

채애애애앵-

위에서 아래로 내리꽂히는 식칼이 필멸의 단검을 내리찍었다.

콰지익-!

그와 함께, 디아블로의 등 뒤에서 거대한 창극이 그의 심장을 꿰뚫고 지나갔다.

그리고 누군가 빼꼼 고개를 내밀었다.

"웁스? 나도 모르게 그만."

민혁이었다.

"……!"

"……!"

디아블로의 몸이 앞으로 기울더니 이내 땅에 고꾸라졌다.
한눈에 보기에도 알 수 있었다. 디아블로가 죽음을 맞이했다.
순간 그 자리에 있던 모든 이들은 충격에 빠졌다.
첫 번째는 '어떻게'라는 의문이었다.
'뭐야?'
'어떻게 디아블로를…….'
켄라우헬이 아는 정보에 따르면 디아블로를 잡기 위해선 마왕의 힘, 혹은 아낙카스드의 심판이라는 힘이 필요했다. 그렇다는 건 놈은 아낙카스드의 심판을 가지고 있었다는 건가?
그리고 두 번째는, 자신들이 속았다는 거였다.
'그걸 어떻게 안 거야?'
대도 엘리온에 짜진 모든 판이 무너졌다. 오히려 자신들이 역통수를 맞은 것이다.
그리고 세 번째. 그것은 분노로 다가왔다.
오랫동안 준비해 왔다. 켄라우헬뿐만이 아니라, 다른 모든 이들이 말이다. 그런데 그것을 지금 저놈이 망쳤다.
심지어는.
"아싸! 광렙이다!!"
자신들을 조롱하고 있었다.
그리고 민혁에게 어마어마한 알림이 들려왔다.

[1,113플래티넘을 획득합니다.]
[레벨업 하셨습니다.]

[레벨업 하셨습니다.]

[레벨업…….]

[디아블로를 사냥하심에 따라 패시브 스킬 '투기'를 획득합니다.]

[디아블로의 검날 조각을 획득합니다.]

[디아블로를 사냥하심에 따라 영지 아틀라스의 주인이 되실 수 있습니다.]

아틀라스라는 영지에 대한 알림이 들렸지만 지금 민혁은 확인할 틈은 없었다.

그리고 켄라우헬에게 알림이 들렸다.

[파멸의 마에스트로의 로열 클래스 전직 조건 충족에 실패하셨습니다.]

민혁은 최대한 얄밉고 밝게 말했다.

"우와아아아아아아. 이 어마어마한 레벨업 좀 봐, 월척이라고. 월척!! 심지어 이 보상. 우와, 우와! 우와!!"

그러한 조롱을 듣는 순간, 켄라우헬의 이성의 끈이 투두둑 끊어졌다. 그는 지금 이 순간, 살아오면서 가장 크게 분노하고 있었다.

모든 것을 가진 남자 켄라우헬. 그런 그의 것을 빼앗아 간 남자. 심지어 얄밉게 조롱하고 있다.

"죽여라!!"

켄라우헬이 소리쳤다. 최소한 놈은 이곳에서 강제 로그아웃을 당할 것이다.

그 자리의 모든 이들이 민혁을 향해 공격을 감행하기 위해 움직였다.

켄라우헬의 부채에 '바람 풍(風)'이 새겨진다. 그리고 휘두른 순간, 거대한 바람 칼날이 민혁을 향해 쇄도했다.

[바람 칼날]

[무엇이든 자를듯한 바람 칼날이 추가 공격력 220%의 힘을 냅니다.]

또한, 그뿐만이 아니었다.

암살자 클래스 암베르의 속도가 순간적으로 빨라졌다.

[급소 강타]

[급소를 향해 평소보다 3배 빨라진 속도로 쇄도하여 움직이며 공격에 성공할 시 추가 공격력 180%를 발현합니다.]

그처럼 그들의 모든 공격이 민혁을 향해 쏟아졌다.

바로 그 순간, 민혁이 품속에 가지고 있던 양피지를 꺼내어 찢었다.

[길드원 소환의 양피지를 사용합니다.]

[길드원 소환의 양피지는 해당 길드 영지의 영주, 길드 마스터만이 가능합니다.]

[길드원 소환의 양피지는 해당 길드의 동맹의 길드의 길드원들도 승인을 받는다면 소환할 수 있는 특별한 양피지입니다.]

민혁의 바로 앞으로 여러 개의 빛줄기가 나타났다.

그 줄기에서 가장 앞에 있던 자가 움직였다.

그의 왼팔이 순간적으로 용의 머리 형상으로 변화하였다. 그리고 용의 머리 형상은 쏘아지던 모든 공격을 무용지물 시켰다. 마치 그 공격들을 집어삼킨 것처럼.

"……!"

켄라우헬은 경악했다. 디스펠이나 혹은 공격 반사와 같은 것도 레벨이 더 낮은 상대이거나 할 때나 가능했다.

한데, 앞을 막아선 사내. 그는 이 자리에 있는 모든 이들의 공격을 무효화시켰다. 그리고.

"돌려주지."

쐐쇄세세세세섹-

켄라우헬은 자신에게 돌아오는 바람 칼날을 보았다.

'이런 말도 안 되는……!'

경악은 거기서 끝이 아니었다. 다른 블랙스톤 멤버들에게도 그들이 사용했던 스킬들이 강타했다.

콰자악- 퍽직! 콰아아아앙!

"커헉!"

"크헉!!"

"큽!!"

그들이 비명을 토해냈다.

그리고 켄라우헬은 알 수 있었다. 앞의 사내가 바로 최초의 로열 클래스 전직자인 용군주였다.

켄라우헬은 언제나 최고의 자리에 군림해 있었다. 어렸을 때부터 남들에게 무언가를 빼앗겨 본 적이 없었다. 비상한 머리는 그를 천재로 만들어주었고 뛰어난 육체는 누구보다 빠르게 달릴 수 있게 하였다. 그리고 가지고 있는 막대한 부는 누구도 그를 건드릴 수 없게 하였다.

한데, 지금 민혁이라는 사내가 그가 갈망하였던 것을 빼앗아갔다.

그리고 나타난 또 다른 존재 용군주. 자신이 원했던 최초의 로열 클래스 전직자의 이름. 그 이름을 빼앗아간 사내. 그가 무심한 표정으로 켄라우헬을 바라보고 있었다.

이윽고 빛줄기 사이에서 한 사람 한 사람이 모습을 드러내기 시작했다.

"크아아아아아아아아!"

화신의 사자 카이스트라. 그리고 빛의 화신 펜루스.

왼팔을 들어 올리며 나타난 사내.

"동료오오오오!"

검은 마법사 알리.

거기서 그치지 않았다.

"혀엉!"

해맑은 미소로 민혁에게 안겨드는 소년인 검성 코니르까지. 총 넷의 인원들. 그들이 나타나 민혁의 옆으로 나열해서 섰다.

"거, 검은 마법사 알리?"

"화신의 사자 카이스트라?"

세계 테이머 랭킹 1위의 레블린. 그녀는 화신의 사자 카이스트라를 알아봤다. 비공식 랭커이며 아프리카 소녀. 그리고 신수 중 하나를 부리는 존재.

그뿐만이 아니었다. 켄라우헬의 편에 선 마법사 바르돌도 검은 마법사 알리를 알아봤다.

바르돌은 세계 흑마법사 랭킹 1위였다. 하지만 자신과 검은 마법사 알리와의 차이는 너무도 컸다.

'무슨 구성원이 이렇게 사기적이야……!'

'미친……!'

그들은 경악했다. 민혁이 불러들인 이들은 지금 켄라우헬이 거느리고 있는 병력과 비교한다고 하여서 전혀 밀리지 않았다.

촤앗-

방금까지 설거지를 하고 있던 카이스트라가 고무장갑을 벗었다. 그리고 고무장갑을 인벤토리에 집어넣고 창을 꺼내어 들었다.

검은 마법사 알리가 마법 캐스팅을 준비했으며, 용군주 흑염룡의 날개뼈 죽지에서 거대한 검은 날개가 나타났다.

고요함 그 자체였다.

테이머 랭킹 1위라는 레블린의 이마에서 식은땀 한 방울이 주르륵 흘러내렸다. 그 땀이 땅에 떨어진 순간.

파아아앙-

검은 마법사 알리의 에너지 볼트를 시작으로 격렬한 전투가 시작되었다.

검은 마법사 알리의 에너지 볼트에 앞으로 나선 흑마법사 바르돌이 완드를 휘둘렀다.

[디스펠]

[마법 공격을 무효화시킵니다.]

그와 함께 검은 마법사 알리를 향해 거리를 좁혔다.

그리고 레블린이 하늘 높이 화살을 쐈다.

츄츄츄츄츄츄츗-

수십여 발의 화살이 허공에 날아가더니 폭발을 일으켰다.

"키헤에에에엑!"

"캬하아아아아악!"

그 폭발 속에서 수십 마리의 와이번 떼들이 모습을 드러냈다.

그리고 와이번 로드의 몸 위로 올라탄 레블린이 하늘 높이 날아올랐다. 그를 따라, 카이스트라가 빛의 화신 펜루스의 몸에 올랐다.

타앗-

"크아아아아악!"

펜루스가 괴성을 토하며 하늘 높이 도약해 올랐다.

그리고 암살자 암베르와 탱커 카르도가 흑염룡을 향해 달려들었다.

그 틈에서, 민혁과 켄라우헬의 시선이 마주쳤다.

타타타탓-

켄라우헬이 빠르게 움직였다.

그의 부채가 촤르륵 펼쳐졌다.

[피바람]

[충격이 가해지는 순간 부채에서 발생한 피바람이 적을 갈가리 찢어놓습니다.]

달리면서 켄라우헬이 손바닥 위로 부채를 내려쳐 접었다. 그리고 민혁의 검이 힘껏 찔러져 왔다.

[분노하는 검]

쐐에에에에엑- 끼기기기기각-

켄라우헬의 부채가 마치 단도를 든 암살자 클래스처럼 현란하게 움직여 찔러 들어오는 분노하는 검의 검 끝을 부채로 밀어냈다.

피피피피피핏-

충돌하는 순간, 분노하는 검이 무효화 되어 사라지고 켄라우헬의 피바람이 민혁의 몸 곳곳을 가격했다.
"크윽!"
하지만 그 순간, 민혁이 입고 있는 불멸의 갑옷의 특수 효과가 발동되었다.

[물리 대미지 반사! 두 배의 대미지를 돌려줍니다.]

푓- 츄아아아아아악!
켄라우헬의 몸에서 피가 솟구쳤다.
하지만 그는 멈추지 않고 도약해 올랐다.

[매의 비상]
[날아오른 매의 강력한 내려찍기.]

깃털처럼 가볍게 날아오른 켄라우헬의 발이 칼처럼 번들거렸다. 강력하게 내리찍으며 단숨에 적을 관통하는 단일 스킬.
콰아아앙-
하지만 그 순간, 민혁이 바람 같은을 사용, 1m 거리를 좁혀 움직였다.
켄라우헬의 발 공격이 땅을 깊게 파고 들어가고 뽑아냈다.
몸을 돌린 켄라우헬을 향해 민혁이 매서운 공격을 감행했다. 수십여 개의 검의 잔상들이 만들어지며 켄라우헬을 향해 쏘아졌다.

켄라우헬의 부채가 좌르륵 펼쳐지며 그가 부채를 휘두를 때마다 실드가 생성된다.

차차차차차차차차창-

난무하는 검이 끝날 때쯤, 켄라우헬은 그를 계산했다.

그가 부채를 휘두르는 순간, 땅이 파이며 민혁을 공격했다.

콰지익-

"크흑!"

하지만 민혁이 당하기만 하는 것은 아니었다. 뒤로 퉁겨 날아가며 땅에 착지하는 순간, 검을 땅에 박아 넣어 피어나는 검을 사용했다.

퓨퓨퓨퓨퓨퓨퓻-

수백여 개의 검이 땅을 비집고 튀어 올라 켄라우헬의 발목을 관통했다.

퍼짓- 콰콰콰콰콰콰콰쾅!

거센 폭발이 일었다. 흙먼지가 걷혔을 때, 켄라우헬은 검은 망토가 온몸을 휘어 감아 전신이 보호되고 있었다.

'호각……?'

켄라우헬은 믿기지 않았다.

식신 민혁의 전투 영상은 그 또한 보았다. 하지만 아테네는 결국에는 게임이었기에 레벨의 차이라는 게 있었다.

민혁은 자신보다 레벨이 훨씬 낮은 편에 속했다. 그런데, 자신과 호각을 겨룬다.

그 이유는 민혁이 레벨은 낮았지만 이제까지 먹어왔던 무수히 많은 음식을 통해서 스텟 등을 올려왔기 때문이었다.

결국에 레벨업 할수록 강해지는 결정적인 이유는 보너스 포인트 때문이었다. 그러한 보너스 포인트를 꾸준히 올려온 민혁은 지금, 레벨 500 후반대의 켄라우헬과 비교했을 때, 전혀 밀리지 않는 것이다.

켄라우헬은 신기했다.

'그는 먹기만 한다고 했지.'

식신 민혁은 먹을 것에 대해선 괴짜라는 소문이 무성했다. 그런데 먹기만 했는데, 자신과 호각을 겨룬다? 이상한 일이었다.

켄라우헬이 뒤로 몇 걸음 물러났다.

하지만 곧 광소를 터뜨렸다.

"크하하하하하!"

그는 켄라우헬이었다. 귀족 가문 로스차일드의 주인이다. 그는 아직 모든 걸 보인 게 아니었다.

그 또한 로열 클래스의 도전자였다. 그 때문에 파멸의 마에스트로의 스킬 일부를 얻어냈다.

그중에 하나. 바로 폭군의 가면.

곧 그의 손에서 하얀색 가면이 생겨났다.

켄라우헬이 하얀색 가면을 착용하는 순간이었다.

[폭군의 가면]

[사용 시 비약적으로 모든 스텟을 증폭시키며 스킬 레벨이 3 상승합니다.]

켄라우헬이 땅을 박차고 움직였다. 갑자기 급속도로 빨라진 그가 민혁의 품으로 파고들었다.

"비산하는……."

민혁이 말을 채 끝맺기 전, 켄라우헬의 부채가 그의 급소를 찔렀다.

콰아아앙-

[HP가 60% 미만으로 하락합니다.]

단 한 번의 공격에 민혁의 HP가 급속도로 하락했다. 민혁은 다소 놀란 표정을 짓는 한편, 좁혀오는 켄라우헬을 보며 반격을 준비하려 했다.

그 순간, 귀신보라는 스킬을 사용한 켄라우헬이 단숨에 거리를 좁히며 부채로 몸 곳곳을 무차별적으로 공격했다.

퍼퍼퍼퍼퍼퍼펏-

[HP가 40% 미만으로 하락합니다.]

[HP가 30% 미만으로 하락합니다.]

무차별적인 공격이었다.

민혁은 당하면서도 한 가지 스킬을 준비했다.

퍼퍼퍼퍼퍼퍼펏-

계속해서 연타로 켄라우헬의 공격이 민혁을 공격했다.

그가 부채로 민혁의 이마를 찍었다.

쿠웅-

머리에 강력한 충격이 온다. 하지만 계속 버티며 민혁은 그 때를 기다렸다.

그리고 켄라우헬의 부채의 끝이 검처럼 날카로워져 민혁의 복부를 꿰뚫었다.

푸직-

그 순간, 민혁이 켄라우헬의 손목을 붙잡았다.

그리고 허공으로 두둥실 식칼 하나가 날아올랐다.

"식칼의 비."

"……!"

켄라우헬이 서둘러 벗어나려 했다. 하지만 곧 떨어진 식칼 하나가 그의 어깨를 관통했다.

콰지익!

"무, 무슨……! 같이 죽을 셈이냐!"

"아니?"

민혁은 조소 지었다. 그리고 온몸으로 켄라우헬을 끌어안았다.

그와 함께, 식칼의 비가 두 사람을 집어삼켰다.

피피피피피피피피핏-

[HP가 80% 미만으로 하락합니다.]

[HP가 70% 미만으로 하락합니다.]

대미지를 입던 도중, 순간적으로 켄라우헬의 검은 망토가 또다시 움직여 그를 감쌌다. 덕분에 피해가 감소되었다.

그리고 민혁의 몸이 축 늘어졌다.

어느덧 식칼의 비가 끝났을 때.

[HP가 30% 미만으로 하락합니다.]

켄라우헬은 살아남고 민혁은 축 늘어졌다.

'이겼군.'

그나마 분이 풀리는 듯했다. 놈을 죽였으니.

하지만 그 순간.

[불멸의 갑옷의 특수 능력을 사용합니다.]

[모든 HP와 MP가 빠른 속도로 차오릅니다.]

민혁의 온몸의 상처가 회복되었다. 켄라우헬이 재빠르게 뒤로 빠졌다.

멀쩡해진 민혁을 보며 당혹한 그였으나, 곧 피식 웃음 지었다. 아직 자신의 '폭군의 가면' 상태는 끝나지 않았다. 그 때문에 민혁을 방금 전처럼 압박할 수 있었다. 결국에 민혁은 패배한다.

또한, 자신과 함께한 블랙스톤 멤버들은 그 안에서 최고의 랭커들이었다.

"곧 랭커들이 네 동료들을 모두 죽이고 나와 합류하겠지. 끝이다."

그에 민혁은 고개를 갸웃했다.

뒤쪽에서 목소리가 들려왔다.

"그러게, 끝이네."

"끝이군."

켄라우헬이 뒤로 고개를 돌렸을 때 보였다. 테이머 랭킹 1위 레블린이 강제 로그아웃 당했다. 암살자 암베르가 싸늘하게 식어가고 있었다. 그리고 검은 마법사 알리가 양 팔짱을 끼고 있었다.

"……!"

전투가 시작된 지 고작해야 몇 분이었다. 그 몇 분의 찰나에 오히려 자신의 동료들이 전멸했다?

심지어 용군주나 검은 마법사 알리, 카이스트라나, 정체 모를 소년은 멀쩡하기만 했다.

"네, 네놈. 시간을 끈 거였어……!!"

필사적으로 민혁이 켄라우헬을 막아내던 이유였다.

켄라우헬은 그제야 알 수 있었다. 이제 이건 이기기 힘든 싸움이 되었다.

'그렇다면…….'

그는 한 가지 얄팍한 수를 냈다.

켄라우헬이 손을 뻗었다.

[군주의 희생]

[본인의 목숨을 희생하여 한 존재를 지정하여 되살립니다.]

[되살아난 존재의 모든 능력치가 15% 하락합니다.]

군주의 희생. 자신을 희생하는 대신, 다른 존재를 되살린다. 이 스킬이 뛰어난 이유는 본인에 대한 페널티가 없다는 것이었다. 최소한 강제로그아웃 페널티를 받는 것보다는 나을 것이었다.

켄라우헬의 눈앞으로 검은 화면이 나타났다.

'빌어먹을!!'

결국, 도망치게 되는 꼴이다. 그는 분노했다.

하지만, 곧 비웃음이 지나갔다.

그 자리에 있는 모든 자가 결국 디아블로에 의해 죽게 될 것이다. 그가 지정한 대상은 바로 디아블로였다. 디아블로를 되살린 것.

그가 막 완전히 게임을 종료하려던 때였다.

[정체 모를 힘이 당신을 회생시킵니다.]

[30분 동안 귀환 스크롤 및 포션을 사용할 수 없습니다.]

"……?"

켄라우헬이 고개를 갸웃했다.

그가 눈을 떴을 때, 되살아난 자신의 캐릭터를 볼 수 있었다. 그 앞으로 디아블로가 서 있었다.

"뭐, 뭐야?"

그리고 검은 마법사 알리도 있었다.

"되살리는 능력은 나도 갖고 있거든."

알리가 비릿한 웃음을 지었다.

민혁은 서둘러 동료들을 가운데로 모았다. 그리고 검은 마법사 알리가 배리어를 실현, 동료들을 모두 감쌌다. 배리어 바깥으론 디아블로와 켄라우헬만이 남았다.

디아블로가 켄라우헬을 향해 터벅터벅 걸어갔다.

켄라우헬이 마른침을 꿀꺽 삼켰다. 이대로 죽으면 강제 로그아웃 페널티를 받는다.

진짜 얄미운 건 배리어 안에 있는 민혁이었다. 그가 팔을 힘있게 움직이며 외쳤다.

"플레이! 플레이! 디아블로! 플레이 플레이 디아블로! 디아블로 이겨라!!"

그와 함께, 정체 모를 낚시 의자를 꺼내어 그곳에 앉아 팝콘을 먹기 시작했다.

"히야, 팝콘은 역시 캐러멜 팝콘이지!!"

약 올리기에 도가 튼 민혁이었다.

"저, 저 개 같은!!"

자신의 꼼수에 당한 켄라우헬의 입에서 끝내 욕설이 비집고 흘러나왔다.

켄라우헬은 살면서 이토록 화나본 적이 없었다. 자신이 디아블로를 회생시켜서 실질적으로 일단은 피한 상태였다. 도망친 것도 그의 인생 최대의 수치라고 할 수 있건만.

그가 계획했던 건 디아블로를 회생시키고 디아블로가 그 자리에 있는 모두를 죽이는 것이다. 그런데, 오히려 디아블로의 표적은 자신이 되었다. 그들은 배리어 안에 숨어 있었기 때문에.

이윽고 소악마 디아블로가 켄라우헬을 향해 덤벼들기 시작했다.

"젠장! 젠장! 젠장!"

끊임없이 그의 입에서 욕설이 비집고 흘러나왔다.

소악마 디아블로와 켄라우헬의 격렬한 전투가 시작되었다.

소악마 디아블로가 켄라우헬을 무참히 짓밟을 것이라고 생각하였다. 하지만 역시나 켄라우헬. 그는 쉽사리 패하지 않고 있었다.

"우물우물."

민혁은 캐러멜 팝콘을 먹으면서 그 전투를 지켜보았다.

'디아블로가 확실히 한 수 위. 하지만…….'

켄라우헬이 가진 아티팩트들이 그를 버티게 해주고 있었다.

그는 정말이지 말도 안 된다고 할 수 있을 정도의 특수 능력을 발현하는 아티팩트들을 가지고 있었다. 절대적인 방어를 할 수 있는 스킬이나, 혹은 공격에 성공할 때마다 HP 회복률을 상승시켜 주는 아티팩트. 굳이 포션을 사용하지 않아도 대체할 만한 것이 많아 보였다.

"민혁 님, 큰일입니다. 만약 배리어가 풀린다면 상황을 보아 저희도 무사하지 못할 것 같습니다."

켄라우헬의 아티팩트가 뛰어나다고 할지라도 그는 결국에는 버티는 수준밖에 되지 않았다. 아티팩트의 특수 능력들로 어떻게든 죽지 않기 위해 연명하고 있는 것이다. 그리고 켄라우헬은 그 틈에 '배리어'가 끝나길 바랄 거였다.

"알리 님, 배리어의 시전 시간이 몇 분 남았죠?"

"5분 정도입니다."

민혁이 고개를 주억였다. 5분 동안 켄라우헬은 충분히 버틸 수 있을 것이다. 그것보단, 켄라우헬도 죽이고 디아블로도 사냥할 묘책이 필요했다.

"아……!"

그리고 민혁은 또 다른 묘책을 생각해 냈다.

쿠화아아아아악-

[소악마의 분노]

[강력한 마력들이 칼날이 되어 압박합니다.]

검은 기류로 쏟아지는 공격들이 켄라우헬의 몸 곳곳을 베고 지나갔다. 그리고 피가 솟구치는 순간, 부채에 혈(血)이 새겨지며 다시 켄라우헬의 몸으로 빨려 들어와 그의 상처를 일부 회복시켰다. 받았던 피해량의 60%를 회복시켜 주는 특수 능력이었다.

'미치겠군……!'

켄라우헬은 미치고 팔짝 뛸 노릇이었다. 하지만 생각보다 마족 디아블로와 자신의 격차가 엄청나게 크진 않다는 걸 깨달았다.

물론, 그 차이를 지금 바로 극복하기는 불가능해 보였다.

바로 그때였다.

"헬파이어!"

"갈라내는 검!"

거대한 지옥불이 생성되어 나타나 디아블로를 집어삼키고 반월을 그리는 두 개의 검기가 디아블로를 훑고 지나갔다.

거기서 그치지 않았다. 거대한 하얀 털을 가진 늑대가 입에서 뿜어낸 거대한 빛의 폭풍이 디아블로를 강타했다.

그리고 흑염룡이 용군주로 각성하면서 얻은 새로운 스킬.

[용들의 전쟁]

[네 마리의 용이 동시에 한 존재를 향해 강력한 브레스를 쏘아 보냅니다.]

용의 머리가 디아블로의 주변으로 사각형으로 나타났다. 그리고 디아블로를 향해 일제히 브레스를 발사했다.

쿠화아아아아아악-

네 개의 브레스 줄기! 여러 가지의 연사 단일 공격에 당한 디아블로가 주춤거렸다.

켄라우헬의 군주의 희생으로 되살아난 자는 애초에 모든 능력치 15% 하향의 페널티를 받게 된다. 그럼에도 이렇게 압도적인 상태였던 것. 그런데, 갑자기 민혁과 그 무리들이 디아블로를 총공격하기 시작했다.

"도와주마, 켄라우헬!"

"……미친!"

켄라우헬의 얼굴이 급속도로 일그러졌다. 영문을 모르지만, 그들은 디아블로를 공격했다.

그리고 모든 공격이 끝나고 상처투성이가 된 디아블로가 보였다. 놈은 여전히 건재한 수준이었다.

디아블로가 그들에게 공격을 시도하려 하자, 그들이 우르르 배리어 안으로 도망쳐 들어갔다.

"무슨 꿍꿍이냐!!"

켄라우헬이 이를 빠득빠득 갈았다.

그에 민혁이 말했다.

"생각해 보니, 당신. 로스차일드의 사람이라며? 당신과 적대관계가 되선 안 될 거라는 생각이 들었거든."

그 말에 켄라우헬의 눈살이 꿈틀거렸다.

'그런 말도 안 돼…….'

그 생각을 채 끝내기 전이었다. 표적을 잃은 디아블로가 다시 켄라우헬을 공격하기 시작했다. 그러자 민혁 일행이 다시 배리어에서 우르르 몰려나와 공격을 펼치기 시작했다.

"난무하는 검."

"화신의 질주!"

"용들의 난투극!"

다양한 스킬들이 또 한 번 디아블로를 집어삼켰다.

'우리 가문이 두렵다?'

어쩌면, 그는 사실일 수도 있다. 로스차일드는 세계 제일의 귀족 가문이었으며 보유한 재산이 한 국가의 재산보다 많다. 그리고 이는 거짓 정보가 아닌 사실이었다. 어쩌면 한 나라의 대통령보다 막강한 힘을 발휘하는 가문, 그것이 로스차일드일 것이다. 사실일 수도 있으나 미심쩍다.

그러나 일단은 그것을 생각하기 전, 먼저 이 디아블로부터 사냥해야 한다.

'지금 죽는다면…….'

어떠한 아티팩트를 드랍할지 모른다.

또한, 켄라우헬처럼 레벨이 580 이상으로 넘어가면 받는 페널티는 상상을 초월하는 수준이었다. 경험치 10% 이상의 다운이 어마어마한 타격으로 다가온다.

일단은 놈을 잡고 생각해 본다.

'어쩌면 놈들은 배리어의 지속 시간이 다 되어가는 것일지도 모른다.'

그에 그들도 다급함을 느낀 것일지도 모른다.

켄라우헬은 다시 상처투성이가 된 디아블로를 공격하기 시작했다.

'대체 방어력이 몇이야!!'

어찌나 방어력이 높은 것인지, 저들과 자신의 계속된 공격에도 불구하고 아직도 HP가 50% 미만으로 하락한 것 같지 않았다.

켄라우헬은 자신의 최고의 단일 스킬을 전개하기로 결정했다. 하지만 대신에, 시간을 끌어줄 필요가 있다.

"너희들의 말이 사실이라면 지금부터 디아블로의 시선을 10초 동안만 끌어라."

민혁과의 전투에서는 계속된 접전으로 사용하지 못했던 단일 최고의 스킬이 존재한다. 하지만 저들이 시간을 끌어준다면 시전 가능했다.

그에 민혁이 대답했다.

"오케이!!"

그와 함께, 민혁을 비롯한 그들이 모두 바깥으로 나왔다. 그리고 디아블로를 공격했다.

"섬광의 창!"

카이스트라가 창끝으로 디아블로를 겨누자, 창끝에서 뻗어나간 빛줄기가 디아블로의 시선을 끌었다.

곧이어 디아블로의 어그로를 끄는 데 성공했다.

디아블로가 그들을 향해 공격해 들어왔다. 그리고 켄라우헬의 부채가 몇십 배로 커다래졌다.

부채에 다섯 개의 속성이 깃든다.

화(火), 수(水), 뇌(雷), 토(土), 풍(風) 다섯 개의 속성이 각 특성을 최대치로 발현하며 적을 집어삼키는 켄라우헬이 가진 최고의 스킬이었다.

약 10초의 시전 시간이 지나가고, 켄라우헬의 부채가 크게 휘둘러졌다. 예고 따윈 없었다.

알리가 재빠르게 단거리 매스 텔레포트를 사용, 일행과 거리를 벌려 피했다. 그와 함께, 그의 부채의 한문에서 빛이 뿜어지기 시작하며 각 능력이 힘을 발했다.

콰콰콰콰콰콰콰콰쾅!

강력한 화마가 디아블로를 집어삼키고 폭풍이 일며 번뇌가 스파크를 튀긴다.

그리고 땅속에서 비집고 나온 줄기들이 디아블로의 온몸을 속박하며 바람의 힘이 그의 몸을 갈가리 찢는다.

"크아아아아악!"

디아블로의 입에서 처음으로 터져 나온 비명이었다.

스킬의 시전이 끝났을 때, 디아블로는 굉장히 위태로워 보였다.

그리고 다시 어그로는 켄라우헬에게 돌아갔다.

"이제 모두 총공격을 통해 놈을 마무리하지!"

민혁과 켄라우헬은 거의 비슷한 실력이다.

거기에 최초의 로열 클래스 전직자인 용군주도 마찬가지일 것이다. 이 세 사람이 만나면, 어마어마한 강함을 자랑하는 디아블로를 사냥할 수도 있는 것이다.

"알았어!"

디아블로가 온몸에서 피를 흘리며 켄라우헬을 향해 매섭게 달려들 때, 그가 부채를 뒤로 젖혔다. 그리고 스킬을 발현하려던 그 순간.

"낙뢰지옥(落雷地獄)."

하늘에 먹구름이 꼈다.

"디아블로에게 강력한 번개가 내리칠 거야, 단일 공격이니까, 걱정하지 마!"

그에 켄라우헬이 안심하며 막 스킬을 전개하려던 그때.

콰아아아앙!

"커헉!"

번개가 내리치며 그가 스턴 상태에 빠졌다.

[강력한 번개에 당해 일시적으로 스턴 상태에 빠집니다.]

'무, 무슨?'

그는 잠시 이 상황을 이해할 수 없었다.

파지지직-

온몸에서 감도는 스파크를 느끼며 켄라우헬은 스턴 상태에 빠져 눈동자만을 굴렸다. 그리고 민혁과 눈이 마주쳤다.

이어서 그의 입꼬리가 씨익 말려 올라갔다.

"네, 네놈……!"

켄라우헬은 알 수 있었다.

'나를 통해서 디아블로의 HP를 감소시키고 놈을 사냥하려고……!'

그렇다. 켄라우헬은 이제까지 맷집과 실력이 아주 좋은 탱커 역할을 해준 것이다. 그리고 민혁을 비롯한 그들은 켄라우헬과 배리어 사이를 교묘하게 이용, 힘들이지 않고 디아블로의 HP를 급감시켰다.

그뿐만이 아니었다. 자신의 HP도 마찬가지였다. 그리고 자신이 모든 스킬을 사용해 디아블로를 공격하게 유도했다.

그리고 모든 것을 쭉 빨아먹었을 때인 현재. 자신을 죽인다.

콰아아아앙-

또 한 번의 낙뢰가 내리치며 켄라우헬의 머리가 하얗게 물들었다.

처음, 파멸의 마에스트로의 전직 퀘스트에 실패하며 엿을 먹었다. 두 번째, 디아블로가 되살아나 엿을 먹었다. 세 번째. 그들에게 이용당하여 엿을 먹었다.

"이, 이런 개#$$@#%#$%#$%."

알아듣기도 힘든 육두문자들이 튀어나왔다.

어느덧 접근한 디아블로가 켄라우헬의 목을 베었다.

서걱-

그리고 켄라우헬이 죽은 자리로 부채와 어마어마한 양의

플래티넘이 드랍되었다.

접속이 종료되고 캡슐에서 비집고 나온 켄라우헬.

“민혀혀어어어어어억!”

로스차일드 가문의 주인 라우쉬의 분노가 가문 전체를 쩌렁쩌렁 흔들어댔다.

“밥 먹고 합시다!!”

켄라우헬이 사망한 후에, 알리의 배리어가 해제되었다.

그 순간 민혁은 곧바로 ‘밥 먹고 합시다’ 스킬을 사용했다. ‘밥 먹고 합시다’ 스킬도 절대 무적의 배리어를 생성한다.

민혁은 디아블로가 꽤 큰 치명타를 입은 지금, 그를 사냥할 최후의 방법은 이 안에서 카이스트라, 아버지인 흑염룡, 검은 마법사 알리에게 버프 요리를 먹이는 것이라고 생각했다.

밥 먹고 합시다가 발현되면 높은 버프 등급의 요리가 나올 확률이 상승하게 된다. 먼저는 아버지인 흑염룡에게 레시피 창조 스킬을 사용했다. 아버지 흑염룡은 지금 바로 된장찌개가 먹고 싶다고 했다.

시간이 없었다. 30분 내로 모두에게 버프 요리를 먹여야 했다. 민혁이 발 빠르게 요리를 시작했다.

도마 위에서 두부와 애호박을 썰어내고 뜨거운 물 위로 된장을 풀었다.

그때, 피투성이의 디아블로가 터벅터벅 그들의 앞으로 걸어왔다. 그리고 그 앞에선 디아블로는 초점 없는 눈으로 그 모습을 바라봤다. 그는 이미 공격 자체가 불가능하다는 사실을 인지한 것이다.

그러던 중, 한참 요리를 하던 때, 디아블로가 말했다.

"……요리사…… 인가……?"

민혁의 고개가 돌아갔다. 디아블로의 눈과 그의 눈이 마주치자 오금이 저릴 것 같았다.

그때 디아블로가 말했다.

"……내게 요리…… 하나를 해줄 수 없겠나……?"

"……?"

피투성이가 된 채 말하는 디아블로의 모습.

그에 모든 이들이 의아한 표정을 지었다.

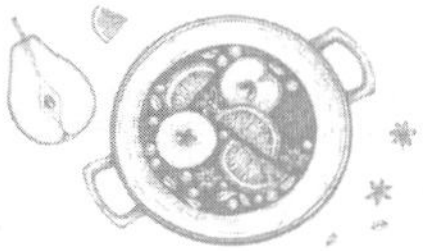

5장
악마 심판의 검

디아블로. 그는 평범한 소년이었다.

한때 제국 제일의 기사를 꿈꾸었고 친구들과 목검을 부딪치며 노는 것을 좋아하는 아이에 불과했다.

흙바닥을 뒹굴고 한바탕 논 후에 집으로 돌아왔을 땐, 자신을 반겨주던 어머니 헬렌이 있었다.

헬렌은 늘 웃으며 물어왔었다.

'왔니? 배고프지, 밥 먹자.'

그럼 디아블로는 활짝 웃으며 주린 배를 부여잡고 그녀의 앞에 마주 앉았다.

설레는 표정으로 그녀가 만들어준 요리를 허겁지겁 먹어치우면 어머니 헬렌은 그의 입가에 묻은 소스를 티슈로 닦아주며 활짝 웃었다.

그랬다. 3대 악마들의 마기를 담는 그릇이 되기 전, 디아블로는 그저 어린아이에 지나지 않았다. 그리고 이곳에 납치되어 왔을 때, 그는 모든 것을 잃었었다.

그가 과거를 회상하며 투명한 배리어 안의 요리사에게 말했다.

한 번이라도 좋았다. 마지막이라도 좋으니 괜찮았다. 그 맛을, 그 느낌을 다시 한번 느껴보고 싶었다. 그에 말했다.

"부탁…… 한…… 다……."

그 순간, 민혁에게 퀘스트창이 하나 떠올랐다.

[돌발 퀘스트: 디아블로의 염원]

등급: S

제한: 요리사

보상: 41층으로 가는 길

실패 시 페널티: 디아블로의 염원 퀘스트의 연계 퀘스트 불가

설명: 소악마이기 전에 한때는 평범한 인간에 지나지 않았던 디아블로가 먹고 싶은 음식이 있다고 한다. 그 이야기에 귀 기울여 보자.

'41층으로 가는 길이라…….'

41층으로 가는 길이라는 것은 간단한 의미로 해석된다. 만약 디아블로가 만족한다면 자신들을 공격하지 않고 보내준다

는 의미였다.

사실 민혁과 그 일행들 입장에서는 디아블로가 순순히 보내준다면 그와 싸울 필요는 없는 일이었다. 일단 아테네에서 '부활' 스킬은 아주아주 희귀하고 진귀한 능력이었지만 유저들이 아예 보유하지 않고 있는 스킬은 아니었다.

그리고 이 부활 스킬들은 한 가지 똑같은 공식을 따른다. 만약, 몬스터를 사냥하고 경험치와 아티팩트, 골드 등을 드랍한 후에 죽은 존재를 부활시킨다면 경험치나, 아티팩트, 골드 드랍은 더 이상 없다.

이는 아테네 운영자들이 희귀한 보스 몬스터를 이런 식으로 사냥하려는 유저들을 막으려는 방편에 의해 만들어진 시스템이었다.

"민혁아."

그때, 아버지가 다가왔다. 그리고 카이스트라나, 혹은 검은 마법사 알리도 민혁을 바라봤다.

"퀘스트가 떴어요. 보상은 디아블로가 41층으로 가는 길을 열어주는 거라고 하네요."

그 말을 들은 카이스트라가 고개를 주억였다.

"하지만 위험 부담도 있는 것 같네요. 만약 실패한다면……."

민혁은 밥 먹고 합시다를 사용하여 여기에 있는 이들에게 버프 요리를 먹여서 디아블로를 사냥하려고 했다. 그런데, 만약 그 시간에 디아블로에게 요리를 해준다면 상당한 시간을 소모하게 된다.

즉, 선택이었다. 디아블로에게 요리를 해주거나, 혹은 그를 거절하고 배리어 안의 이들에게 요리를 해주거나.

잠시 디아블로를 바라보며 머뭇거리는 민혁을 보며 아버지 흑염룡이 말했다.

"그렇게 하거라."

"……그래도 돼요?"

디아블로에게 요리를 먹이는 일은 무척 위험한 일이었다. 사실상 디아블로가 어떠한 존재인지 이 자리의 그 누구도 알지 못한다.

하지만 확실한 것은 있다. 배고픔, 그리움, 추억이 그의 눈에 깃들어 있다.

모든 사람은 살아오면서 한 가지쯤의 추억의 '음식'이 있게 마련이었다. 한때, 민혁이 어머니가 해주셨던 닭볶음탕을 그리워하던 것처럼 말이다.

이상한 일이다. 그저 평범한 닭볶음탕일 뿐이었고 민혁의 어머니는 살아생전에 요리를 잘하시지 않았었다. 하지만 그녀의 닭볶음탕이 드문드문 떠오르곤 하는 민혁이었다.

디아블로와 눈이 마주친 민혁. 그가 고개를 주억였다.

"알았어. 어떤 요리?"

"샌…… 드위치와 수…… 프."

디아블로는 분명히 인간의 언어를 구사하였지만, 무척이나 어눌해 보였다.

그에 고개를 주억인 민혁은 일단은 레시피 창조 스킬을 사용해 봤다.

[상대방이 원하는 레시피를 창조합니다.]
[햄에그 샌드위치와 쇠고기 수프를 확인할 수 있습니다.]
[레시피 창조에 따라 버프량을 소모합니다.]

민혁은 고개를 주억이고 레시피 창조의 창을 열람해 봤다.

햄에그 샌드위치와 쇠고기 수프는 전설 등급까지 나올 수 있었다. 하지만 지금, 중요한 것은 등급이 아니라 맛이었다. 디아블로를 얼마나 만족시키느냐다.

물론 어쩌면.

'디아블로가 우리의 생각보다 더 영리해서 시간을 끄는 것일지도 모른다.'

퀘스트는 NPC와의 약속의 개념이었고 대부분 유저가 그와 관련한 일을 진행한다면 그 약속에 대한 대가를 지킨다.

하지만 아주 간혹, 네임드 NPC들의 경우 그러한 것을 무시하는 경우도 존재하는 편이었다.

혹여 디아블로가 그런 존재일지도 몰랐다. 만약, 그런 존재라면 자신들의 경우 여기에서 전멸하리라.

그리고 곧 디아블로가 말했다.

"놀고 돌아와…… 어머니는 아주 가끔씩 해줬다…… 햄에그 샌드위치…… 수프…… 그리고 어머니는…… 굶으셨다…… 나는 몰랐다."

디아블로의 목소리는 슬픔에 가라앉아 있었다.

"어렸기에 알지 못했다…… 나를 먹이고 그녀는 배고파했다는 걸."

민혁은 그 말을 듣고 고개를 주억였다.

디아블로가 가난한 집의 아이였다면 햄에그 샌드위치 재료가 비쌌을 것이다. 아테네 세계관은 현대 문물과 함께였지만, 일반 NPC 중 가난한 이들은 평민 이하의 삶을 사는 경우가 많으니까.

디아블로에게 한 번씩 비싼 값의 햄에그 샌드위치를 해주고 그녀는 굶었다. 어머니이기에 할 수 있는 일. 그 마음이 민혁에게 와닿아 민혁은 요리를 시작했다.

그는 모든 잡념을 떨쳐냈다. 믿고 말고라는 생각이 모두 훌훌 사라졌다.

"최선을 다할게."

햄에그 샌드위치는 만드는 방법이 간편하기에 많은 사람이 간단한 한 끼로 이용하며, 카페에서 공부하거나 작업을 하는 사람들도 커피 한 잔과 흔히 먹는 음식이다.

먼저 버너 위로 냄비를 올리고 물을 부은 후, 계란을 삶기 시작한다. 계란이 삶아지고 있을 땐, 양상추와 토마토를 깨끗이 씻은 후 먹기 좋은 크기로 잘라냈다.

계란이 모두 익으면 찬물에 담근 후, 계란 껍질을 살살 벗겨내 으깨준다. 그리고 부드러운 샌드위치 빵 위로 양상추 하나를 얹고 그 위로 슬라이스 치즈 한 장을 얹고 막 구운 슬라이스 햄 한 장을 얹은 후에, 그 위로는 토마토를 얹어준다.

햄에그 샌드위치의 '에그'는 기호에 따라 굉장히 다르게 요리하는 편이다. 으깬 계란을 마요네즈와 버무리고 그 안으로 피클을 다져서 넣는 경우도 있으며 특정 다른 소스를 넣는 경우도 있다. 그렇지만 민혁은 평범한 햄에그 샌드위치 요리를 준비 중이다.

토마토 위로는 곧바로 으깨놓은 아무런 소스가 첨가되지 않는 계란을 얹었다. 그리고 마지막 식빵 하나를 덮어준다. 이로써 햄에그 샌드위치가 완성되었다.

그다음에는 수프를 끓이기 시작한다. 아쉽게도 촉박한 시간에 끓일 수 있는 수프는 인스턴트 형식의 쇠고기 수프였다.

차가운 물에 가루 수프를 탈탈 풀어낸 후에, 불을 켜고 휘휘 저어주며 요리한다.

민혁은 자신도 모르게 집중하고 있었다.

'추억의 요리라…….'

그 생각을 하자 자신도 모르게 그는 무아지경의 상태에 빠져들고 있었다.

어쩌면 '고작' 자신이라는 사람이 누군가의 인생의 추억의 한 부분을 되살려준다. 이처럼 멋지고 아름다운 일은 세상에 없지 않을까? 또한, 그가 자신의 요리를 먹고 만족한다면 이 또한 즐겁지 아니한가?

물론 민혁은 자신이 먹는 게 가장 최고인 사람이었다.

'하지만 한 번씩 이런 것도 나쁘지 않아.'

자신이 갈망했던 어머니의 닭볶음탕을 먹고 싶어 하였고 그리워하는 것처럼. 비록 민혁은 어머니가 세상에 없어 더 이상 하지 못하지만, 디아블로는 그 기억을, 추억을 되살렸으면 한다.

그리고 그와 함께 수프가 완성되었다.

[햄에그 샌드위치와 수프를 완성하셨습니다.]

[디아블로만이 먹을 수 있는 요리입니다.]

[레시피 창조 스킬 요리는 한 사람당 한 달에 하나씩의 요리만 맛볼 수 있습니다.]

[무아지경. 당신의 '회상' '열정' '남을 위하는 요리를 만들려는 마음'이 들어간 요리입니다.]

[무아지경에 따라 버프 효과가 더 좋아지며 등급이 상승합니다.]

[전설 등급입니다.]

[손재주 30을 획득합니다.]

[명성 200을 획득합니다.]

[업적 포인트 5,000을 획득합니다.]

[5대 스텟을 2씩 획득합니다.]

수프를 저어 완성시키면서도 오로지 집중하고 있던 민혁은 그 알림이 귀에 들어오지 않았다. 만들다 보니 자신도 모르게 어머니의 기억이 떠오른 것이다.

그러다 문득, 자신도 모르게 한 방울의 눈물이 흘렀다.

"민혁아? 왜 우는 거니."

아버지가 걱정이 되었던 건지 다가왔다. 민혁은 그에 씁쓸한 웃음을 지었다.

“어머니 생각이 잠시 나서요.”

“……그랬구나.”

아버지 흑염룡은 고개를 주억였다. 그 또한, 한 번씩 그녀의 생각이 날 때가 있으니까. 단지, 민혁과 흑염룡은 서로를 안아주기에 그녀에 대한 그리움을 어느 정도 지울 수 있었다.

민혁은 배리어 바깥으로 나왔다. 그리고 완성된 요리를 디아블로에게 건네주었다.

“네 추억을 이 요리로 살릴 수 있었으면 좋겠어, 이건 진심이야.”

디아블로는 요리사가 건넨 햄에그 샌드위치와 수프를 바라보았다.

그는 방금 전 보았다.

‘눈에서 물이 나온다……?’

처음엔 저게 무엇일까 하는 생각이 들었다. 오랜 시간 동안 삭막한 마계의 40층에 박혀 있었던 디아블로였다.

하지만 곧 알 수 있었다. 저것은 자신이 어머니를 그리워하며 하염없이 흘렀던 눈물과 같았다. 어쩌면 디아블로와 민혁은 비슷한 아픔을 가지고 있을지도 모른다. 서로의 아픔이 무엇인진 몰라도 느낄 수 있다.

디아블로의 감정은 오랜 시간 동안 서서히 무뎌져 갔지만 그 무뎌짐이 다시 살아나려 했다.

햄에그 샌드위치를 보았다. 분명히 어머니가 만들었던 햄에

그 샌드위치와는 조금 달랐다.

천천히 베어 물어본다. 부드러운 빵이 씹히고 그 뒤를 지나 아삭아삭한 양상추와 새콤한 토마토, 씹는 맛이 있는 햄과 부들부들한 으깬 계란의 맛이 느껴졌다.

'맛…… 있군…….'

분명히 그때의 맛과 달랐지만 맛있었다.

그러다 수저를 쥐어본다. 오랜만에 잡아보는 수저인지라, 어색하기 그지없다. 하지만 천천히, 그 수프를 떠먹어 본다. 짭짤하면서도 고소하며 진득한 수프는 따뜻했다.

이 맛은 그때의 맛과 거의 비슷했다.

"맛있…… 다……."

디아블로는 허겁지겁 햄에그 샌드위치와 수프를 먹어치우기 시작했다.

그리고 그 찰나에, 밥 먹고 합시다의 배리어가 풀렸다.

그들은 그 모습을 바라봤다. 디아블로는 지금 완전한 무방비 상태에 빠져 음식만 먹고 있었다.

그렇게 다 먹어치운 후에. 눈을 감은 디아블로의 두 눈에서 눈물이 흘렀다.

'기억날 것 같…… 아……. 그때의…… 행복이…….'

평범한 일상이었지만 지금 생각해 보면 참 행복했다.

디아블로는 천천히 몸을 일으켰다.

찌이이이이익-

그의 검이 사선으로 그어졌다. 그러자 한 공간이 나타났다.

일행들은 알 수 있었다. 저 공간이 다음 층으로 넘어가는 곳이라고.

"고맙다."

민혁은 다시 한번 어머니의 기억을, 그때의 소중함을 떠올리게 해줘서 고마웠던 것.

작은 인사와 함께 그 공간으로 들어가려던 때였다.

"잠…… 깐……."

한 목소리가 그를 불러세웠다.

그곳에 선 디아블로. 그가 허공에 손을 집어넣었다.

파지지지직-

검은 스파크가 튀기며 그 안에서 한 자루의 검이 모습을 드러냈다.

[디아블로가 당신께 악마 심판의 검을 선물합니다.]

특별 유저 관리팀.

"……!"

"……!"

"……!"

순간, 모니터링을 하고 있던 모든 이들이 경악할 수밖에 없었다.

박민규 팀장이 중얼거렸다.

"절대 반신 아티팩트 중 하나인 악마 심판의 검을 선물한다고……?"

믿기지 않는 일이었다.

아테네 운영자들은 반신 아티팩트들 중에서 가장 뛰어나고 강력한 반신 아티팩트에 이름을 붙였다. 바로 '절대 반신 아티팩트'.

그것들은 총 열 가지가 존재했다. 하지만 아직은 시기상조였다. 본래 모습을 드러내지 말아야 무기.

그리고 그중에 하나. 바로 지금 디아블로가 민혁에게 내밀고 있는 검. 저 검이 바로 절대 반신 아티팩트 중 하나였다.

민혁은 디아블로가 내민 손에 들려 있는 검을 바라봤다. 검신이 검은색으로 되어 있었고 그립 부분은 다소 투박하기 그지없었다.

하지만 이 아티팩트가 쓸모가 없다 하여도, 별 볼 일 없다 하여도 괜찮았다. 민혁은 그가 내미는 검을 건네받았다.

그러자 알림이 울렸다.

[악마 심판의 검을 획득합니다.]

[절대 반신 아티팩트.]

[세상에 열 개만 존재하는 가장 신 등급과 가까운 무기입니다.]

[절대 반신 아티팩트는 총 열 가지가 존재하며 숫자가 내려갈수록 더 뛰어난 아티팩트입니다.]

[악마 심판의 검은 세 번째에 속합니다.]

악마 심판의 검은 겉모습과는 확연히 다른 검이었다.

'절대 반신 아티팩트? 세 번째?'

전혀 공개되지 않은 아티팩트의 정보였다. 그리고 열 가지의 아티팩트 중에서 자그마치 세 번째로 강력한 무기가 바로 이 악마 심판의 검이었다.

그 순간, 퀘스트 알림이 들려왔다.

[연계 퀘스트: 악마 베로스 사냥]

등급: 봉인

제한: 500레벨 이상

보상: 봉인

실패 시 페널티: 봉인

설명: 봉인.

500레벨 이상의 유저들이 할 수 있는 퀘스트였다. 그리고 퀘스트명이 심상치 않았다.

'악마 베로스 사냥?'

대악마들은 총 셋이었다. 고락, 그레모리, 베로스.

그리고 직접적으로 인간계에 영향을 끼치며 침략을 하는 것이 바로 '베로스'였다.

사실상 퀘스트의 경우 유저들의 선택인 경우가 다반사였다. 이 퀘스트 역시 마찬가지였다.

민혁은 일단은 고개를 주억였다.

"알았어."

"고맙…… 다."

디아블로가 어색하게 입꼬리를 말아 올린다. 기괴한 모습이었다. 웃으려고 하지만, 그것이 되지 않는 모습이었다.

민혁은 그러한 디아블로를 보며 대신 활짝 웃어주었다. 그리고 민혁은 찢어진 공간 안으로 걸어 들어갔다.

민혁이 공간 안으로 걸어 들어간 후, 디아블로는 한참이나 그 공간을 바라봤다.

이때 민혁은 몰랐다. 소악마 디아블로가, 그의 충직한 신하가 될 것이라는 사실을.

민혁의 아버지 흑염룡은 원하는 바를 이루었기 때문에 다시 지상으로 돌아갔다. 그리고 검은 마법사 알리의 경우 아직 포식뱀에게 인정을 받지 못했기 때문에 다시 밑으로 내려갔다. 민혁이 그들을 불러들인 소환 양피지는 마계의 탑을 오르지 않거나 혹은 자신들이 현재 오른 탑의 층수보다 낮은 곳에 있던 경우 2시간 뒤에 저절로 돌아가는 양피지였다.

카이스트라가 말했다.

"지니 누나하고 길드원들이 민혁 님을 계속 찾아요. 마계 군단 사냥이 거의 끝나가고 있거든요."

그 말을 들은 민혁은 고개를 주억였다. 슬슬 마계 군단에 관련한 에피소드가 정리되어 가는 듯 보였다.

"저는 먼저 가서 길드를 돕도록 하겠습니다."

"그래, 고생해 줘, 카이스트라."

그렇게 카이스트라가 빛이 되어 사라졌다.

코니르를 제외한 모든 이들이 사라지고 나자 민혁은 그제야 악마 심판의 검을 확인해 봤다.

(악마 심판의 검)

등급: 절대 반신

제한: 레벨 400 이상

내구도: ∞/∞

공격력: 1,002

특수 능력:

- 힘, 민첩, 체력 22% 상승
- 패시브 스킬 검 상급 마스터리 9레벨까지 상승
- 엑티브 스킬 디아블로의 눈
- 엑티브 스킬 디아블로의 낫
- 엑티브 스킬 폭주

설명: 악마들, 그리고 그중에서도 대악마 베로스에 대한 원한을 가득 품고 있는 디아블로가 오랜 시간 동안 다른 마족들을 베어옴으로써 강력하게 변화한 검이다.

(디아블로의 눈)

엑티브 스킬

소요 마력: 700 / 쿨타임: 30분

효과:

• 디아블로의 눈이 적을 꿰뚫어 보며 1초 동안 적의 급소 한 군데 이상이 보여집니다.

• 디아블로의 눈 효과가 발현되고 30초 안으로 적의 급소를 찌르는 데 성공할 시 추가 공격력 200%의 대미지를 입힙니다.

• 스킬 발현 시 급소 찌르기에 성공하면 추가 공격력과 중첩됩니다.

(디아블로의 낫)

엑티브 스킬

소요 마력: 1,000 / 쿨타임: 24시간

• 디아블로의 검이 낫으로 변화하며 자유자재로 구사할 수 있게 끝에 쇠사슬이 부착됩니다.

• 휘두르는 동안 공격 속도가 180% 상승합니다.

• 마기를 가진 자를 상대로 8% 확률로 심판이 발동하며 심판 발동 시 추가 공격력 400%의 대미지를 입힙니다.

(폭주)

엑티브 스킬

소요 마력: 3,000 / 쿨타임: 72시간

• 첫 폭주 발현 시, 그 어느 때보다 강력한 각성 상태에 이르게 되며 두 번째부터는 기존의 스킬 폭주의 효과를 발현합니다.

• 스킬을 사용하는 동안 모든 스텟과 스킬이 큰 폭으로 상승합니다.

• 폭주 스킬을 사용하는 동안 초당 HP가 3%씩 지속적으로 하락합니다.

• 스킬 사용이 끝났을 시 HP가 10% 미만으로 하락하며 방어력이 20% 미만으로 떨어집니다.

'와…….'

먹을 것이 아니면 감탄을 잘 하지 않는 민혁조차도 놀랄 만한 검이었다. 모든 부분이 고대 수룡 발라카의 검보다 뛰어났다.

심지어 고대 수룡 발라카의 검은 저번에 강화를 시켰기에 +4가 된 상태였다. 그런 고대 수룡 발카라의 검도 검 기본 공격력이 950을 넘지 못했다. 그런데, 이 악마 심판의 검은 노강 상태임에도 불구하고 공격력이 1천을 넘어서고 있었다.

거기에 아티팩트 스킬들마저 뛰어났다.

그리고 보자마자 드는 생각은 하나였다.

'완전히 전투형 스킬인데?'

디아블로의 낫이나 혹은 눈, 폭주까지. 전부 뛰어난 전투형 스킬이었다.

그중에서 가장 크게 놀라우면서도 이질감이 느껴지는 스킬은 '폭주'였다. 사용하는 순간, HP가 초당 자그마치 3%씩 감소한다. 하지만 비약적으로 스텟뿐만 아니라 스킬까지도 강해진다는 거였다.

그리고 마지막 확인.

(영지 아틀라스)

제한: 길드 마스터 혹은 영지의 영주, 명성 2천 이상

설명: 한때 세상의 모든 군주는 전설로만 내려져 오던 영지 아틀라스의 주인이 되기를 꿈꿔왔다.

당신은 그러한 영지 아틀라스의 주인이 될 수 있는 자격을 갖추게 되었다.

'아틀라스'라고 말할 시 당신은 그곳으로 갈 수 있는 길을 안내받을 수 있을 것이다.

영지 아틀라스는 아직까지는 확실히 어떠한 곳인지는 알 수 없었다. 하지만 레전드 길드에 분명히 도움이 될 것이라는 건 사실이었다.

'자, 이제 다시 빠르게 오른다.'

50층까지.

마계의 탑 50층에서 얻을 수 있는 건 자그마치 두 가지나 존

재했다. 사대천왕의 보물과 반신 아티팩트 제작서를 이용해서 만들어낼 '오븐'과 콩이의 각성을 또 한 번 깨울 두 번째 황금 왕관 조각이었다.

민혁이 다시 빠르게 아르벨과 함께 마계의 탑을 오르기 시작했다.

세계의 모든 유저들이 아테네에 관련하여 토론하고 이야기하는 사이트인 즐테네. 이 즐테네가 현 시각 매우 뜨겁게 달아오르기 시작했다.

달아오르기 시작한 논란의 시작은 바로 이것이었다.

[과연 아테네에서 가장 강한 유저는 누구일까요?]

그 질문에 따라서 무수히도 많은 댓글이 달리기 시작했다.

[당연히 켄라 아닌가요?]

[ㅇㅈ, 켄라는 베일에 감춰진 유저이지만 이제까지 왕의 전당을 통해서 자기가 어떠한 유저인지 확실히 보여줬음.]

[ㄴㄴ, 왕의 전당에 올랐다고 최고의 유저는 아닌 것 같습니다. 그렇게 따진다면 대한민국의 식신이라는 유저가 그보다 단기간에 왕의 전당 삼관왕을 달성했으니 제일 강하게요?]

식신 민혁이 강하다는 것은 세계인들도 인정하는 바이다. 하지만 아직, 세계의 랭커들과 실력을 비교해 봤을 때 그보다 강한 자들은 많다는 것이 아테네 전문가들의 평가였고 그는 대부분이 사실이었다.

[그럼 진짜 누구일까요?]

[아니, 솔직히 비공식 랭커들이 있는 아테네에서 세계에서 가장 강한 인물이 누구인지 어케 암?]

그리고 유저들은 제각각 자신들 국가의 최고 유저들을 언급하다가, 한 유저의 말에 고개를 주억였다. 비공식 랭킹이라는 게 있는 만큼 추정은 불가능하다.

그러다 주제가 바뀌었다.

[그럼 사람들이 잘 알고 있는 이 중에 가장 강한 유저는 누구일까요?]

그 질문에 많은 사람은 망설이지 않았다.

켄라는 실질적으론 알려지지 않은 존재이다, 식신은 아직 최고라고 하기 부족하다.

그렇다면 남은 후보는 누구일까?

[메이웨이.]

세계 커뮤니티 사이트 즐테네는 댓글에 대한 '좋아요' 기능과 대댓 기능이 존재했다.

해당 댓글은 하루 만에 좋아요 약 1천만 개 이상을 달성하며 베스트 댓글로 올라섰다.

그리고 댓글들은 그를 부정하지 않았다.

메이웨이. 그녀는 중국 공식 랭킹 1위이며 세계 공식 랭킹 1위에 기재되어 있는 지존 중의 지존이다. 그녀의 동영상을 한 번이라도 봤던 이들은 그녀의 전투 영상에 매료되고는 할 정도였다. 그러한 메이웨이는 현실과 아테네의 이름이 동일한 것으로 알려져 있다.

그녀는 아테네에서 '여신 메이웨이'라고도 불린다. 그만큼 그녀는 누구보다 아름다운 여인이었다. 한 번은 아테네 세계 랭킹뿐만이 아니라, 세계에서 가장 아름다운 여인 중 한 명으로 뽑히기도 했다.

검은색 머리카락과 빠져들 것 같은 호수 같은 커다란 눈동자. 청순한 느낌이지만, 전장에서만큼은 도도하고 멋진 전사로 변신하는 그녀는 많은 이들의 선망의 대상이었다.

그리고 바로 지금. 가운을 입은 한 중국인 의사와 그 앞으로 몸무게 약 31kg에 키 167㎝에 달하는 뼈만 남아 앙상한 여인이 함께 앉아 있었다.

'뼈밖에 없다'라는 말이 어울리는 모습이었다. 얼굴의 살이 움푹 패 눈은 돌출되어 보였으며 온몸은 마른 나뭇가지처럼 앙상하기 그지없었다.

그러한 그녀에게 의사가 말했다.

"이대로 가다가는 위험합니다. 메이웨이 양."

충격적인 발언이었다.

세계 최고의 미녀라 칭송받는 여인. 그리고 아테네 세계 랭킹 1위이자, 가장 강할 것 같다는 여인. 메이웨이. 그것이 그녀의 본모습이었다.

"거식증을 치료하기 위해 하루빨리 방법을 찾아야 합니다. 이대로 가다가는 목숨도 위험해요."

거식증. 그것이 그녀가 가진 병명이었다. 오랜 시간 동안 싸워왔다. 하지만 진전되지 못하고 있었다.

그리고 메이웨이 또한, 갈망하고 있었다. 거식증을 치료하기 위한 갈망.

곧 의사가 말했다.

"어쩌면…… 치료할 수 있는 방법이 있는 걸지도 모릅니다."

"예?"

기적 같은 이야기였다.

의사는 이야기를 시작했다.

"최근 들어 아테네를 통해 다이어트를 하는 사람들이 늘고 있다는 사실을 아실 겁니다."

그녀는 그에 고개를 끄덕였다. 세계 최고의 랭커인 그녀가 남보다 정보가 느릴 리가 없었다.

"반대로 우리는 살을 찌우기 위해 아테네에서 맛있는 요리를 찾아다니는 겁니다. 거식증도 결국에는 정신병의 일종. 몸 또한 음식을 거부하지만, 정신적으로 거부하는 것이 더 크지요. 그러니, 그곳에서 당신의 거식증을 치료할 만한 정도의 음식. 그러한 맛을 가진 음식을 먹는 겁니다."

그 말에 그녀는 심각한 표정이 되었다.

"제 입맛을 만족시킬 수 있는 요리가 있을까요?"

"아테네는 가상의 세계. 어떠한 것이든 가능한 곳이죠."

의사가 양손을 깍지끼며 그녀에게 말했다.

"메이웨이 양. 당신은 아테네에서 서둘러 그 사람을 찾으세요."

"사람을 찾으라고요? 요리가 아니라?"

그에 의사는 고개를 끄덕였다. 그리고 자신의 말에 경청하는 그녀를 보며 입을 열었다.

"식신 민혁."

[마계의 탑 50층까지 공략해 낸 최초의 유저이십니다.]

[경험치 30,000,000을 획득합니다.]

[1,000플래티넘을 획득합니다.]

[사대천왕 중 한 명인 다문천왕이 당신을 인정합니다.]

[다문천왕의 보물인 청동검을 하사합니다.]

[다문천왕이 황금 왕관 조각을 하사합니다.]

[레벨업 하셨습니다.]

[레벨업 하셨습니다.]

[레벨업…….]

어마어마한 경험치를 획득함에 따라 단숨에 레벨업 한 민혁. 레벨은 순식간에 440을 넘어섰다.

민혁은 50층에 도달하는 것이 바로 다문천왕의 보물 중 하나를 얻는 것이라는 걸 알 수 있었으며, 다문천왕은 황금 왕관 조각을 민혁에게 순순히 건네줬다.

그는 말했다.

'그러한 자격을 갖추었으니, 충분하다.'

다문천왕은 실제로 50층까지 공략할 자가 나타날지 몰랐다고 말했다. 그에 민혁은 두 번째 황금 왕관 조각을 콩이에게 적용시켜 또 한 번의 각성을 해내려 했다.

바로 그때.

"결국에 50층까지 정말 깨고 말았군."

아르벨이었다.

애초에 마계의 탑은 50층까지 모든 공략 정보를 안다고 해도 절대 깰 수 없는 곳이었다.

그리고 민혁은 심상치 않은 느낌을 받았다.

"자네라면 내가 모셔도 될 것 같군."

말은 그렇게 했지만, 민혁은 알 수 있었다. 자신의 요리 맛에 현혹된 그가 은근슬쩍 동행하려는 것이다!

그 순간 알림이 울렸다.

[대현자 아르벨이 충성을 맹세합니다.]

"하, 하하하하하……!"

"너무 기뻐서 웃음이 나오는 건가, 자네?"

거의 자포자기 상태가 된 민혁.

그는 아르벨의 명치를 한 대 때릴 뻔했다.

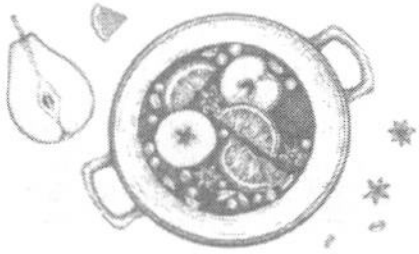

6장
화려한 귀환

엘프의 숲 탈환이라는 컨텐츠.

여전히 국내의 유저들은 엘프의 숲을 마족들로부터 탈환하기 위해 고군분투 중이었다.

그러할 때 드디어 인간 측 연합군과 엘프 측 연합군이 힘을 합쳐 최종 목적지에 도달할 수 있었다.

엘프의 숲 중앙에는 엘프들 왕국의 수도 '라푸르'가 존재한다. 그곳을 탈환하는 게 가장 큰 핵심이라 할 수 있었다.

그리고 탈환자들과 방어하려는 자들의 처절한 싸움이 진행되고 있을 때였다.

선두에 섰던 레전드 길드가 한 발자국 더 들어서자 엘프의 숲의 모든 유저들에게 알림이 울리기 시작했다.

[레전드 길드가 라푸르 도시에 가장 먼저 발을 들인 길드가 되었습니다.]

[길드 경험치 5,000,000을 획득합니다.]

[라푸르 탈환까지 얼마 남지 않았습니다.]

[마신의 돌을 부수고 2시간 동안 방어에 성공하시면 탈환할 수 있습니다.]

마신의 돌.

이 마신의 돌은 총사령관 루펠이 수도인 라푸르에 적용시킨 힘이었다. 또한, 이 마신의 돌은 라푸르를 마족들을 위한 공격형 도시로 만들어냈고 곳곳에서 뿜어지는 마기와 강력한 힘, 그리고 소환되는 마물들이 유저들을 압박하고 있었다.

"고지가 코앞입니다."

지니가 말했다.

그와 함께, 이를 지켜보는 해설자들이 외쳤다.

[아, 레전드 길드가 가장 먼저 도시 라푸르에 발을 들입니다!!]

[레전드 길드는 화려했던 동맹원인 흑염룡과 아이들, 그리고 검은 마법사 알리. 또 길드원 민혁 유저가 없는 상황에서는 선전하지 못할 것이라고 의견이 분분했습니다. 하지만 지금 보십시오! 우리나라 최고의 길드임을 보여주고 있습니다!!]

[그에 지지 않기 위해 태양 길드 연합들도 박차를 가해 안으로 파고들기 시작합니다!!]

[아, 마신의 돌을 부수는 것을 자신들이 해내어 높은 기여도를 먹겠다는 것으로 보이는군요.]

[레전드 길드 안쪽으로 파고들지 못합니다. 반대로 태양 길드 연합은 물량전으로 빠르게 파고들기 시작합니다!!]

어쩌면 어쩔 수 없는 일이었다. 레전드 길드가 빠르게 파고들었으나, 파고든 그 순간 많이 지쳐 있던 상황이었기 때문이었다. 그 틈을 타고 태양 길드 연합의 랭커들이 앞으로 나서며 몹들을 쓸어내며 도시 안으로 진입하기 위해 힘쓰고 있었다.

그리고 방송을 보는 시청자들의 댓글이 달리기 시작했다.

[아…… 레전드 길드 아쉽네…… 첫 진입만 해내고 선전을 못 하네.]

[그런데 어쩔 수 없죠. 흑염룡과 아이들도 빠지고 검은 마법사 알리나 우리 갓식신님도 안 계시니까요.]

[크! 솔직히 갓식신님 오시면 캐리 가능한데, ㅇㅈ?]

[노인정.]

[노노, 그건 아닌 듯, 민혁 님하고 검은 마법사 알리 님이 함께 오면 모를까, 일당백도 아니시고.]

[혼자서 다른 길드의 랭커들 수십 명의 몫을 할 수 있는 것은 아니니까요.]

아무리 민혁이 강해도 1인으로서 지금 판세를 뒤바꾸는 것은 불가능하다는 판단이었고 이는 절로 고개를 끄덕이게 되는 일이다. 그가 엄청난 광역 스킬과 강력한 단일 스킬, 높은 스텟을 보유하고 있다지만 지금의 레전드 길드를 구사일생하긴 힘들다는 의견이었으며 그것은 적절한 표현이었다.

하지만 댓글을 단 시청자들은 한 가지 알지 못한 사실이 존재했다. 그것은 바로 민혁이 마계의 탑에 간 그 며칠이라는 시간 동안 어마어마한 폭렙과 뛰어난 아티팩트, 또한, 콩이를 각성시켰다는 거였다.

바로 그때였다. 엘프 왕국의 수도 라푸르를 중심으로 원을 그리고 용암이 활화산처럼 분출되며 사방에서 진입하던 이들을 집어삼키기 시작했다.

푸화아아아아아악- 푸화아아아악-

"으, 으아아아아악!"

"커헉!!"

"끄아아아악!"

그리고 그 안에서 분출되는 용암에 직격된 탱커 랭킹 1위 황금 방패 발다르는 당혹했다.

[발라크 포효에 당하셨습니다.]

[마계 용암이 방어구와 무기를 부식시키고 살점을 녹아내리게 합니다.]

[HP가 20% 미만으로 하락합니다.]

"무, 무슨……!"

분명히 발다르는 방금 전까지만 해도 만피를 유지하고 있었다. 발다르는 초당 HP 회복 아티팩트 중 최고라 칭송받는 루파드의 체력 반지를 보유한 유저였기에 가능한 일이었다.

그런데 단숨에 HP가 20% 미만으로 하락했다.

그렇다는 의미는…….

"저, 전부 죽었다고?"

방금 전, 땅에서 솟아난 용암 기둥에 의해 직격당한 이들은 그대로 강제 로그아웃을 당했다는 거였다.

그리고 스킬명에 적혀 있는 이름.

'발라크 포효? 발라크?'

그리고 그와 함께 거대한 불의 채찍이 주변으로 휘둘러졌다.

촤아아아아악-

"끄아아악!"

"으아아아아악!"

"컥!"

유저들이 채찍에 닿는 순간 불에 휩싸여 소멸되어 형체도 없이 사라져 로그아웃 당했다.

그 중심에 있는 존재. 6m 정도의 크기에 붉은색 피부와 근육질인 몸. 소의 머리에 두 개의 솟아난 뿔과 한 손에는 채찍, 다른 손에는 철퇴를 들고 있는 존재.

그놈을 중심으로 수천 마리의 몸이 불에 휩싸인 마물들이 튀어나와 마신의 돌을 호위하기 시작했으며 알림이 들려왔다.

[마신의 기사 발라크의 출현!]

[상태 이상. 격렬한 뜨거움이 발동됩니다.]

[뜨거운 열기에 따라 물리 방어력 30%, 마법 방어력 40%가 감소합니다.]

[뜨거운 열기에 따라 모든 스텟 10%가 하락합니다.]

[마신의 기사 발라크를 사냥한 자에게는 보상이 주어집니다.]

그 순간, 해설자들이 발 빠르게 정보를 찾아 외치기 시작했다.

[아아아아아, 마신의 기사 발라크가 등장합니다!!]

[아마도 사령관 루펠이 마지막 힘을 짜내 베로스의 힘을 빌어내 소환한 것 같습니다!!]

[마신의 기사 발라크는 레벨 600 이상의 존재로 알려진 마계의 최상위층 독식자입니다!!]

그 순간, 발라크가 포효를 터뜨렸다.

[기사의 투지]

[강력한 폭발이 적들을 단숨에 소멸시킵니다.]

"크와아아아아아아아아!"

콰콰콰콰콰콰콰콰콰콰콰쾅!

사방팔방에서 몰려오는 엘프들과 유저들의 발밑에서 거친

폭발이 일어나며 유저들을 집어삼켰다.

그리고 그 모습을 보는 지니.

'미, 미친……! 저걸 어떻게 잡아!'

발 빠르게 그를 피해낸 카이스트라가 빠르게 지니의 곁으로 다가왔다. 카이스트라는 켄라우헬과의 일을 끝내고 곧바로 엘프의 숲 탈환에 동참했다.

"누나, 뒤로 피해 있는 게 나을 것 같아요."

"그래."

지니는 태양 길드 연합과 타 길드들을 살폈다. 그들은 발라크만 잡으면 된다는 생각에 물량전으로 밀어붙이고 있었다.

반면, 물량전을 할 만한 숫자도 되지 않는 레전드는, 일단 뒤로 후퇴한 후에 기회를 노리는 게 나을 거다.

[길드 마스터 지니: 레전드 길드. 전원 후퇴해서 상황을 지켜본다.]

지니가 카이스트라에게 물었다.

"민혁이는 언제 온대?"

카이스트라는 잠시 민혁의 말들을 떠올리다가 말했다.

"곧이요."

[아르벨이 가신으로 종속됩니다.]

눈물을 집어삼키며 일단은 가신으로 아르벨을 받아들인 민혁.

그가 가신들을 받아들이는 이유는 하나였다.

그는 길드원들에게 꽤 큰 도움을 받고 있다. 길드원들은 민혁에게 항상 질 좋은 재료를 구해다 주고 있었고 민혁도 그런 그들에게 버프 요리를 해주고 있었다. 또한, 강력한 가신뜰을 받아들일수록 자신뿐만 아니라, 그들에게도 도움이 되는 것을 아는 것이다. 거기에 더해져, 자신이 더 맛있는 것을 먹기 위해 나아갈 방편이라는 것도 어느 정도 알았다.

하지만.

'머리는 알아도 가슴은 아프다…… 크흡!'

탄식을 흘린 민혁은 콩이에게 두 번째 황금 왕관 조각을 적용시켰다.

[황금 왕관 조각을 사용합니다.]

[식탐의 화신 콩이에게 황금 왕관 조각이 적용됩니다.]

[황금 왕관 조각을 모두 모으셔야지만 황금 왕관이 비로소 모습을 드러냅니다.]

[황금 왕관 조각에 의해 봉인된 식탐의 화신의 힘이 일부 개방됩니다.]

[콩이가 3대 신수의 갑옷을 획득합니다.]

[콩이가 패시브 스킬 '주인 무기 사용'을 획득합니다.]

(3대 신수의 갑옷)

등급: 반신

제한: 식탐의 화신

내구도: 50,000/50,000

방어력: 1,287

특수 능력:

- 펜루스의 엑티브 스킬 빛의 속도
- 파괴용의 엑티브 스킬 용의 보호막
- 포식뱀의 엑티브 스킬 지배의 눈

설명: 3대 신수들이 자신들의 왕인 식탐의 화신을 위해 만들어 낸 방어력과 특수 능력이 매우 뛰어난 갑옷이다.

"……."

민혁은 말문을 잃었다.

콩이의 3대 화신의 갑옷은 민혁이 입고 있는 불멸의 갑옷보다도 방어력이 높은 편에 속했다. 심지어 등급도 '반신'에 속한다.

그리고 스킬들은 영상에서 보았던 것들이다.

빛의 속도는, 마법사들의 이동 스킬인 블링크보다 쿨타임이 반절밖에 되지 않으며, 심지어 거리도 훨씬 길고 더 빨랐다. 용의 보호막도 일반적인 마법사들이 배운 실드보다도 훨씬 단단한 편. 그리고 마지막 스킬 지배의 눈은 콩이보다 약한 상대에 한하여 정신 세뇌를 이용해서 부릴 수 있는 매우 특수한 스킬이었다.

그리고 얻어낸 패시브 스킬인 '주인 무기 사용'의 경우 주인이 보유한 무기 중 하나를 사용한다는 것이었다.

대신에 신중해야 하는 게 있었다. 주인 무기 사용의 경우, 주인이 건네는 순간 완전히 펫의 무기로 귀속되어 버린다고 했다.

민혁은 효율적으로 무엇을 주느냐를 떠올렸다.

그리고 답은 금방 나왔다.

'식신의 식칼.'

식신의 식칼은 민혁에게 있어서 주 무기가 아닌, 보조 무기에 속하는 편이었다. 또한, 식칼의 비는 엄청난 광역 스킬이지만 이는 콩이가 소유하게 되면 녀석도 사용 가능하다.

만약 민혁이 다른 스킬을 캐스팅할 때, 콩이 또한 식칼의 비를 캐스팅한다면 효과를 두 배로 낼 수 있다. 그리고 식신의 식칼 자체가 작은 크기였기에 콩이에게 알맞기도 하였다.

[콩이에게 '식신의 식칼'의 사용권을 넘깁니다.]

[식신의 식칼이 콩이에게 귀속됩니다.]

이 주인 무기 사용은 매우 특별한 스킬임이 분명하다.

대부분 펫들의 아티팩트는 일반적인 유저들보다 훨씬 더 하향된 무기를 사용한다. 하지만 이 스킬을 통해, 그것을 보완할 수 있다는 거였다.

3대 신수의 갑옷은 황금색으로 이루어져 있었다.

허공에 두둥실 떠있는 황금갑옷이 곧이어 콩이의 앞으로

저절로 움직였다. 그리고 액체처럼 변하며 콩이의 몸 전체를 감싸기 시작했다.

이윽고 갑옷이 단단해지며 콩이의 상반신과 하반신 대부분을 감쌌다.

이 3대 신수의 갑옷은 발끝부터 시작해 목 아래까지 덮어줬는데, 상당히 간드러졌다. 황금색으로 번들거리는 부츠와 그 위로 부드럽게 타고 올라와 있으며 번쩍거린다.

"심지어 콩이 네 갑옷이라는 게 딱 티가 난다."

그 이유는 간단했다. 콩이의 배가 볼록 튀어나온 것처럼 갑옷의 배 부분이 볼록 튀어나와 있었다. 꽤나 우스운 모습이었다.

"꾸우울!"

콩이가 자신만만하게 웃어 보였다. 황금 왕관까지 쓴다면 이제 꽤나 멋들어지는 콩이를 볼 수 있을 것 같았다.

'그러고 보니…….'

세 번째 황금 왕관 조각은 이제까지와 다르게 힌트가 나타나지 않고 있었다.

'때가 되면 힌트가 나타나는 걸까? 아니면?'

이것은 시간이 지나봐야 알 것 같았다. 당장 콩이의 마지막 각성을 한 모습을 보진 못해서 다소 아쉬운 때였다.

그리고 마지막.

민혁은 사대천왕들의 네 개의 보물들을 바라봤다. 비파나, 청동검, 보주 등이었다. 그 네 개의 보물들을 모으면 사용자가 원하는 형태의 아티팩트를 무조건 얻을 수 있다.

'하지만 대신에, 그 아티팩트의 성능은 기대할 수 없다.'

라는 게 문제였다.

물론 유저들이 알고 있는 사실에서였다.

운영자들은 이미 알고 있다. 정보는 그렇게 흘러가고 있지만, 사대천왕의 보물을 모두 모아낸다면 재앙 아티팩트와 비슷한 힘을 내는 아티팩트가 나타난다. 바로 권능 아티팩트. 그리고 그것에 더해져 민혁은 '반신 아티팩트 제작법'을 지금 더하고 있는 것.

민혁은 지금 모르지만, 그는 지금 상상도 할 수 없는, 디아블로에게 받았던 악마 심판의 검과 비견될 정도의 아티팩트를 만들려는 순간이었다.

그 아티팩트는 당연히 정해놨다.

"사대천왕의 보물과 반신 아티팩트 제작법을 이용. 오븐을 만든다."

그 순간.

수화아아아아아아아아-

거대한 바람이 불어오기 시작했다. 그 바람은 마치 마계의 마기들을 집어삼키듯 했다. 주변에서 빨려오는 검은 바람이 네 개의 아티팩트와 반신 아티팩트 제작법을 집어삼켰다.

잠시 후 안에서 거대한 회오리가 만들어졌다.

화아아아아아악-

망토와 머리카락이 흩날리는 민혁은 그 회오리 안에서 네 개의 보물과 반신 아티팩트 제작법이 만났음을 볼 수 있었다.

그리고 스스로 제작이 시작되었다.

콰드드드드드드드득-

거대한 바람은 주변의 모든 것을 집어삼킬 듯 더욱더 강해지기 시작했다. 이어서.

쐐에에에에에에엑-

하늘에서 거대한 검은 번개가 보물들로 내리쳤다.

콰콰콰콰콰쾅!

이윽고 알림이 들려왔다.

[권능 아티팩트. 파괴의 오븐을 획득합니다.]

[파괴의 오븐이 절대 반신 아티팩트의 반열에 들어갑니다.]

[절대 반신 아티팩트의 순위가 변화합니다.]

[파괴의 오븐. 절대 반신 아티팩트의 두 번째 아티팩트로 랭크됩니다.]

그 시각. 특별 유저 관리팀.

"이, 이런 말도 안 되는……!"

사장 강태훈과 박민규 팀장. 그 안의 모든 이들이 경악했다.

그들도 아테네의 모든 것을 관장하는 것은 아니다. 아니, 오히려 그들보다 신 아테네의 개입이 절대적인 것이 바로 아테네 게임이다.

그런데 자신들이 전혀 예상하지 못했던 상황이 벌어졌다.

"절대 반신 아티팩트의 순위가 바뀔 수도 있는 거였어……?

심지어 저 아티팩트는 반신 아티팩트라는 등급이 아니라, 권능 아티팩트인데……."

하지만 생각해 보면 절대 반신 아티팩트는 현존하는 가장 뛰어난 열 개의 아티팩트이지, 무조건적으로 '반신'이란 등급이 붙은 것은 아니라고 할 수 있었다.

강태훈의 경악.

그리고 박민규 팀장의 말.

"두, 두 번째에 해당하는 절대 반신 아티팩트가…… 오븐이라니……."

경악에 경악할 수밖에 없었다. 모니터를 보면서 경악한 강태훈 사장이 다급한 목소리로 말했다.

"아티팩트 정보 띄워봐."

"네, 사장님."

이민화 사원이 서둘러서 새롭게 나타난 절대 반신 아티팩트의 두 번째가 된 '파괴의 오븐'의 정보를 열람해 봤다.

(파괴의 오븐)

등급: 권능

제한: 손재주 1,500 이상

내구도: ∞/∞

특수 능력:

• 보유만 하고 있어도 특수 능력이 모두 적용되거나 스킬 사용이 가능해진다.

• HP와 MP 보유량 50% 상승
• 엑티브 스킬 스킬 파괴
• 패시브 스킬 환상의 오븐
• 엑티브 스킬 오븐의 재앙

설명: 권능 아티팩트이며 절대 반신 아티팩트의 두 번째에 해당하기도 한다. 사용자가 원하는 아티팩트를 제작했기에 당신이 꼭 원하는 능력이 추가되어 있을 것이다.

"스킬들도."

강태훈 사장이 서둘러 말했다.

이민화가 스킬들의 정보를 띄웠다.

(스킬 파괴)

엑티브 스킬

레벨: 없음

소요 마력: 1,000 / 쿨타임: 72시간

효과:

• 적이 가진 가장 높은 등급의 스킬을 5분 동안 봉인시킨다.
• 적이 보유한 스킬 중 하나를 지정하여 5분 동안 봉인시킨다.

(환상의 오븐)

패시브 스킬

레벨: 없음

소요 마력: 없음

효과:

•본인이 오븐으로 원하는 최고의 효율의 음식을 만들어낸다.

•오븐에 재료를 넣고 다양한 맛을 낼 수 있다. 예시로 숯불을 적용시킬 시 숯불 맛을 낼 수 있다.

(오븐의 재앙)

엑티브 스킬

레벨: 없음

소요 마력: 3,000 / 쿨타임: 96시간

효과:

•반경 12m 내에 위치한 적의를 가진 적들을 모두 인식한 오븐이 추가 공격력 450%의 폭발을 일으킨다.

"와……."

"완전 쩔잖아……."

주변에서 감탄했다.

제작팀의 이석훈 팀장이 말했다.

"이거 절대 반신 아티팩트 첫 번째하고 거의 한 끗 차이 아닙니까?"

거의 그 정도로 파괴의 오븐은 뛰어났다.

이민화가 말했다.

"보유만 하고 있어도 모든 특수 능력과 스킬을 사용한다.

아티팩트의 개수 착용 제한을 무시하는 힘부터가 뛰어나요. 심지어 절대 반신 아티팩트는 사실 대부분 무기로 이루어져 있지만 이 오븐은 무기도 아니니까요.”

그에 강태훈 사장이 고개를 주억였다.

“그리고 스킬 파괴는 사실상 유저들이나 혹은 보스 몹들의 가장 핵심이 될 수 있는 가장 강력한 힘을 5분 동안 묶어놓을 수 있는 놀라운 스킬이군.”

아직 유저들이 범접하지 못할 고레벨의 몬스터들, 그러한 몬스터들의 가장 까다로운 것은 역시나 그들이 가진 힘일 것이다. 하지만 그 힘 하나를 봉인시킨다면 훨씬 더 유리한 레이드가 가능해진다.

박 팀장이 말했다.

“민혁 유저가 정말 좋아할 만한 스킬도 나왔네요.”

그리고 박민규 팀장의 말처럼 모니터 속의 민혁이 쾌재를 질렀다.

[아자!! 오븐으로 숯불 맛을 적용시킬 수 있다니? 청양고추도 함께 넣으면 청양고추의 매운맛도 적용시킬 수 있는 건가? 크흐! 역시 절대 반신 아티팩트 두 번째!!]

민혁은 역시나 스킬의 다른 능력들이 아닌, ‘환상의 오븐’ 스킬에 탄식을 흘리고 있었다.

[이제 슬슬 돌아가 볼까?]

여러 개의 길드가 합쳐져 붙여진 이름 태양 길드.

태양 길드 중 하나인 '절대지존'의 길드 마스터 이호승은 당혹할 수밖에 없었다.

"마, 말도 안 돼……."

엘프 왕국의 수도 라푸르.

처음 레전드 길드가 먼저 발을 들이고 나서 태양 길드들은 그 기세를 몰아 발 빠르게 움직이기 시작했다. 사십 명이 넘는 랭커들이 앞으로 나서며 길을 뚫고 마신의 돌을 파괴하기 위해 움직였다. 마신의 돌만 파괴한다면 이 에피소드는 종을 내릴 터.

하지만 갑작스러운 발라크의 등장. 그와 함께 레전드 길드가 후방으로 빠졌으나 태양 길드를 비롯해 여러 길드는 총공격을 준비했다.

그렇지만 바로 지금.

[아아아아아! 발라크를 비롯해 소환된 마수들에 의해 앞쪽으로 진입한 대부분의 유저들이 전멸합니다!!]

[믿을 수 없는 참혹한 광경입니다! 마신의 기사인 발라크는 실제로 사냥이 가능한 존재이긴 한 겁니까?]

이호승은 주변을 둘러봤다. 함께 싸우던 태양 길드에서 내로라하는 랭커들이 로그아웃 당해 있었다.

문제는 바로 발라크가 뿜어내는 뜨거운 열기와 놈이 무기를 휘두를 때마다 발동되는 '용암 부식' 스킬이었다. 뜨거운 열기는 마법 방어력을 40% 하락을 시키며 용암 부식 스킬은 자체적인 패시브 스킬로 무기를 휘두를 때마다 용암을 분출시켜 무기와 방어구의 내구도를 급격히 하락시킨다.

"지금이 기회다!!"

"공격해라!!"

아직까지도 살아남은 황금 방패 발다르가 앞쪽에 살아 있는 유저들과 함께 마지막 힘을 짜내었다.

"황금 방패의 찬란함!"

황금 방패의 앞부분에 황금빛이 서리며 발라크를 향해 쏘아져 나갔다. 앞쪽에 모여 있는 랭커들이 혼신의 힘을 다해, 최고의 스킬을 발현.

"야수질주!!"

"화룡권!!"

"질주하는 검!!"

하지만 그 순간, 발라크가 불에 휩싸인 채찍을 휘둘렀다.

촤아아아아악-

채찍들이 쏘아져 오는 랭커들의 단일 스킬들을 무참히 부숴 버리고 더 나아가 뒤쪽에 있던 유저들을 집어삼켰다.

촤악-

"으, 으아아악!"

"끄아아아아악!"

"커헉!"

그 끝엔 발다르가 있었다. 결국에 그마저도 강제 로그아웃 당하고야 말았다.

이번 공격으로 살아남은 최전방의 유저는 급격히 감소했다. 하지만 이 싸움은 랭커들이 꼭 필요했다. 랭커들이 사냥하지 못할 존재를 그들보다 레벨이 낮은 자들이 사냥할 수 있을 리는 없었다.

"이대로는 끝이다……!"

이호승이 중얼거렸다.

그 순간, 발라크가 이호승 쪽을 보며 거대한 손아귀를 쫙 펼쳤다. 그리고 주먹을 쥐는 순간.

콰콰콰콰콰콰콰쾅-

거대한 폭발이 땅에서 시작해 이호승을 향해 뻗어왔다.

바로 그때였다.

"압축."

쫘아아아아악-

주변에 있던 모든 유저들이 한 곳으로 밀집되어 빨려 들어왔다. 그중에는 이호승도 포함되어 있었다.

'압축이라고……?'

압축은 엄청난 고레벨 마법이었다. 그러한 마법을 쓸 줄 아는 유저라?

'혹시 검은 마법사 알리?'

아니, 검은 마법사 알리는 남성이었다. 지금 들려온 목소리는 여성의 목소리였다.

그와 함께 그 존재의 뒷모습을 볼 수 있었다.

[아아아아아! 일촉즉발의 순간, 알리샤가 등장합니다!!]

[번뇌의 마녀 알리샤!! 사대길드 중 하나인 아르테온의 마스터!! 그녀가 화려하게 등장합니다.]

[압축 스킬에 의해서 공격에 당할 뻔했던 랭커들이 구사일생으로 살아납니다!!]

그 순간. 발라크가 피워내는 거대한 힘들이 주변을 향해 다시 뻗어 나갔다.

쿠화아아아아악! 쿠화아아아아아악!

하지만 곧이어 알리샤의 앞의 공간이 찢어지며 번개 문양이 그려진 검 한 자루가 모습을 드러냈다.

[뭐, 뭐죠……?]

[버, 번뇌의 알리샤!! 그녀가 검을 잡습니다!!]

알리샤가 짙은 웃음을 머금었다.

'나는 민혁 님 덕분에 진짜 내 길을 찾았어.'

그녀는 베르사르라는 아테네 이전의 게임에서 최상위 랭커였다. 그때 당시 검을 사용하던 기사 클래스였다.

하지만 아테네에선 마법사로 전직을 했고, 마법사를 하면서 한계에 부딪혔었다.

그때 한 유저를 만났다. 그의 이름 민혁.

그는 말했다.

'남들이 고렙 추구한다고 따라가고 지존 길드라고 들려고 하고. 그게 무조건 재미의 길은 아닌 것 같은데.'

그때 알리샤는 자각했다. 그래, 게임은 재밌자고 하는 거다.

최고의 마법사라는 자리를 돌아봤다.

나는 유명해지고 싶어서 게임을 하는 게 아니다. 강해지고 싶어서 게임을 하는 게 아니다. 재밌기 위해, 즐겁기 위해 게임을 한다. 그에 그녀는 근본적인 원인을 찾았다.

그녀는 검을 휘두르는 게 재밌고 좋았다. 그래서 검도 사용하기 시작했다.

그리고 어느 날, 알림을 들었다.

[로열 클래스 번뇌의 기사에 도전하실 수 있습니다.]

이후 새로운 스킬들을 각성했고 로열 클래스 후보가 되며 그녀는 예전보다 한층 더 강력해졌다.

그녀의 검이 천천히 허공에서 내려쳤다.

바로 그 순간.

콰콰콰콰콰콰콰콰콰콰쾅!

허공에서 내리친 수십 개의 벼락이 발라크에게서 발현된 거대한 용암 폭발들을 무용지물로 무력화시켰다.

해설자들이 흥분해 소리쳤다.

[버, 번뇌의 마녀 알리샤!! 그녀가 저희가 생각했던 것보다 훨씬 더 뛰어난 힘을 보여주고 있습니다!!!]

[엄청납니다!! 랭커들이 고군분투하던 발라크의 스킬을 잠재웁니다.]

그녀가 허공으로 번쩍 뛰어올라 하늘을 밟으며 내달렸다.

타타타타타타타탓!

그리고 귓속말했다.

[알리샤: 지니 님.]

[지니: 예.]

그 순간, 사방팔방에서 드디어 숨을 죽이고 있던 레전드 길드의 길드원들이 모습을 드러냈다.

"저희가 죽으면 이 에피소드는 패배로 끝납니다!!"

지니가 외쳤다. 그에 레전드 길드원들은 모두 동감했다.

에피소드 이벤트란, 유저들이 해내고 말고에 따라 앞으로의 아테네의 방향이 달라진다. 엘프의 숲을 탈환하고 마계의 존재들을 몰아내야만 한다.

레전드 길드의 길드원들이 발라크를 압박하기 시작했다.

[지프리트의 질주]

[지프리트의 힘을 이어받은 크레이지 프리스트의 돌진.]

로크의 몸에 강력한 힘이 깃들며 발라크를 향해 돌진했다.

칸이 번쩍 뛰어올라 발라크의 안면을 향해 스킬인 '거인의 백어택'을 사용했다.

콰아아아아아앙-

먼저 칸의 몸이 회전하며 발라크의 안면을 주먹으로 강타했다.

발라크가 휘청한 순간, 지프리트의 돌진을 사용해 순식간에 거리를 좁힌 로크가 그대로 다리를 들이받았다.

콰아아아아앙-

두 번 연속으로 이어진 공격에 또 한 번 비틀거린다.

그때, 허공에서 한 사내가 나타났다.

정보꾼 아벨이었다.

[즉사의 멸(滅)]

[정수리 공격에 성공할 시 50% 확률로 무조건 멸하는 힘.]

"흐으으으으읍!"

레전드 길드원들 전부가 희망을 품었다. 아벨의 스킬 즉사의 멸은 정수리 공격에만 성공한다면 50% 확률로 어떤 적이든 잡을 수 있다.

칸과 로크, 아스갈과 지니가 발라크를 향해 달라붙어 발라크의 움직임을 통제했다.

"가자아아아아!"

"끝이다!!"

그리고 그와 함께, 번뇌의 마녀 알리샤 또한 전격의 채찍을 만들어 발라크를 감쌌다.

파지지지지직-

막 아벨의 단검이 찬란하게 빛나며 정수리에 꽂히려는 그때.

콰아아아아아앙-

[기사의 반란]

[강력한 화염이 몸 주변으로 뻗어나가 적들을 죽입니다.]

"크학!"

"커헉!"

"억!"

달라붙어 있던 레전드 길드원들이 뒤로 튕겨 날아갔다. 뜨거운 용암에 아티팩트가 부식되고 HP가 빠른 속도로 감소하기 시작했다.

[강력한 화상에 의해 전투 불능 상태에 빠집니다.]

[치료하지 않을 시 서서히 사망하게 됩니다.]

정수리를 꽂으려던 아벨 또한, 갑자기 폭사되는 화염에 뒤로 튕겨 날아갔다.

"빌어먹을!"

땅에 떨어진 아벨은 서둘러 주변을 확인했다. 발라크에게 달라붙었던 대부분의 레전드 길드원들이 중상을 입었다.

발라크가 그를 끝내기 위해 걸음을 옮겼다.

'제길, 주변에도 몹들이 너무 많아서 도와줄 수가 없어.'

알리샤는 발라크를 지키기 위해 포위한 마물들과 레전드 길드원들의 마지막 숨통을 끊으려는 발라크를 보며 입술을 질끈 깨물었다.

[벼락검 폭풍]

[검이 움직이는 방향으로 거대한 벼락이 폭풍처럼 내리칩니다.]

콰콰콰콰콰콰콰콰콰쾅!

수십 개의 벼락 폭풍이 떨어지며 주변의 마물들을 집어삼켰다. 나아가, 발라크를 잠시 주춤거리게 했다.

그 틈에 알리샤가 걸음을 옮기려 했다. 그러면서 뒤쪽에서 자신을 엄호하던 아르테온 길드원들에게 외쳤다.

"내가 저들을 무사히 구출할 동안 공격 마법을 난사해라!"

재빠르게 지니의 앞에 선 알리샤가 지니를 데리고 매스 텔레포트를 사용하려던 순간 발라크가 앞에 나타났다.

"빨리……!"

그렇게 말하며 자신의 길드원들을 돌아본 알리샤가 말문을 잃었다.

"……!"

언제인지 모르겠지만 발라크는 뒤쪽에 있던 길드원들을 전부 강제 로그아웃시켜 놨던 것.

그녀는 천천히 다가오는 발라크를 보며 몸을 떨었다.

"……구하러 와주셔서 감사해요."

천천히 몸을 일으키는 지니가 한 말이었다.

"뭘요."

"아쉽게도 이번 탈환은 실패네요."

지니와 알리샤가 쓰게 웃었다.

이번 탈환은 끝이다.

그리고 댓글들이 달리기 시작했다.

[결국, 실패하나 봐요…….]

[크, 그래도 알리샤랑 레전드 길드 잘했다……!]

[발라크 저거 너무 강하네요. 밸런스 붕괴 아닌가요?]

그리고 알리샤는 거세게 휘둘러지는 발라크의 채찍을 보았다.

'렙따인가?'

바로 그때.

"디아블로의 낫."

촤르르르르르르륵!

허공에서 나타난 거대한 정체 모를 검은색 낫. 끝에 커다란 쇠사슬이 달린 정체 모를 낫이 매우 빠른 속도로 발라크의 가슴을 향해 쇄도했다.

그리고 그 순간.

콰자아아아악-

뛰어난 방어력에 의해 그 누구도 쉽사리 뚫지 못했던 발라크의 갑각을 뚫고 낫이 녀석의 왼쪽 가슴에 박혔다.

"크하아아아아아아악!"

쩌렁쩌렁 놈의 비명이 세상에 퍼져 나갔다.

그때, 한 해설자가 외쳤다.

[가, 갓식신…… 미, 민혁 유저가 등장합니다!!]

모두의 시선 끝의 한 사내가 팔을 뒤로 당겼다.

푸화아아아악! 촤르르르르르륵-

발라크의 가슴에서 피가 분수처럼 솟구쳤다. 그리고 쇠사슬을 당김으로써 낫이 그의 손에 회수되어 돌아왔다.

마계의 탑에 갔던 민혁의 귀환이었다.

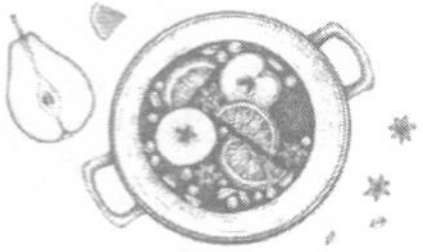

7장
나를 위한 레시피 창조

민혁의 등장과 함께, ATV 방송국의 카메라는 서둘러 그를 찍어내기 시작했다.

저번의 계약으로 여전히 레전드 길드는 ATV 방송국과 계약 진행 중이었고 거금을 받은 것으로 여전히 계약 이행 중이다. 때문에 민혁을 촬영하는 데 받는 제재는 아예 없었다.

[민혁 유저가 화려하게 등장합니다!!]

[과연 갓식신다운 면모입니다! 등장하는 순간, 그 누구도 비명을 터뜨리지 못하게 만들었던 발라크의 입에서 처음으로 비명이 터져 나옵니다!!]

해설자들이 흥분한 목소리로 소리친다.

그러나 이는 등장에 의한 환호성일 뿐이었다.

[하지만 레전드 길드와 태양 길드 연합들이 당해내지 못한 발라크를 민혁 유저가 등장했다고 해서 당해낼 수 있을까요?]

[힘들지 않을까 싶습니다. 민혁 유저가 예전에 보았을 때보다 100레벨 이상 강해졌다면 모르겠지만요. 하지만 그건 이론상 불가능한 일이지요.]

[심지어 마수들이 넘쳐나는 반면, 랭커들의 숫자는 급감한 상황입니다.]

그와 함께, 갓식신 민혁의 귀환을 찬양하는 댓글들이 지나가고 우려의 목소리가 나오기 시작했다.

[갓민혁 등장. 화려하게 등장은 좋은데, 와서 렙따 당하게 생겼네요. ㅉㅉㅉ]

[민혁 님은 일촉즉발의 상황에 등장하는 걸 좋아하시는 듯. 히어로는 마지막에 등장하는 법인 걸까요?]

[꽤 큰 피해를 입히긴 했지만, 상황은 달라지지 않을 것으로 보이네요.]

[솔직히 저건 민혁 님도 캐리 못 함…….]

여전히 발라크는 죽지 않은 상황이었다. 그러한 상황에서 유저들의 반응은 당연한 것일지도 몰랐다.

그리고 어느덧 알리샤와 지니의 곁으로 다가갔던 민혁이 두 사람을 돌아보고는 발라크를 향해 달려 나갔다.

두근두근-

알리샤는 민혁에 대한 호감이 있었다. 그는 쾌활하였고 멋졌으며 자신에게 가르침을 준 사람이었다.

하지만 알리샤는 그것이 항상 '순간'의 감정이라고 생각해 왔다. 그녀는 오랜 시간 동안 사람들의 선망을 받아왔다. 그리고 그녀는 다른 이들보다 빠르게 철이 들었다. 좋아한다는 감정만큼 빠르게 식고 사라지는 감정도 없다고.

물론 민혁에게 고마운 것은 사실이었다. 그에 호감을 가진 것도 사실이었다. 하지만 잠깐의 두근거림일 거라고 생각했다.

그렇지만 지금 이 순간, 발라크의 가슴에 거대한 낫을 꽂아 넣고 회수한 뒤 이곳에 온 민혁을 보며 그 생각이 달라졌다. 가슴의 두근거림은 더욱더 격해졌다. 그리고 그의 얼굴에서 눈을 뗄 수가 없었다.

그녀는 알아챘다.

'이 남자를…… 정말 사랑하게 될 것 같아…….'

"괜찮아요?"

민혁이 이를 드러내 웃으며 물어왔다. 그에 알리샤는 대답도 하지 못한 채 고개를 끄덕였다.

민혁도 고개를 한 번 끄덕여 주었다.

"제가 어떻게든 해볼 테니까, 일단은 뒤로 피해 계세요."

"……네."

순간적으로 고개를 돌렸던 민혁을 태양이 내리쬔다. 그의 높게 솟은 콧대와 부드러운 눈과 예쁘다고 할 정도의 미소에 감탄이 나온다.

그녀가 그런 생각을 하던 때.

'경쟁자가 늘어버린 건가? 쳇!'

지니가 탄식을 흘렸다.

민혁이 달려 나가려 할 때, 알리샤가 말했다.

"잠시만……! 혼자서 사냥할 수 있는 상대가 아니에요!!"

발라크의 피부는 매우 두껍고 방어력은 상상을 초월한다. 심지어 놈이 분출하는 열기에 의해 물리 방어력과 마법 방어력이 대폭 감소해 한 번의 공격을 허용해도 큰 대미지를 입는다. 하지만 달려 나가는 민혁은 그녀의 목소리를 듣지 못한 듯했다.

지니가 말했다.

"괜찮아요."

"네?"

알리샤가 고개를 돌려 지니를 보았다.

"민혁이는 무모한 싸움은 안 해요."

그 말뜻을 알리샤는 순간 이해하지 못했다.

"쟤는 정의심에 불타오르는 바보가 아니거든요."

그에 알리샤는 이해할 수가 없었다. 그는 순박한 청년이었다. 먹을 것을 좋아하고 누구보다 해맑게 웃는.

사실 민혁이 어떠한 사람인지 알리샤는 잘 몰랐다. 하지만 반대로, 지니는 잘 알고 있었다.

'승산.'

그게 있기에 그는 발라크에게 달려가는 것일 거다.

그때 발라크가 왼쪽 가슴을 틀어잡았다.

[마신의 축복]

[상처 입은 부위를 빠른 속도로 재생시킵니다.]

그에 해설자들이 경악했다.

[크, 큰일입니다!! 방금 전 큰 치명타를 입혔지만, 발라크에겐 자체적인 회복 스킬이 있었습니다!!]

[정말 승산이 없는 싸움이 되어버렸습니다.]

발라크를 향해 접근하는 민혁은 생각했다.

'방금 전 발라크의 가슴에 박혔던 건 심판이 발동했기 때문인가?'

그러한 의문이 들었다.

디아블로의 낫의 특수 능력엔 공격 시 8% 확률로 심판이 발동된다고 되어 있었다. 심판이 발동되면 400%의 추가 대미지를 입힌다. 방금 전, 발라크의 가슴팍에 낫이 박혔을 땐, 심판이 발동하여 강력한 대미지가 발생한 것. 그리고 디아블로의 낫을 소환한 순간은 공격 속도 180%까지 올라간다.

그 순간, 발라크의 채찍이 민혁을 향해 쇄도해 왔다.

촤아아아악-

민혁이 바람 같은을 사용, 피하는 동시에 단숨에 거리를 좁혔다. 그리고 그와 함께, 쇠사슬과 연결된 디아블로의 낫을 휘둘렀다.

촤촤촤촤촤촥!

디아블로의 낫이 자유자재로 움직이며 발라크의 몸 곳곳을 난자하고 지나갔다. 하지만 민혁의 예상대로 발라크의 방어력을 뚫지 못하고 있었다.

'대체 방어력이 몇이야……?'

디아블로의 검을 가지고 있는 민혁. 그의 공격력은 스텟과 합산되고 심지어 악마 심판의 검의 1천이 넘는 공격력이 가중된다는 거였다. 그럼에도 발라크의 두꺼운 피부를 뚫지 못하고 있었다.

쨰애애애애앵-

밑쪽으로 파고든 민혁이 팔을 위로 올려쳤다. 쇠사슬이 달린 낫이 발라크의 하체부터 시작해서 쭉 그어져 올라가지만, 스파크가 튀었다.

그때, 민혁이 굉장히 거슬렸던 듯 발라크에게 변화가 생겨났다.

[마신의 축복]

[마신의 축복을 받은 발라크의 공격력과 방어력이 20% 상승하며 스킬 레벨이 1 상승합니다.]

민혁은 놀랄 수밖에 없었다. 이는 알림을 들은 다른 이들도 마찬가지였다.

'여기에서 더 강해진다고……?'

그와 함께 해설자들이 흥분해 소리쳤다.

[승산이 없던 싸움에 악수가 더해집니다!!]

[민혁 유저의 공격이 먹혀들어 가지 않습니다. 처음의 공격은 크리티컬 효과에 따른 타격으로 보입니다.]

[큰일입니다. 갓식신의 화려한 등장과는 별개로 발라크는 한층 더 강력해졌습니다.]

그리고 그와 함께.

좌아아아아악-

발라크의 채찍의 속도가 한층 더 빨라졌다.

철썩- 콰아앙!

민혁이 피해내고 땅과 채찍이 부딪친 순간, 폭탄이 떨어진 듯 거대한 화염이 폭사되었다.

민혁이 바람 같은을 사용해 피해냈을 때, 발라크의 다른 손에 들려 있던 철퇴가 움직였다.

콰아아아아아앙-

거대한 철퇴가 내려쳐지고 민혁이 가까스로 피해낸 순간이었다.

[어스 퀘이크]

[격렬한 지진!]

꽈드드드드드득!

땅이 뒤틀리며 지진이 일어나 민혁의 균형을 무너뜨렸다. 그리고 그와 동시에 발라크의 철퇴가 안면을 향해 들어왔다.

바로 그때.

쐐에에에에에에엑-

검은 식칼 세 개가 날아와 철퇴와 충돌했다.

콰지이이익-

그리고 그 앞으로 공간을 찢고 나타난 아기 돼지가 있었다.

[민혁 유저의 펫인 콩이의 등장입니다!]

[어? 그런데, 콩이가 예전에 보던 모습과 많이 다릅니다. 황금갑옷에 검은 식칼을 착용하고 있군요.]

[와, 아기 돼지가 황금갑옷을 착용하고 있으니, 정말 귀엽네요.]

[지금 귀여워할 때는 아니지만 귀여운 거 인정입니다.]

"꾸울!"

콩이가 땅을 박차고 나아갔다. 두 번의 각성을 해낸, 콩이가 빛의 속도를 발현 단숨에 발라크와의 거리를 좁히며 식신의 식칼로 놈을 압박했다.

"꾸우울!"

[콩이의 몸이 깃털처럼 가볍습니다.]

[작은 몸집으로 곡예를 부리듯, 발라크의 몸 곳곳을 뛰어다니며 공격을 가하는군요. 하지만 아쉽게도 타격은 입히지 못하네요.]

민혁은 그 모습을 보며 생각했다.

'파괴의 오븐의 스킬 파괴는 아직 일러.'

스킬 파괴는 상대방의 가장 강력한 스킬 혹은 지정된 스킬을 5분 동안 통제한다.

하지만 이는 확실히 놈을 사냥할 수 있다는 생각이 들어야 가능했다. 당장 공격이 잘 먹히지 않는 상황에서, 승산을 만들어내야 한다.

'폭주?'

악마 심판의 검에 있는 비약적인 힘을 상승시키는 힘.

하지만 폭주를 한 번도 사용해 보지 않았던 민혁이었다. 그 때문에 과연 그 힘만으로 적을 잡을 수 있을까 하는 의문이 든다.

그렇다면 추가로 생각할 수 있는 것은 없는 걸까?

그때. 한 가지 생각이 민혁의 머릿속을 스치고 지나갔다.

'그러고 보면 나는…….'

다른 이들을 위한 레시피 창조 스킬을 사용, 뛰어난 버프 요리를 먹어왔었다. 하지만 이제까지 단 한 번도 자신을 위한 레시피 창조 스킬은 사용해 보지 않았다.

'왜 그 생각을 못 했지?'

민혁의 머리가 차분해졌다.

그가 주변을 둘러봤다. 현재 발라크를 잡는 것은 거의 불가능에 가깝게 보이는 상황이었다.

'그렇다면…….'

민혁이 빠르게 외쳤다.

"모두 제 주변으로 모여요!!"

살아남은 레전드 길드와 알리샤, 그 외의 랭커들은 주변의 마수들을 쳐내는 데 주력하고 있었다. 맹수와 맹수의 싸움에 토끼가 끼어든다고 도움이 되지 않을 것을 알기에, 자신들이 할 수 있는 최대한의 방향을 위해 움직였던 것.

그들은 민혁의 말을 듣고 모두가 발 빠르게 움직였다.

그 순간, 민혁이 '파괴의 오븐'의 스킬 '오븐의 재앙'을 발현했다.

그때였다. 허공으로 갑자기 타이머가 떠올랐다.

그리고 소리가 들리기 시작했다.

째각 째각 째각-

그 주변에서 민혁의 주변으로 달려오는 무수히도 많은 랭커들이 보였다.

"뛰어어어어어!!"

"지금 민혁 님 아니면 어떻게 할 방법이 없어!!"

그중에는 살아남은 태양 길드나 타 랭커들도 상당수였다.

지금 주력해야 하는 것은, 누가 발라크를 사냥하느냐가 아니었다. 어떻게든 살아남아 발라크를 사냥해야 한다였다.

[현재 희망은 민혁 유저뿐입니다!! 그의 말에 따라 모든 랭커들이 달립니다!!]

[하지만 달려 나가는 도중에 랭커의 반절 이상이 죽을 것으로 보여집니다!!]

[갑자기 정체 모를 초침 소리가 들리는군요.]

[이 소리, 뭔가 익숙한 소리이지 않습니까?]

해설자들은 생각날 듯 나지 않을 듯한 표정이었다.

그러다 이어서 그들은 '아차' 하였고 한 해설자가 외쳤다.

[이 초침 소리……! 분명합니다. 이 초침 소리는 오븐 안에 음식을 넣고 돌렸을 때 나는 초침 소리입니다!!]

그에 댓글창에서도 이에 관련한 의문을 표했다.

[전투 중인데 오븐의 타이머 소리라고? 이 무슨 개뼈다귀 같은 경우냐?]

[오븐 소리라…… 갓식신 민혁 님이 정말 먹을 것에 미쳐 버린 걸까요…….]

그러던 중, 한 시청자가 핵심적인 댓글을 달았다.

[그런데요, 오븐의 타이머가 째깍거리고 마지막으로 요리가 완성되면 이런 소리가 나지 않아요?]

띵!!

바로 그때 요리가 끝났다는 경쾌한 알림이 들려왔다.

그와 함께, 레전드 길드와 다른 이들을 뒤쫓던 마수들, 그리고 그 가운데에 있는 발라크까지. 어마어마한 폭발이 일어나며 그들을 집어삼켰다.

콰콰콰콰콰콰콰콰콰콰콰쾅!

그것은 마치 소형 미사일들이 사방팔방에 떨어지는 것만 같았다. 적으로 인식된 모든 마수가 형체도 없이 소멸했다.

폭발 시 추가 공격력 450%를 내는 엄청난 힘. 절대 반신 아티팩트 중 두 번째인, 파괴의 오븐의 힘이었다.

쏴하아아아아아아아아-

그 폭발 속에서 불어온 바람에 의해 주변의 모습이 드러났다. 마수들 70% 이상이 형체도 없이 소멸. 20%는 전투 불능 상태에 빠졌고, 발라크가 커다란 충격을 받아 비틀거리고 있었다.

해설자들이 말문을 잃었고 댓글창이 잠잠해졌다. 너무도 강력한 힘에 말을 잃은 것이다.

그때, 해설자가 천천히 입을 열며 말했다.

[지, 지렸다…….]

그와 함께 댓글창이 폭주하기 시작했다.

ATV의 김대국 PD. 그는 여전히 잊지 못했다.

ATV 역사상 최고의 시청률 기록. 자그마치 61.4%에 육박하는 어마어마한 시청률이 나왔었다.

심지어 다른 타 방송사들은 그때 당시에 레전드 길드의 방송을 택한 ATV를 비웃는 듯한 분위기였다.

하지만 이러한 결과를 뒤집어놓은 게 레전드 길드와 흑염룡과 아이들이었다. 그리고 최고의 시청률을 기록하게 해준 유저. 그 유저가 바로 식신 민혁이었다.

그러한 민혁이 또 한 번의 놀라운 힘을 보여주었다.

김대국 PD는 실시간 댓글들을 확인했다.

[와……! 미친……! 저 스킬 뭐야! 나 살면서 저렇게 강한 광역 스킬 처음 본다……!]

[마수들 400~500마리 넘게 있었는데, 다 죽었잖아? 살아남은 몹들도 거의 전투 불능 상태고.]

[심지어 발라크도 몸 곳곳이 터져 나가서 빠르게 재생시키고 있는데요?]

[아니, 도대체 식신 민혁 님은 안 보이던 그 며칠 동안 어디서 뭘 한 걸까요?]

댓글의 의견과 똑같았다.

김대국 PD도 궁금했다.

'그는 도대체 모습을 드러내지 않았던 며칠 동안 어디서 뭘 했길래?'

거대한 낫, 처음 보는 오븐 폭발 스킬, 화려해진 콩이의 모습까지. 하지만 곧이어 픽 하는 맥없는 웃음이 뻗어져 나갔다.

"그래도……."

사냥하긴 힘들겠지?

어쩌면 아테네 측은 엘프의 숲 탈환 성공이 아닌, 실패 쪽으로 다음 업데이트 방향을 잡았을 수도 있다.

물론 모든 것을 그 방향으로 건 것은 아니겠지만 지금 상황을 보면 아테네 측은 약 5% 정도의 유저들 승률을 보았을 확률이 높다는 거다.

"순간 시청률이 5% 이상 상승했습니다!!"

"와…… 저 살면서 저런 스킬 처음 봤어요!! 엄청나네요. 폭발 여파를 보면 마수들이 아니라, 어지간한 귀족 마족들도 잡을 수 있을 것 같던데요."

김대국 PD는 고개를 끄덕였다. 하지만 씁쓸한 미소가 감돌았다.

민혁 덕분에 다행스럽게도 랭커들이 그의 뒤쪽으로 무사히 도착했다. 김대국 PD는 한편으로 기대했다.

'자, 이제 민혁 유저 당신은 어떠한 저력을 보여줄 겁니까.'

분명히 무슨 수가 있기 때문에 유저들을 모았을 것이다.

그리고 민혁이 하늘 높이 손을 치켜들었다. 김대국 PD와 방송국 내의 사람들이 기대감에 눈을 초롱초롱 빛냈다.

팔을 들어 올린 민혁이 외친 말.

[밥 먹고 합시다!!]

"컥?"

"엥?"

"뭐, 뭘 먹어?"

밥 먹고 합시다라는 말에 방송국 사람들은 당혹할 수밖에 없었다. 그도 그럴 것이 민혁이 처음으로 대중 앞에서 보이는 '밥 먹고 합시다' 스킬이었기 때문이다. 그리고 그들이 황당해 하는 만큼, 시청자들도 황당해했다.

[무슨 저런 황당한 스킬명이 다 있냐…….]

많은 사람의 기대감이 한풀 꺾이는 순간이었다.

알리샤 덕분에 강제 로그아웃을 겨우 면한 이호승. 그는 민혁의 모이라는 외침에, 필사적으로 달려온 랭커 중 한 명이었다. 그런 이호승은 방금 전 민혁이 외쳤던 스킬명에 자신의 귀를 의심했다.

"바, 밥 먹고 한다고요?"

그뿐만이 아니었다. 다른 랭커들도 웅성거리기 시작했다.

"아…… 우, 우리 밥 먹고 하려고 여기 모인 거였어요?"

"아무리 밥때는 지켜야 한다지만 이건 좀……"

그때, 거대한 배리어가 생성되었다.

[절대 무적의 배리어가 생성됩니다.]

[배리어 밖으로 나가실 시 적의 공격을 받으시며 이 안에선 적을 공격할 수 없습니다.]

웅성거리는 랭커들 안에서 민혁은 간절히 바랐다.

'제발 돼라, 돼라, 돼라!!'

민혁이 생각해낸 수는 확신이 아니었다. 될지도 모른다는 기대감이었다.

그리고 그 순간.

[본인이 원하는 레시피를 창조합니다.]

띠링!

[직업 스킬 중 하나를 찾아내셨습니다.]

[직업 엑티브 스킬 '식신을 위한 레시피'를 익힙니다.]

[조화로운 화닭볶음면을 확인할 수 있습니다.]

[레시피 창조에 따라 버프량을 소모합니다.]

(식신을 위한 레시피)

엑티브 스킬

레벨: 1

쿨타임: 336시간

효과:

•지금의 상황에 따라 가장 어울리는 식신만을 위한 레시피를 창조해 낸다.

•음식의 조화, 재료의 질의 차이, 장소에 따른 음식 선택과 본인이 갈망하는 것의 충족 등에 따라 등급이 달라진다.

•일반적인 레시피 창조와는 조금 다르며 버프 지속 시간이 대폭 감소하는 대신, 모든 것이 더 뛰어난 힘을 가질 확률이 높다.

•일반 레시피 창조 스킬보다 높은 등급의 요리가 나올 확률이 커진다.

'오…….'

지금 상황에 딱 맞는 스킬이었다.

민혁은 곧바로 자신의 레시피 창조에 따라 생성된 스킬을 확인해 봤다.

(식신을 위한 화닭볶음면 레시피)

필요 재료: 화닭볶음면 외 타 재료

기대 요리 등급: 유니크~전설

기대 효과:

- 엘레의 검술 대폭 진화
- 모든 스텟 대폭 상승

설명: 일반적인 레시피 창조 스킬이 처음부터 끝까지 전부 요리한다면 식신을 위한 레시피는 변칙이 존재한다. 당신은 지금 다양한 스트레스로 짜증이 나 있다. 적절한 화닭볶음면의 조합으로 그 짜증을 한 번에 날려 버리자.

이 식신의 레시피는 무조건적으로 뛰어난 요리를 만들어내는 굴레에서 벗어나 있었다. 뛰어난 조화의 요리를 완성시켜도 등급이 상승한다.

민혁은 감탄했다.

'그래, 난 지금 아주 스트레스를 받아서 화끈한 매운맛이 필요했어!!!'

라면계의 매운맛의 지존 중의 지존. 화닭볶음면.

희한하게도 화닭볶음면은 분명히 혀가 얼얼할 정도로 매운 라면이었지만 맛있게 매운 라면이기도 하였다. 그 때문에 많은 대중에게 큰 사랑을 받고 있는 음식이었다.

민혁은 밥 먹고 합시다 스킬이 발현된 이때, 서둘러 화닭볶음면 조리와 그를 조화롭게 하기 위한 과정에 돌입했다.

그리고 이호승은 그가 이 안에서 무언가를 꺼내길래, 내심 기대감을 가졌다.

'그래, 식신 민혁 유저야, 검의 황태자 카르를 꺾고 혼자서 마계 군단을 쓸었던 그 사람…… 비장의 포션 같은 게 있…… 커헉!!'

그리고 이호승과 다른 랭커들의 얼굴이 울 것처럼 일그러졌다.

"화, 화닭볶음면……?"

"망했어…… 우린 끝이야……."

"크흐윽!"

그를 믿은 우리가 잘못이지!

그들은 자신들끼리 단합하여서 배리어가 끝나면 어떻게 발라크를 사냥할지 이야기 나누기 시작했다.

그 틈에서 민혁은 화닭볶음면의 뚜껑을 오픈했다. 그 안으로 화닭볶음면 후레이크와 액상 수프가 들어 있다.

요리 전에 민혁은 생각해 봤다.

'화닭볶음면 안에 다양한 것들을 첨가할까? 아니면 함께 먹는 것들을 추가할까?'

잠깐 고민했다.

화닭볶음면 맛있게 먹기 레시피는 인터넷에 무궁무진하게 떠돈다. 그러한 것 중, 무엇을 택할까 하다가 민혁은 고개를 끄덕였다.

'가장 기초적인 것들을 화닭볶음면에 넣고 추가적인 것들을 함께 먹자.'

화닭볶음면에 뜨거운 물을 붓는다. 그리고 프라이팬으로 기름을 둘렀다. 그 기름이 가열되었을 때, 계란 두 개를 탁 까서 넣어준다.

좌르르르르르르륵-

황홀한 소리가 피어오르고 계란프라이를 앞뒤로 익히며 그 안의 노른자는 익지 않게 조심해 준다.

민혁은 전자레인지에 손을 뻗었다.

전자레인지 안으로 불고기 맛 소시지, 나무가 꽂혀 있는 그것의 비닐 팩을 살짝 열어 전자레인지에 넣어준다.

그렇게 돌려주다가, 어느덧 화닭볶음면이 다 익었다 싶으면 뚜껑에 있는 네 개의 구멍을 나무젓가락으로 콕콕콕콕 찌른 후, 뜨거운 물을 버린다. 그다음에 뚜껑을 완전히 뜯어서 버린 후에, 김 가루와 깨, 다양한 것들이 보이는 후레이크를 뿌려주고 액상 수프를 개봉한다.

"음~ 스멜~"

그 특유의 매운 향, 하지만 매움에도 입안을 자극하는 냄새에 입안으로 가득 침이 고인다.

액상 수프를 쭉 짜서 뿌려준 후에, 젓가락으로 쓱쓱 비비기 시작했다. 비벼지는 소리가 예술이다. 노랗기만 했던 면이 붉게 변하기 시작한다. 다 비볐을 때쯤에, 그 위로 기다란 스트링 치즈를 척척 올려준다.

때마침.

띵!

전자레인지에 돌렸던 햄 바가 다 돌아갔다. 그것을 재빠르게 꺼낸 후, 화닭볶음면을 넣는다. 그다음 돌려주기 시작한다.

전자레인지에 앞에 선 민혁의 표정에 기대감이 충만하다.

띵!

민혁은 서둘러 화닭볶음면을 꺼냈다.

"후뚜뚜뚜!"

손가락의 뜨거움을 느끼며 서둘러 꺼낸다.

꺼내는데, 화닭볶음면 위가 예술 그 자체였다. 마치 소복하게 쌓인 눈처럼 녹아 있는 하얀색 치즈와 그 밑에 깔려 있는 붉은 면발. 젓가락을 집어넣자 치즈가 쭈우욱 늘어나는데, 감탄의 연속이다.

그리고 세팅을 시작했다. 화닭볶음면, 전자레인지에 돌린 햄 바, 삼각김밥 참치마요, 줄피스 복숭아 맛.

"캬, 끝장나네, 끝장나."

민혁이 젓가락을 휘휘 저어준다. 일부러 계란프라이는 따로 올리지 않았다.

그가 화닭볶음면을 손 하나에 받친 채 그대로 젓가락으로 면과 치즈를 들어 올렸다. 코로 매운 향이 들어온다.

그와 함께, 그대로 후루루루루룹!

첫입을 먹는 순간 느껴지는 건 부드러운 치즈와 함께 퍼지는 맛있는 매운맛이다.

한 입을 먹은 후에, 다시 크게 한 젓가락 들어준 후에 또다시 한 입.

후루루루루루루룹~

화닭볶음면의 매력은 빠르게 올라오기 시작하는 매운맛이다.

"스으으읍, 허어어."

뜨거운 혀에 그러한 소리를 내어주다가 계란프라이를 베어 문다. 담백하고 부들부들한 계란프라이가 매운맛을 조금 잡아준다.

그렇게 한 입 또 화닭볶음면을 먹은 후, 이번엔 햄 바를 한 입 베어 문다.

우물우물-

육즙을 가득 머금은 햄 바가 식감 있게 씹히며 미소 짓게 만든다.

[와…… 미, 미쳤습니다…….]

[화닭볶음면의 최강자입니다!! 그래요!! 화닭볶음면에 있는 것 다 때려 박는 조합도 좋지만 저렇게 적절하게 햄 바나 삼각김밥을 옆에 두고 함께 먹는 것도 말 그대로 진리 아니겠습니까!!]

[아니, 왜 민혁 유저만 등장하면 아테네 방송이 먹방이 되는 건지 모르겠습니다!! 하지만 오늘 화닭볶음면의 매출이 최고를 달성할 거란 생각이 드네요.]

[아아아아아아!! 민혁 유저, 삼각김밥의 비닐을 벗겨냅니다!! 신들린 듯한 손놀림이에요!! 하수들이 벗겨낼 때는 김 조

각 큰 거 한 장이 비닐 안에서 나오지 않는데, 깔끔하게 빼냅니다!!]

[바삭!! 민혁 유저가 삼각김밥을 베어 무는 소리입니다!! 불이 난 입안으로 마요네즈에 버무려진 참치 삼각김밥이 입으로 들어가다니! 이보다 더 황홀한 식사가 있을까요?]

[그래요! 민혁 유저, 이때쯤에 햄 바를 한 입 더……! 그렇지!! 그렇지! 베어 뭅니다!! 우리의 갓식신이 햄 바를 또 한 번 베어 뭅니다!]

[아아아아아아아아!! 미칠 것 같습니다!! 민혁 유저, 시청자들이 원하는 대로 아주아주 차가워 보이는 쿨피스 음료수를 벌컥! 벌컥! 들이켭니다!!]

[후아!! 라는 감탄사가 터져 나오는데, 저도 모르게 함께 감탄하고 있었습니다!!]

방금 전까지 민혁을 이상하게 보듯 했던 랭커들 그리고 그 중에 한명인 이호승.

꿀꺽-

그의 목울대가 크게 움직이며 자신도 모르게 말을 뱉어낸다.

"마, 맛있겠다……."

발라크와의 긴장된 대치 상황을 먹방 하나로 제패해 버리는 민혁이었다.

꿀꺽-

김대국 PD 또한 민혁의 먹방을 보면서 침을 삼켰다.

먹방이 끝난 후, 민혁의 배리어가 해제되었다. 배리어가 해제되자 그 안에 있던 랭커들이 단합하여 몸을 뒤로 빼내기 시작했다.

김대국 PD는 당연한 수순이라고 생각했다.

'민혁 유저는 누가 봐도 저 안에서 먹는 것밖에 한 게 없어……!'

먹방에 의한 시청률 상승은 분명히 좋은 효과였다. 하지만 먹기만 한 민혁 유저였다.

배리어가 해제되고 랭커들은 자신들만의 방식으로 사냥을 하려는 듯 뒤로 빠진다. 반대로 민혁은 등 뒤의 거대한 박쥐 같은 날개를 펼치며 다가오는 위엄 있는 발라크를 보고 있었다.

화르르르르르륵-

발라크의 철퇴에 뜨거운 화염이 맺힌다. 그 화염에 주변의 모든 것들이 타기 시작했다.

발라크가 그 힘을 쏘아 보낸 곳은 다름 아닌 뒤쪽으로 빠지려는 랭커들 쪽이었다.

쿠화아아아아아악-

하지만 민혁은 꿋꿋이 그 자리에 서 있었다.

그가 한 걸음을 떼는 순간.

팟-

혼비백산했던 랭커들의 앞쪽에서 나타났다. 자그마치 족히 10m는 되어 보이는 거리였다.

'어떻게 저 거리를 단숨에……!'

그리고 이어서.

쐐에에에에에에에엑-

거대한 바람이 불기 시작했다. 그것은 이제까지 흔히 민혁 유저가 사용하였던 스킬이다.

'흩날리는 검이었나……?'

광역 스킬이기도 하지만 단일 스킬이기도 하다. 하지만 저 스킬로 발라크의 피부를 꿰뚫을 수 있을까?

그런데, 그때 이변이 일어났다.

쏴아아아아아아아아-

바람이 더욱 거세지기 시작했다. 그 바람은 마치 태풍처럼 모든 것을 날려 버릴 듯 강렬했다.

그 주변에 있던 랭커들이 혼비백산했다.

[꺄아아아악!]

[무슨 바람이 태풍처럼 불어!!]

[미친……! 몸을 가누기도 힘들 정도인데?]

그리고 은빛이 아닌 금빛으로 살랑거리는 낙엽.

그 낙엽 수백여 개가 태풍과 같은 바람에 힘을 싣고 날아가기 시작했다.

날아가는 수백여 개의 황금색 낙엽의 움직임만으로도 땅이 파이고 돌무더기가 날아오르고 있었다.

콰콰콰콰콰콰콱!

이어서 발라크가 그 힘을 향해 철퇴를 힘껏 내리찍었다. 거대한 화염 폭발이 허공에서 일어나며 민혁을 향해 쇄도해 왔다. 그리고 황금빛 낙엽과 충돌했다.

쏴쏴쏴쏴쏴쏴쏵!

허공에서 낙엽들에 의해 화염 덩어리가 갈기갈기 찢겨 나갔다.

그치지 않고 발라크의 몸과 맞닿았다.

찌지지지지지지지지직-

알 수 없는 괴이한 소리가 울려 퍼졌다. 베고 지나가는 소리가 아니었다. 이 소리는 흡사 찢고 지나가는 소리와 가까워 보였다.

"크아아아아아아아아악!"

발라크의 몸 곳곳에서 피가 분출되기 시작했다.

"뭐, 뭐야……!!"

김대국 PD가 깜짝 놀라 일어서 소리쳤다.

자신이 알던 그 흩날리는 검이 아니다. 그것보다 훨씬 더 강력한 힘!

'먹기만 했는데, 어떻게……!'

정말 배리어 안에서 먹기만 했던 민혁이었다.

알림이 들리기 시작했던 민혁.

[본인만을 위한 레시피로 만든 요리를 드셨습니다.]

[2주 동안 본인만을 위한 레시피로 만든 음식을 먹을 수 없습니다.]

[버프 유지 기간 동안 다른 버프를 중복해서 받으실 수 없습니다.]

[화닭볶음면과 그 조화.]

[5분 동안 모든 스텟이 19%, 엘레의 검술 레벨이 4 상승합니다.]

이 요리의 경우 어떠한 조합으로 먹느냐에 따라 등급이 달라졌다. 기존의 요리를 완성시킨 후에, 알림이 들리는 것과는 달랐다.

'와…… 엘레의 검술 레벨이 4 상승한다고……?'

엘레의 검술은 애초에 그 누구도 범접하기 힘든 여제 엘레의 최고의 검술이었다.

또한, 한 왕국의 왕의 힘을 빌어 한층 더 성장했고, 그리고 검신 발렌의 힘에 의해 역시 한층 더 강력해졌다.

그러한 반신 스킬에서 4의 레벨이 올라갔다.

레시피 창조 스킬이 놀라운 이유는 스킬의 한계점을 딛고 일어서게 해준다는 거였다.

스킬 레벨은 결국 9와 MAX 사이에서 멈추게 되고 그 안에서 한층 더 성장해 진화해서 1로 시작하거나 그 자리에서 완전히 멈추게 된다는 것. 그것을 뛰어넘는 게 바로 민혁의 버프 요리의 힘이었다.

그리고 민혁은 고작해야 5분 동안만 요리의 힘이 발현된다는 걸 알 수 있었다. 때문에 발 빠르게 '밥 먹고 합시다' 스킬을 해제했다.

뒤쪽에서 랭커들이 말했다.

"당신을 기껏 믿었더니 먹기만 하고……."

"도대체 배리어는 왜 발현한 겁니까?"

"됐습니다. 그래도 배리어 안에서 어느 정도 대열을 갖췄으니 일단은 후방으로 빠지죠."

다른 랭커들이 투덜거렸고 이호승이 그들을 진정시키며 뒤로 빠졌다.

그때, 박쥐 같은 날개를 펼친 발라크의 철퇴에서 타오르던 화염이 랭커들에게 쏟아졌다.

"비, 빌어먹을!!"

"저거에 직격당하면 즉사입니다!!"

유저들이 비명을 질렀다. 그리고 그 자리에 서 있던 대부분의 이들이 피할 수 없음을 직감했다.

그때, 민혁은 4레벨이 오른 엘레의 검술 바람 같은의 힘이라면 저 거리도 갈 수 있지 않을까 싶었다.

"바람 같은."

파아아앗!

그리고 역시나 단숨에 10m 거리를 접어 도달할 수 있었다.

민혁이 흩날리는 검을 사용했다.

'힘이…… 솟구쳐…….'

정확히 확인은 하지 못했지만 민혁 스스로도 소름 끼칠 정도의 방대한 힘이 느껴졌다.

쐐에에에에에에에엑-

바람이 불기 시작한다. 그리고 그 바람은 이제까지 보지 못했을 정도로 매서웠다.

"꺄아아아아악!"

"무슨 바람이 태풍처럼 불어!"

"미친……! 몸을 가누기도 힘들 정도인데?"

그 자리의 유저들이 놀란 목소리를 토해냈다.

[와……! 거대한 토네이도가 민혁 유저의 중심으로 불고 있는 것 같습니다!!]

[엄청난 바람입니다!!]

민혁이 몸에서 용솟음치는 그 강력한 힘을 발라크를 향해 쏘아 보냈다.

쏴화아아아아아악-

평소와는 다른 황금빛 낙엽이, 철퇴를 내려쳐 거대한 불덩이를 쏘아 보내는 발라크의 힘과 맞부딪쳤다.

그리고 허무할 정도로 소멸시켜 버린 후, 발라크의 몸을 강타해 몸 곳곳을 찢어발겼다.

"크아아아아아아악!"

놈의 거친 비명.

[믿기지 않는 일이 벌어지고 있습니다.]

[와…… 전 사실 발라크의 피부를 뚫지 못할 거라고 생각했습니다. 심지어 몇 분 전의 그는 그저 배리어 안에서 무언가를 먹는 것밖에 하지 않았습니까??]

해설자들이 경악했다. 분명히 방금 전까지만 해도 먹기만 했던 민혁 아니던가!

그리고 놀란 것은 그들뿐만이 아니다. 민혁 스스로도 놀라고 있었다.

'이게 엘레의 검술 레벨 4가 올라갔을 때의 힘……?'

어쩌면 정말 어쩌면 엘레의 검술에서 더 강화될 수 있다면 가질 수 있는 힘일지도 모른다.

그 순간 발라크가 포효했다.

"쿠화아아아아아아아악!"

[마신의 가호]

[마신의 힘을 빌어 상처 입은 몸을 모두 회복시킵니다.]

그리고 상처 입었던 발라크의 육체가 발 빠르게 회복되기 시작했다.

'놈의 스킬을 하나 더 확인했어.'

민혁은 밥 먹고 합시다로 인해 발현된 배리어 안에서 단순히 먹기만 한 것이 아니었다. 그 안에서 발라크가 사용한 스킬들을 분석했다.

스킬 파괴는 두 가지 중 하나로 나뉜다. 상대방의 가장 강력한 스킬을 5분 동안 묶거나, 혹은 상대방의 지정한 스킬을 5분 동안 묶는 것.

하지만 꼭 강한 스킬이라고 하여서 꺼려지는 스킬은 아닌 법이다. 그 때문에 그 안에서 음식을 먹으며 광분한 발라크가 배리어를 때릴 때 사용하는 능력, 스킬 등을 분석했다.

놈은 용암을 분출할 때마다 아티팩트들을 부식시켰고 그 열기로 랭커들의 움직임을 둔하게 만들었다.

'하지만 지금, 다른 랭커들은 무용지물.'

자신이 가장 최선이 되어야 한다. 때문에 놈의 스킬 중 어떤 것을 막을까 고민하던 민혁은 결정을 내렸다.

'방금 전 사용하였던 회복 능력을 막는다.'

또 한 번 회복되지 않게 한다.

민혁의 버프 요리 효과는 끽해야 5분. 그 안에 승패를 내기 위한 방법이라고 할 수 있었다.

[스킬 파괴]

[대상의 지정한 스킬 하나를 봉인합니다.]

[마신의 가호가 5분 동안 봉인됩니다.]

그 순간 발라크 또한 민혁의 스킬 파괴에 의한 제한을 느낀 듯 보였다.

쿠화아아아아아아아악-

발라크의 몸에서 활화산이 터지듯 용암이 분출되어 터져 나왔다.

[기사의 폭주]

[발라크의 공격력과 방어력이 30% 비약적으로 강력해집니다.]

[폭주가 끝난 후, 발라크의 모든 스텟이 30% 하락합니다.]

발라크 또한, 민혁이 예사롭지 않은 이임을 깨달은 듯했다.

악마 심판의 검을 디아블로의 낫의 형태로 변형시킨 민혁이 번쩍 뛰어올라 낫을 휘둘렀다.

피피피피피피피피피핏-

발라크의 그 두꺼운 방어력을 뚫고 피부에 선이 그어진다. 놈의 몸 곳곳에서 피가 흘렀다.

민혁 또한, 발라크만큼이나 강해졌다. 하지만 이제 겨우 남은 시간은 3분 남짓.

'폭주를 실험해 볼 대상이기도 하다.'

악마 심판의 검에 붙어 있는 특수 스킬인 '폭주'. 시전 시간은 고작 몇십 초에 불과하다.

촤촤촤촤촤촤촤촥!

발라크의 채찍이 훨씬 더 빠른 공격력을 갖추어 민혁을 압박하기 시작한다. 놈 또한 예사롭지 않게 공속이 올라가 민혁의 몸 곳곳을 타격했다.

"크흡!"

하지만 아직 이르다. 놈이 가까이 접근했을 때, 스킬을 사용해야 했다.

좌좌좌좌좌촥!

휘둘러지는 채찍에 강타당하던 민혁을 발라크가 좌르륵 휘어 감았다.

좌아아아아악- 꽈드드득!

휘어 감은 채찍은 단숨에 민혁의 몸을 조였다. 민혁의 HP가 급감한다.

화르르르르르르르륵-

채찍에 강력한 화염이 붙으며 민혁을 향해 뻗어왔다.

화아아아아아악-

민혁은 다른 랭커들보다도 훨씬 더 압도적인 마법 방어력을 보유 중인 유저였다. 거기에 현재 모든 스텟이 20% 이상이 비약적인 상승을 했음에도 불구하고 어마어마한 타격치가 들어왔다.

그치지 않고 발라크가 힘껏 자신의 채찍을 끌어당겼다.

민혁이 발라크에게 빨려갔다.

[아아아아, 결국 이렇게 끝납니다!!]

[하지만 민혁 유저 상당히 잘 싸워줬습니다!! 방금 전, 그 모

습만 놓고 본다면 세계 랭커들 앞에서도 우위를 점칠 수 있을 것 같습니다.]

해설자들은 끝을 예상했다.

그리고 민혁이 발라크의 앞에 도달한 그때. 발라크의 몸에서 검은 화염이 뜨겁게 타올랐다.

[불의 악마의 폭주]

[직격당하는 순간 추가 공격력 700%의 힘을 발현합니다.]

쿠화아아아아아아아악-

발라크의 온몸에서 발현된 거대한 불덩이가 민혁을 향해 쇄도해 왔다. 자그마치 700%의 힘을 발현하는 강력한 힘. 발라크의 단일 최강의 스킬일 것이 분명했다.

모두가 죽음을 점쳤다.

그때.

빠드득!

민혁의 온몸을 속박하고 있던 채찍이 끊어졌다. 그리고 민혁의 몸 주변으로 갑자기 검은 기류들이 넘실거리기 시작하더니, 민혁의 몸속으로 다시 빨려 들어갔다.

그와 함께, 민혁은 알림을 들었다.

[폭주]

[폭주 스킬의 첫 사용입니다.]

[폭주 스킬의 첫 사용의 경우 일반적인 스킬 사용 때보다 훨씬 더 비약적인 스킬 및 스텟 상승이 이루어집니다.]

[모든 능력치가 19%, 스킬 레벨이 2 상승합니다.]

[HP가 초당 3%씩 하락하고 스킬이 끝났을 시 HP가 10% 미만으로, 방어력이 20% 미만으로 하락합니다.]

버프 요리에 의해 민혁의 스킬 레벨은 말도 안 되는 비약적인 상승을 이루고 있는 지금이었다. 심지어 스텟도 마찬가지였다. 그러할 때, 스킬이 또 한 번 비약적 상승을 한다.

알림이 들려왔다.

[엘레의 검술의 스킬 쿨타임이 70% 미만으로 일시적 하락합니다.]

그리고 또 다른 알림.

[엘레의 검술 스킬이 일시적으로 극의(極意)에 도달합니다.]

[진화된 엘레의 검술을 일시적으로 사용할 수 있습니다.]

[8장. 폭주하는 검.]

'극의라고……?'

처음 들어보는 경지였다.

민혁은 자신을 향해 쇄도해 오는 불의 악마의 폭주 스킬을 보았다. 자그마치 발라크의 기본 대미지에서 700%의 힘을 내는 스킬.

채찍을 몸으로 끊어낸 민혁이 스킬을 발현한다.

"폭주하는 검."

일시적으로 개방된 새로운 8장의 힘인 폭주하는 검. 그 힘을 발현하자 놀라운 일이 벌어졌다.

민혁이 힘껏 검을 휘두른 순간이었다. 길이 4m가 넘어 보이는 검은 검기 수백여 가닥이 허공을 잠식했다. 그것은 마치 수백 마리의 검은 철새 떼 같았다. 검은 철새 떼가 힘찬 날갯짓을 하며 빠르게 비행하는 모습!

[검기에 추가 공격력 700%의 힘이 깃듭니다.]

[검기가 급소를 공격하는 데 성공할 시 추가 공격력 1,300%의 힘을 냅니다.]

민혁은 알아챌 수 있었다. 갈라내는 검과 분노하는 검이 합쳐져서 생성되는 스킬이 폭주하는 검이 분명했다.

'검기 하나 공격력이 700%고 급소 공격 성공 시 1,300%라고……? 심지어 저 수백여 개의 검기들 전부가……?'

민혁조차도 놀랄 정도의 힘이었다.

그리고 모든 것을 태워 버릴 듯한 웅장한 스킬 불의 악마의 폭주와 수백여 개의 검기가 충돌했다.

쒸쒸쒸쒸쒸쒸쒹-

수백여 개의 강력한 검기가 불의 악마의 폭주를 사방팔방에서 뚫고 들어가 무용지물로 화해 버린다.

이윽고.

쑤화아아아아아아아아악-

발라크의 몸을 수백여 개의 검기가 후려친다.

[급소 찌르기에 성공하셨습니다.]

[추가 공격력 1,300%]

[급소 찌르기에 성공하셨습니다.]

[추가 공격력 1,300%]

[급소 찌르기에…….]

끊임없는 알림이 들려왔다.

발라크는 형체를 찾아볼 수 없을 정도로 갈가리 찢겨 나갔다. 그리고 검기는 그 뒤쪽에 있던 남아 있는 마물들과 마수들을 모조리 집어삼켰고 더 나아가 웅장한 엘프의 산에 마지막 힘이 닿았다.

퐛퐛퐛퐛퐛퐛!

산이 사라지진 못할지언정, 산 하나의 모양이 변한다.

후두두두두두둑-

스킬의 힘이 완전히 사라진 후 정적이 흘렀다.

그리고 그 틈으로 알림이 들린다.

[마신의 기사 발라크를 사냥하셨습니다.]

[마신의 기사의 수련 공간의 돌을 획득합니다.]

[마신의 특별한 양피지를 획득합니다.]

[3,135플래티넘을 획득합니다.]

[경험치 61,315,479을 획득합니다.]

[레벨업 하셨습니다.]

[레벨업…….]

[기여도 11,190,441를 획득합니다.]

[직업 퀘스트 '왕국의 전사들'이 생성됩니다.]

[직업 퀘스트 '식신의 왕국'이 생성됩니다.]

8장
라면 파는 남매(1)

검의 대제 엘레. 그녀는 걸음을 옮기며 보좌관 루스의 보고를 듣고 있었다.

"게디르 백작은 지금까지 더 과한 세금을 거둬들이고 영지 안에서 마치 왕처럼 군림하였다고 합니다. 심기를 거슬리는 자가 있다면 당장에 목을 쳤고 마음에 드는 여인이 있다면 아직 성년이 되지 않았다 해도 안았다고 합니다."

"당장 놈을 불러들여 감옥에 가두라. 거부한다면 그 자리에서 즉결 심판해도 괜찮다."

"예."

엘레는 평상시와 다를 것 없이 쿨내 가득한 여제의 모습으로 생활하고 있었다.

그러던 중, 걸음을 옮기던 엘레가 한 곳을 응시하며 몸을 떨기 시작했다.

"마, 말도 안 돼……."

그녀의 눈이 향하는 방향. 그곳은 조금 전, 민혁이 폭주하는 검을 사용한 그 방향이었다. 그쪽으로 방대한 자신의 검술의 힘이 느껴지고 있었다.

'민혁이가…… 극의의 엘레의 검술에 도달했다고……?'

엘레의 검술.

본래 이 엘레의 검술의 이름은 엘레의 검술이 아니었다. 단지, 자신의 이름을 따서 '엘레의 검술'이라고 명명하였을 뿐이다.

선조 때부터 내려져 왔던 이 스킬의 틀은 항상 같았다. 그리고 전대 황제들이 한계에 막혔던 부분도 같았다.

'신에 도달할 듯하나 도달하지 못하는 경지.'

엘레와 선조들은 그리 불렀다. 그리고 유저들과 운영자들이 부르는 이름은 '반신'.

하지만 이 검술은 애초에 신이 지상에 내린 검술 중 하나였다. 아테네에 존재하는 많은 스킬들과 힘들은 한 신에 의해 탄생했다고 전해진다.

능력과 파괴의 신 에로드.

그 에로드가 지상에 내린 여덟 개의 극의의 공격 스킬. 그중의 하나가 바로 엘레의 검술이었다. 하지만 그 누구도 극의에 도달하지 못했다.

그런데, 지금 먼 곳에서 그 힘이 느껴지고 있었으니, 경악할 수밖에 없었다.

'전설에 따르면…….'

엘레의 검술의 극의에 도달한 자. 대륙을 구하리라고 되어 있다.

하지만 그 힘은 잠깐 나타났다가 빠르게 사라졌다.

엘레는 알 수 있었다.

'일시적으로 무언가가 그 힘을 개방시켰던 것인가?'

그녀는 침착하게 숨을 한번 골랐다.

'아직은 시기상조지만 어쩌면 민혁이가 내가 오르지 못한 극의에 도달할 수 있을지도 모르겠어.'

그녀가 다시 걸음을 옮기기 시작했다.

ATV 방송국의 해설자 이대진은 계속해서 모니터를 보면서 눈을 끔뻑거렸다. 그리고 눈을 한 번 비벼봤다.

'내, 내가 뭘 본 거야……?'

도대체 뭘 본 건지 알 수가 없을 지경이었다.

그러다가 곧.

쿵쿵쿵쿵쿵쿵쿵-

자신의 가슴의 격렬한 두근거림을 느끼기 시작했다. 온몸의 털이 쭈뼛 서기 시작했다. 그것은 전율이었다.

'아테네:세계전…… 우리나라가 우승할 수 있어……!'

세계 전문가들이 말했다. 아테네:세계전 당시에 대한민국은 총 49개국의 참가국 중 40위권에 머무를 확률이 매우 높다고 말이다. 그리고 이는 부정할 수 있는 자들이 많지 않았다. 하지만 지금 민혁이 희망을 보여주었다.

이대진은 자신도 모르게 중얼거렸다. 그리고 이 음성은 그대로 전파를 탔다.

[우리나라가 40위권이라고? 너희들 나라엔 저 정도 힘을 가진 유저가 있긴 하냐!!]

하지만 그 누구도 오만하다고, 해설자들로서 자격 미달이라고 말하지 못했다.

정적에 빠졌던 댓글이 폭주한다.

[미쳤다…… 미쳤다…… 미쳐 버렸다……! 미친……! 내가 이제까지 봤던 그 어떤 영상보다도 최고다……!]

[와…… 저 팬티 갈아입고 오겠습니다. 지리고 렛잇고 오지고!!]

[저 식신 민혁 유저 평소에 안 좋아했는데, 오늘부터 팬 하기로 했습니다.]

[그 어떤 나라의 어떤 유저가 저런 최고의, 최강의 스킬을 발현할 수 있나요.]

[아까 전에 갓식신 혼자 오면 캐리 못한다고 했던 애들 다 어디 갔습니까?]

[여러분 지금 해야 할 일은 확실히 정해져 있습니다.]

[그게 뭔데요?]

[대한민국 소리 질러어어어어어!!!]

[와아아아아아아아아!]

[와아아아아아아아아아!!!]

그리고 그날. 우리나라 곳곳에서 월드컵 때 골을 넣은 것처럼 함성이 터져 나왔다.

아테네:세계전에서 대한민국의 활약. 불가능이 아니었다.

[HP가 10% 미만까지 하락하며 폭주의 지속 시간이 끝납니다.]

[3분 동안 포션이나 혹은 힐 등을 통해 HP를 상승시킬 수 없습니다.]

[방어력이 20% 미만으로 떨어집니다.]

민혁은 폭주의 지속 시간이 끝났다는 알림을 들으면서 몸속에 깃들었던 모든 힘이 허공에 흩어지는 걸 느꼈다.

그리고 찾아온 것은 어마어마한 근육통을 비롯한 HP의 하락이었다. 심지어 이 상태의 경우 포션이나 힐 등 다양한 치료 효과 등을 통해서 치료할 수 없다고 하니, 폭주라는 스킬은 정말 양날의 검 자체라고 할 수 있었다.

그리고 민혁은 자신이 들었던 무수히도 많은 알림을 떠올렸다.

'마신의 기사의 수련 공간의 돌과 마신의 특별한 양피지, 심지어 3천이 넘는 플래티넘에 경험치가 6천만이 넘는다니…….'

레벨업도 자그마치 11번을 해냈고 그와 함께 새로운 직업 퀘스트가 연달아서 두 개가 생성되었다.

'레벨이 450에 도달해서 생성된 것 같은데?'

민혁은 확인해 봤다.

[직업 퀘스트: 왕국의 전사들]

등급: ?

제한: 레벨 450

보상: 신의 요리 세 번째와 식신의 비기

실패 시 페널티: 마지막 다섯 번째 신의 요리에 도전할 수 없음

설명: 식신은 어디에서도 최고라고 할 수 있는 최고의 수하들을 거느렸었다.

그러한 수하들을 키워내거나 거두어들여 자신의 전사들로 만들어라, 이는 NPC와 유저 모두 가능하며 '전사로의 서약'을 해야만 비로소 이행된다.

전설 혹은 그 이상 10명 채우기.

[직업 퀘스트: 식신의 왕국]

등급: ?

제한: 레벨 450

보상: 신의 요리 네 번째와 식신의 은빛 방어구 세트

실패 시 페널티: 남아 있는 신의 요리를 먹을 수 없음

설명: 식신은 대륙 전체를 흔들었던 막강한 존재였다. 그러한 식신과 가까워지기 위한 단계를 밟아라, 그 먼저는 왕국의 건설일 것이다. 왕국을 선포할 시, 퀘스트가 완료된다.

'왕국이라……?'

왕국을 건설한다. 참으로 재밌는 이야기였다.

아직 아테네에서 그 누구도 해내지 못한 게 왕국 건설이다. 아니, 심지어 그 바로 밑에 있는 대영지를 선포한 길드도 없었다. 그러할 때, 자신만의 왕국이라?

민혁이 큰 관심을 가지는 이유는 하나였다.

'맛있는 게 넘쳐나는 왕국! 그러한 왕국을 건설하면 어떨까!'

아아아! 상상만 해도 행복한 것이었다. 왕국 자체에 먹을 것이 지천에 널렸으며 배고픈 백성 하나 없는 왕국!

그리고 왕국의 전사들. 이미 민혁은 몇몇 전사라고 할 수 있는 이들을 데리고 있다.

화신의 사자 카이스트라.

전설 창 밴.

대현자 아르벨.

전설이 될지도 모르는 헤이즈.

탈모르교의 교주 코루.

검성 코니르.

'음…….'

떠올려 보던 민혁이 순간 위압감을 느꼈다.

'어째…….'

뭔가 하나씩 전부 특별한 존재들이었다.

좋은 말로 비유하자면.

'개성들이 뚜렷하군.'

민혁은 다른 것들을 확인하려다 문득 주변을 둘러봤다.

"……."

모두가 태평한 표정을 짓고 있는 민혁을 향해 시선을 집중하고 있었다.

그리고 그중 한 명인 이호승은 그대로 뒤로 넘어져 엉덩방아를 찧었다.

"……왜요?"

"아, 아니야. 호, 호호호호호!"

지니가 어색하게 웃었고.

"그, 그냥!! 하하하하하하!"

"짜식, 바, 발라크 사냥 성공했네!!"

"하하하하하하!"

"호호호호호, 못 본 새 정말 강해지셨네요!! 호호호!!"

알리샤도 웃어버리고 말았다.

이날, 이 자리에 있던 레전드 길드와 알리샤 외의 사람들은 민혁에게 놀랐다. 그리고 한편으론 질투, 시기, 부러움을 가지게 되었고 이것은 좋은 작용이 되어 돌아왔다.

'우리도 더 강해지고 싶어…….'

'전진. 전진해야 해.'

민혁이 보였던 압도적인 힘이 모두의 성장력을 촉진시켰다.

ATV는 그날 방송되었던 민혁이 발라크를 순삭하던 스킬을 사용하는 영상 자체를 철저히 통제시켰으며 개인 방송 BJ들이 허락도 없이 사용하기 전에, 유포 시 곧바로 고소장을 쓰겠다며 엄포를 놓았다. 또한, 본래 예정되어 있던 재방송들도 잠시 스톱시켰다.

ATV는 판을 짜고 있는 것이었다. 그리고 이와 관련한 수익금 대부분을 레전드 길드와 민혁에게 줄 것 또한 약속하였으며 또 다른 승인을 얻어냈다. 그것은 바로 '명예의 전당'이었다.

ATV의 김대국 PD. 그는 주머니에 손을 꽂고 한 여성 사원의 뒤에 서 있었다.

"업로드해."

"네, PD님."

명예의 전당 도전 영상. 그리고 ATV 측에선 이 영상에 관련해 오픈 시간을 미리 유저들에게 뿌린 상황이었다.

"오픈과 동시에 30만 조회 수 돌파! 35만! 40만! 45만!! 미쳤습니다!! 말도 안 되는 클릭 수입니다!!"

모든 세계인이 보고 있다. 다른 타국의 유저들과 랭커들은 견제를, 우리나라 국민은 그 뜨거웠던 현장을 보려 한다.

김대국 PD가 창문 너머를 바라본다.

'지금 민혁 유저의 영상이 저 창문 너머로 삽시간에 퍼져 나가고 있다.'

이어서.

"100만 조회 수 돌파!!"

"500만 조회 수 돌파!!"

아테네를 플레이하는 유저의 숫자는 수억 명 이상. 그러한 이들에 의해 끊임없이 조회 수가 치솟고 올라간다.

그리고 단 하루, 하루만이었다.

"민혁 유저의 영상이 명예의 전당 10위의 영상 '샤크 테이밍'의 조회 수를 뛰어넘습니다!!"

그치지 않았다. 바로 그날.

"6위권 진입!!"

"4위권 진입!!"

"3위……!! 민혁 유저의 영상이 누적 조회 수 3위에 머뭅니다!! 어? 그, 그리고!!"

동영상의 클릭 부분의 우측 상단의 위. 그 위로 작은 왕관 모양이 떠올랐다.

"……민혁 유저의 영상이 명예의 전당 확정을 받았습니다!!"

세계가 뒤집혔다.

단 며칠 만에 누적 조회 수 10위권 내 진입. 그치지 않고 본래 한 달은 걸린다는 심사가 며칠 만에 끝이 나, 명예의 전당 3위에 기록되었다.

[놀랍군요!! 대한민국이라는 작은 나라에 저런 랭커가 있단 말입니까?]

[듣도 보도 못한 능력입니다!!]

[우리나라의 최정상급 랭커 무사시 켄타로가 민혁 유저와의 인연에 대해 이야기했고, 그는 자신에게 깨우침을 준 사람이라고 인터뷰했습니다!!]

[세계 마법사 랭킹 1위 알렉스!! 그가 민혁 유저의 영상을 보고 자리에서 일어나 기립 박수를 쳤다고 합니다!!]

그리고 김대국 PD. 그가 휴대폰을 꺼내어 들어 명예의 전당 영상에 댓글을 달았다.

"뭐라고 다셨어요?"

"비밀."

김대국 PD가 피식 웃으며 주머니에 손을 꽂고 밖으로 나섰다.

그리고 그는 의도치 않은 것이었지만 한 댓글이 빠르게 베스트 댓글로 치고 올라왔다.

가장 많은 좋아요와 대댓글이 달린 댓글.

[기다려라, 세계. 우리 대한민국이 간다.]

검은 로브를 두른 사내가 어두컴컴한 동굴의 끝을 향해

걸음을 옮기고 있었다.

'내게 이런 기회가 올 줄이야……!'

그의 얼굴은 희열에 휩싸여 있었다. 동굴의 끝을 향해 걷고 있는 사내의 이름은 장천. 바로 아테네 중국 서버의 죽음의 테이머 장천이었다.

그는 중국 내에서 테이머 랭킹 2위에 빛나는 랭커 중의 한 명으로 주로 언데드들을 역으로 테이밍하여 부리거나 할 수 있었다.

하지만 그는 테이머 랭킹 2위에 불과할 뿐이었다. 한 직업군에서 1위이던가, 혹은 종합 랭킹 30위권 안에 들던가. 둘 중 하나가 아니라면 항상 1위보다 뒤처지게 마련이었다.

그러한 그에게 기회가 찾아왔었고 알림이 들렸었다.

[로열 클래스에 도전하기 위한 조건을 충족하셨습니다.]

[로열 클래스인 '블랙 드래곤 테이머'로 전직할 수 있는 조건을 충족하셔야 합니다.]

[전직 퀘스트 '블랙 드래곤 보르몬의 아티팩트들을 모아라'가 생성됩니다.]

얼마 전, 최초의 로열 클래스 용군주가 탄생하고 세상이 떠들썩해졌다. 그치지 않고 두 번째 로열 클래스인 대마법사 멀더런의 후예가 탄생하였다.

대마법사 멀더런의 후예 검은 마법사 알리는 그전보다 확연히 강력해진 힘을 보이는 동영상을 찍어서 올렸고 그 여파는 상상을 초월했다. 가뜩이나 마법사 랭킹 1위라는 알렉스와 크나큰 간격이 벌어졌던 그가 명실공히 최고의 마법사라는 사실을 인증한 셈이었다.

그리고 장천. 그 또한, 자신이 이제 세계 랭커들을 누를 수 있을 거라고 믿어 의심치 않았다.

블랙 드래곤 보르몬!! 그에 대한 정보는 로열 클래스 전직 예정자인 장천이 획득하기에 어렵지 않은 일이었다.

블랙 드래곤 보르몬은 대륙 전쟁을 발발시켰고 대륙 전체에 어마어마한 영향력을 끼친 드래곤이다. 또한, 블랙 드래곤 보르몬은 어떠한 드래곤보다 강력하다 알려진다.

그러한 블랙 드래곤을 손아귀 위에 올리고 다스릴 수 있다는 것. 절로 전율에 휩싸이는 이야기였다.

걸음을 옮기던 장천. 그가 마침내 동굴의 끝에 도달할 수 있었다.

그곳에 있었다.

'블랙 드래곤 보르몬의 이빨로 만들어진 멸망의 지팡이!'

제단 위로 두둥실 떠올라 있는 멸망의 지팡이. 그를 향해 장천이 천천히 걸음을 옮겼다.

그리고 멸망의 지팡이에 손을 뻗어 집는 순간.

쑤화아아아아아아아악-

그 윗부분으로 검은색 소용돌이가 나타나며 한 존재의 영혼이 떠올랐다.

"이제야…… 도달했는가……."

그 말에 장천의 얼굴로 희열이 맺혔다. 드래곤의 얼굴 형상만이 떠오른 보르몬의 모습.

장천이 오만한 모습으로 말했다.

"이제부터 내가 너의 주인이다. 보르몬. 날 위해 목숨까지 바쳐야 할 것이다."

오글거리는 대사를 내뱉고 있는 장천이었지만 블랙 드래곤 보르몬을 수하로 마음껏 부린다면 세계 통합 랭킹 1위도 불가능은 아니라는 생각이 들었다. 또한, 분명히 자신의 로열 클래스 전직명은 '블랙 드래곤 테이머'였다.

바로 그 순간.

"나의…… 주인이라…… 하였나……."

콰콰콰콰콰콰콰콰콱!

"커헉, 컥!"

장천의 몸 곳곳에서 작은 폭발이 일어나며 피가 솟구쳐 올랐다.

그 타격에 무릎을 꿇어버린 장천은 이해할 수 없다는 표정으로 보르몬을 보았다.

'무, 무슨……!'

주인을 공격하는 몬스터도 있던가?

"네놈은 내가 시키는 대로만 하면 될 것이다."

그 순간 장천은 알았다. 자신의 로열 클래스 전직 직업은 '블랙 드래곤 테이머'가 아니라 '블랙 드래곤의 졸개'에 가깝다는 것을. 격노할 일이었다.

하지만 곧 블랙 드래곤 보르몬이 말했다.

"나를 따른다면 많은 것을 거머쥘 수 있을 것이다. 숨겨져 있던 나의 레어로 가야 할 것이다."

많은 것을 거머쥘 수 있다.

하긴, 블랙 드래곤 보르몬은 대륙 전체를 혼돈으로 물들이는 게 일이었다. 그 과정에서, 블랙 드래곤의 졸개인 자신에게 왕국이나, 제국 하나쯤은 떡하니 줄 수 있는 것 아니겠나?

"알겠습니다!! 목숨을 바치겠습니다!!"

방금까지 목숨을 바치라 했던 장천의 모습은 온데간데없었다.

그리고 곧 보르몬의 이빨이 뿌드드득 갈렸다.

"그는…… 어디 있나……."

장천은 의아했다. '그'는 누구를 지칭하는 것인가?

"절대 신수. 아기 돼지 말이다."

'절대 신수가 아기 돼지라고?'

장천은 대륙 전쟁의 정보를 얻으면서 절대 신수에 의한 이야기도 들었다. 하지만 아기 돼지라는 말은 금시초문이었다. 그에 장천은 대한민국이란 작은 나라의 식신이란 민혁 유저가 가진 '펫'인 콩이를 떠올렸다.

"아스간 대륙에 있습니다."

"역시 그 또한 깨어났군."

보르몬의 눈이 차갑게 가라앉았다.

이윽고 그의 영혼에서 검은 보석이 튀어나왔다.

장천이 양손으로 공손히 받자 알림이 울렸다.

[대륙 워프 게이트의 보석을 획득합니다.]

[보르몬의 힘이 완전치 않습니다. 총 3회만 사용 가능합니다.]

“레어에 간다면 나의 힘 대부분을 깨울 수 있을 터, 일단은 이 보석을 통해 아스간 대륙으로 넘어가 절대 신수의 현황을 파악하라.”

장천은 그 순간 경악했다.

‘대, 대박……!’

타 대륙으로 넘어갈 수 있는 정보, 길, 그 어떤 것도 없는 현재이다. 그러할 때, 타 대륙으로 넘어갈 수 있는 힘이 나타났다. 물론 중국인 유저들에게만 해당하는 이야기이다.

장천은 머리를 빠르게 굴렸다.

‘블랙마켓에 올려야겠어.’

보르몬의 말을 듣자면 그의 힘이 완전히 깨어나면 많은 수의 유저들이 넘어갈 수 있다. 아니, 어쩌면 대륙과 대륙 사이의 통행로가 생길지도 모른다.

하지만 그전에, 그 사실을 모르는 유저들에게 이 한정된 워프권은 천문학적인 가치를 가질 수 있다는 거다.

보르몬이 이 보석으로 원하는 건, 아기 돼지의 정보. 한두 명만 가도 충분하다. 그리고 추가로 자신의 이득을 위해 판매할 이도 구할 것이다.

‘현금 30억 정도를 요구해야지.’

빈익빈 부익부가 심한 나라가 중국이다. 때문에 부자는 널리고 널렸다. 그중 최상위 랭커들은 30억에도 구매할 만한 가치를 가진 게 대륙 워프.

접속을 종료한 장천은 블랙마켓에 빠르게 그것을 올렸다.

블랙마켓, 비공식 랭커 혹은 오로지 최상위 랭커들로만 구축된 이용객들이 있으며 이들은 엄중한 심사를 거쳐 선별된다.

올리고 얼마 후 한 유저가 쪽지를 보냈다.

[40억에 거래하겠습니다.]

장천의 눈이 경악에 물들었다. 40억에 거래하겠다? 그 의미는 사전의 다른 경쟁자들을 차단하는 거였다.

그에 장천은 이가 예사롭지 않은 이임을 알았다.

[알겠습니다. 대신에, 본인의 신분을 증명할 만한 게 필요합니다. 당신의 닉네임을 물어봐도 되겠습니까?]

40억을 가뿐히 지불할 수 있는 유저. 그는 누구일까.

곧이어 답장이 왔다.

[메이웨이.]

발키리. 흔히 북유럽 신화에서는 전쟁의 처녀라는 이름으로 불리고는 한다. 메이웨이는 그러한 발키리라는 클래스를 가지고 있었다.

그녀가 아테네에 1주일 만에 접속하였다.

본래 블랙마켓에서 40억 원에 아스간 대륙으로 넘어갈 수 있는 워프 보석을 샀음에도 불구하고 지금 접속한 이유는 일주일 동안 기절해 있었기 때문이다.

놀라운 것은 메이웨이의 순위권에 변동이 없다는 거다.

하루아침에도 변화하는 게 최상위 랭커들의 순위. 그녀가 얼마나 압도적인 강자인지 보여주는 대목이었다.

'어서 빨리 그분을 찾아야 해…….'

식신 민혁. 그를 만나야만 한다.

그리고 메이웨이는 장천이라는 유저와 접촉할 수 있었다.

"그동안 귓속말이 꺼져 있으시고 쪽지함이 닫혀 있어서 걱정했습니다."

장천은 그동안 쪽지를 계속 보냈다. 그리고 메이웨이는 평소에도 아테네 귓속말 기능을 거부로 해놓기에 당연히 연락이 닿지 않았다. 하지만 장천에겐 빠르게 40억 원이 입금되었으니, 의아했던 일이다.

장천은 검은 보석을 손에 쥐고 무언가 중얼거리기 시작했다. 이윽고, 공간이 찢어지며 안으로 들어가는 워프 게이트가 생성되었다.

워프 게이트로 들어가려는 때에.

"조심하십시오."

"……?"

걸음을 옮기려던 메이웨이가 고개를 갸웃했다.

"사실 당신 팬입니다."

장천은 음침한 외모였다. 게임 속임에도 불구하고 야윈 얼굴과 돌출된 눈, 헝클어진 머리카락이 너저분해 보인다.

하지만 그도 중국에서 내로라하는 유저. 그런 그가 메이웨이의 팬일 정도로, 이 아테네에서 그녀는 압도적 존재다.

"조심하라는 게 무슨 의미죠?"

그녀의 차가운 음성에, 장천은 되려 황홀할 지경이었다.

그리고 곧 장천이 말했다.

"사실 저도 조심하라고 말씀드렸지만 무엇을 조심하라고 말씀드리는 건지 모르겠습니다."

"……네?"

"사실 전 워프 게이트를 통해서 얼마 전 한 랭커 분과 계약을 맺고 그분을 아스간 대륙으로 어제 보내드렸죠. 그런데 연락 두절 상태입니다. 그가 귓속말 제한 지역에 가 있는 것 같은데, 한 번은 우연히 연락이 닿았죠. 딱 두 단어가 왔습니다."

"두 단어요?"

"예."

장천이 고개를 주억이며 말했다.

"악마."

그리고.

"소년."

메이웨이의 얼굴이 찌푸려졌다. 도통 무슨 소리인지 모르겠다.

곧이어 장천이 말했다.

"하지만 발키리 메이웨이. 당신이라면 걱정할 것 없겠죠."

메이웨이는 고개를 주억였다. 위험 대상이 있는 것 같지만 그렇다고 시간을 지체해선 안 된다.

'내게 남은 시간은 길지 않아.'

의사는 몇 개월 뒤면 게임조차 못할 정도로 몸 상태가 악화될지도 모른다고 했다. 아니, 사실 지금 당장 소리 없이 죽어도 이상하지 않을 몸 상태라고 한다.

또한, 아테네 접속 기기는 매번 '경고! 접속 불가입니다. 휴식을 취한 뒤 접속하는 것을 권고합니다'라는 알림을 보내온다. 하지만 유능한 기계 전문가와 해커를 이용하여 기계를 일부러 조작한 메이웨이는 계속 아테네를 하고 있었다.

이 포탈 너머 끝에 존재한다.

'내 병을 치료해 줄지도 모르는 그 요리가.'

그녀가 포탈로 걸음을 옮겼다. 그리고 환한 빛이 그녀를 집어삼켰다.

[카이온 대륙의 유저이십니다.]

[아스간 대륙으로 워프합니다.]

[진입 통로 구역에 입장하셨습니다.]

[진입 통로 구역을 돌파하시지 못할 시 아스간 대륙으로 완전히 들어가실 수 없습니다.]

[진입 통로 구간에선 귀환 양피지를 비롯한 순간 이동 양피지 등의 사용을 제한받습니다.]

[진입 통로 구간에선 귓속말을 사용하실 수 없습니다.]

[강제 로그아웃 당하실 시 본래 있던 카이온 대륙에서 접속된다는 점을 유의해 주세요.]

'이런 시스템이 있었구나.'

장천이 말해주지 않았지만, 그도 당연히 몰랐을 것이다.

'혹시 그래서 악마라는 이야기를 한 건가?'

이 끝에 있는 보스 몬스터가 어쩌면 악마일지도 몰랐다.

곧이어 그녀는 걸음을 옮기기 시작했다. 그리고 레벨 540을 넘는 어마어마한 몬스터들과 맞닥뜨릴 수 있었다. 상대방을 석화 상태로 빠뜨려 버리는 바실리스크나 혹은 거대 병정 개미와 같은 놈들이었는데, 어마어마한 고레벨들이었다.

하지만 발키리 메이웨이는 그들을 사냥하고 나아갔다.

그러던 중, 그녀는 목적지로 보이는 끝에 도달했다.

그곳은 작은 동굴이었다.

아니, 어쩌면.

'광산?'

메이웨이가 걸음을 옮기려던 때, 정체 모를 목소리가 들렸다.

"그, 그만……! 제발, 내가 잘못했어!! 이제 그만해! 나 좀 돌려 보내줘!!"

'이 목소린……?'

한 번쯤은 들어본 것 같은 목소리였다.

그녀가 자신의 기척을 숨겼다.

[여신의 은밀함]

[비밀의 여신이 당신을 도와줍니다.]

소리나 혹은 몸에서 넘쳐나는 마력까지도 모두 숨겨주는 놀라운 스킬이었다.

그녀가 천천히 걸음을 옮겼다. 그곳에 보인 것은.

[고니르의 나면가개]

'……?'

엉성한 가게 이름. 심지어 맞춤법도 틀린 것 같다.

작은 리어카 형식으로 되어 있는 가게. 그 앞에 앉아 있는 사내는 중국 암살자 랭킹 1위이자 사신이라 불리며 중국 랭킹 3위에 빛나는 마천우였다.

그가 라면 가게 앞에 앉아 절규하고 있었다.

"그, 그만……! 날 돌려보내 달라고, 차라리 날 죽여!!"

그리고 그때.

탓-

무언가 그녀 앞에 나타났다.

'여, 여신의 은밀함 스킬을 간파했어……?'

이제까지 딱 한 번밖에 뚫리지 않은 여신의 은밀함 스킬. 그를 간파하고 한 소년이 그녀 앞에 나타났다.

소년이 꾸벅 인사했다.

"두 번째 손님! 환영한다! 나는 코니르!!"

그가 활짝 웃으며 물었다.

"라면에 면부터 넣어, 수프부터 넣어?"

to be continued

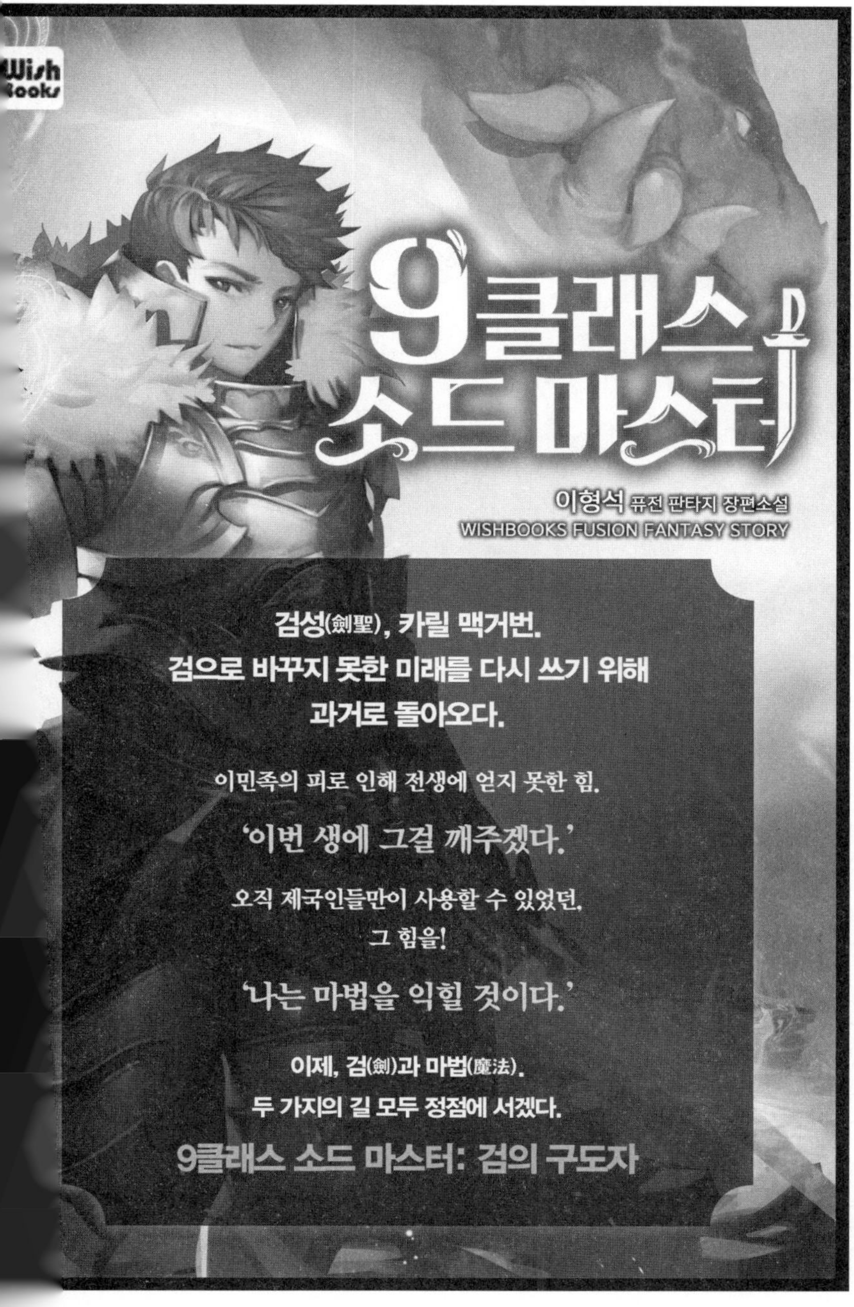
Wish Books
9클래스 소드 마스터
이형석 퓨전 판타지 장편소설
WISHBOOKS FUSION FANTASY STORY
검성(劍聖), 카릴 맥거번.
검으로 바꾸지 못한 미래를 다시 쓰기 위해
과거로 돌아오다.
이민족의 피로 인해 전생에 얻지 못한 힘.
'이번 생에 그걸 깨주겠다.'
오직 제국인들만이 사용할 수 있었던,
그 힘을!
'나는 마법을 익힐 것이다.'
이제, 검(劍)과 마법(魔法).
두 가지의 길 모두 정점에 서겠다.
9클래스 소드 마스터: 검의 구도자

Wish Books
나는 될 놈이다
글쓰는기계 게임 판타지 장편소설
WISHBOOKS GAME FANTASY STORY
판타지 온라인의 투기장.
대장장이로 PVP 랭킹을 휩쓴 남자가 있다?
“아니, 어디서 이런 미친놈이 나타나서…….”
랭킹 20위, 일대일 싸움 특화형 도적, 패배!
“항복!”
‘바퀴벌레’라고 불릴 정도로
끈질긴 생명력을 가진 성기사조차 패배!
“판타지 온라인 2, 다음 달에 나온다고 했지?”
평범함을 거부하는 남자, 김태현!
그가 써내려가는 신개념 게임 정복기!

Wish Books
만 년 만에 귀환한 플레이어
나비계곡 퓨전 판타지 장편소설
WISHBOOKS FUSION FANTASY STORY
어느 날, 갑작스럽게 떨어진 지옥.
가진 것은 살고 싶다는 갈망과 포식의 권능뿐.
일천의 지옥부터 구천의 지옥까지.
수십만의 악마를 잡아먹고 일곱 대공마저 무릎 꿇렸다.
"어째서 돌아가려 하십니까?"
"김치찌개가… 김치찌개가 먹고 싶다고."
먹을 것도, 즐길 것도 없다.
있는 거라고는 황량한 대지와 끔찍한 악마뿐!
"난 돌아갈 거야."
「만 년 만에 귀환한 플레이어」